クリスティー文庫
93

蒼ざめた馬

アガサ・クリスティー

高橋恭美子訳

早川書房

5466

THE PALE HORSE
by
Agatha Christie

Translated by
Kumiko Takahashi
Published 2014 in Japan by
HAYAKAWA PUBLISHING, INC.
This book is published in Japan by
arrangement with
AGATHA CHRISTIE LIMITED
through TIMO ASSOCIATES, INC.

正義が行なわれるのを見届ける機会を与えてくださった、
ジョンとヘレンのマイルドメイ・ホワイト夫妻に、
心からの感謝をこめて捧ぐ

〈序文〉マーク・イースターブルック

この〈蒼ざめた馬〉という奇妙な事件のことを書くにあたり、方法はふた通りあるように思われる。ホワイト・キングの格言とは裏腹に、単純さをきわめるのは至難の業だ。言い換えるなら、〝最初からはじめて、終わりまでいって、そこでやめる〟というわけにはなかなかいかない。そもそもどこが最初なのか。

歴史家にとっては、常にそれが悩みの種となる。歴史上のどの時点が、歴史のある特定の部分のはじまりということになるのか。

この事件に関して言えば、ゴーマン神父が死に瀕した女性を訪ねるために司祭館を出た瞬間からはじめてもいいだろう。あるいはまた、その前の、チェルシーでのある晩のことからはじめてもいい。

おそらく、ぼくがみずからこの物語の大部分を書くことになる以上、そこからはじめるのがふさわしいかもしれない。

蒼ざめた馬

登場人物

マーク・イースターブルック…………学者
アリアドニ・オリヴァ………………推理作家
ゴーマン神父…………………………司祭
デイヴィス夫人………………………ゴーマン神父が看取った女
ローダ・デスパード…………………マークのいとこ
ヒュー・デスパード…………………ローダの夫
ジム・コリガン………………………警察医
ルジューン……………………………警部
ハーミア・レッドクリフ……………マークの女友だち
デイヴィッド・アーディングリー……マークの友人
ポピー…………………………………デイヴィッドの女友だち
ザカライア・オズボーン……………薬剤師
デイン・キャルスロップ夫人………マッチ・ディーピング村の牧師夫人
ジンジャー……………………………マークの女友だち
サーザ・グレイ／シビル・スタンフォーディス…………〈蒼ざめた馬〉の住人
ベラ・ウェッブ………………………〈蒼ざめた馬〉の料理人
ヴェナブルズ…………………………〈プライアーズ・コート〉の住人
ブラッドリー…………………………元弁護士

第一章

マーク・イースターブルックの物語

1

背後でエスプレッソ・マシンが怒った蛇のようにシューシュー音をたてた。マシンのたてる音は、邪悪とは言わないまでも、どことなく不吉さを漂わせている。あるいは現代の騒音のほとんどに、その気配はつきものなのかもしれない。空を飛び去るジェット機の威圧的なけたたましい金属音、トンネルを通過する地下鉄のじわじわと迫る脅迫めいた低い轟音、家の土台を震わせる大型トラック……今日の家庭内のささやかな騒音までが、作動中は便利なものかもしれないが、どこか警告めいて聞こえる。食洗機、冷蔵庫、圧力鍋、ヴィーンと鳴く掃除機——どれもこれもが〝気をつけろよ〟と言っているようだ。〝わたしはおまえたちに仕えることになっている精霊だが、もしもおまえたちがわたしの使い方をまちがえたりしたら……〟

危険な世の中——そう、まさしく危険な世の中なのだ。

ぼくは目の前に置かれた泡立つカップをかきまぜた。芳しい香りがする。

「ほかにご注文は？ うまいバナナ・ベーコン・サンドイッチなんかどうです？」

それは妙な取り合わせに思えた。バナナと聞くと、子供時代のことを思いだす——ときには、砂糖とラム酒をかけて火で焙《あぶ》ったお菓子のことを。ベーコンといえば、ぼくのなかでは、これはもう卵と合わせるしかないだろう。まあしかし、〝チェルシーに入ってはチェルシーの食に従え〟だ。ぼくはそのうまいバナナ・ベーコン・サンドイッチをもらうことにした。

チェルシーに住んでいるとはいえ——ここ三カ月ほど家具付きのフラットに住んでいるという意味だが——それ以外の点において、ぼくはこの界隈ではよそ者だった。目下、ムガール建築のある側面に関して本を執筆しているのだが、その目的のためなら、住まいはハムステッドだろうが、ブルームズベリーだろうが、ストリーサムだろうが、チェルシーだろうが、ぼくにとっては同じことだったろう。自分の商売道具以外のものは目にはいらず、どんな環境に住んでいようとまるで無頓着で、ひたすら自分の世界に閉じこもっていたのだから。

ところが、その晩にかぎって、物書きならだれしも身に覚えのある突然の嫌悪感にぼくは襲われてしまった。

ムガール建築、ムガールの皇帝、ムガールの生活様式——そこから喚起される魅惑的な問題のいっさいが、突如として無意味なものに思われた。そんなものがなんだというんだ？　なぜそんなものについて書こうなんて思ったんだ？

原稿をぱらぱらとめくりながら、これまでに書いたものを読み返した。どう見てもひどい出来としか思えなかった。文章も下手なら、内容だっておもしろくもなんともない。だれかが（ヘンリー・フォードだったか？）「歴史なんかでたらめだ」と言ったが、まったくもってそのとおりだ。

見るのもいやになって原稿を押しやり、立ちあがって腕時計に目をやった。夜の十一時になろうとしている。夕食はもうすんだのだったか……腹具合からすると、まだのような気がする。昼食はたしかに食べた、〈アシニーアム・クラブ〉で。あれからずいぶん時間がたっている。

冷蔵庫のなかをのぞきにいった。干からびたタンの切れっぱしが少々。どうにも食欲をそられない眺めだ。そこでぼくは、外に出てぶらぶらとキングズ・ロードまで行くと、結局、窓に真っ赤なネオンサインで〈ルイジ〉という店名が書かれたエスプレッソ・カフェバーにはいり、こうしてベーコン・バナナ・サンドイッチについて黙想しつつ、現代の騒音に含まれる不吉さの意味や、それが周囲にもたらす効果について熟慮しているというわけだった。

　そういったことはすべて、幼いころに見たパントマイムの記憶と共通するものではないかと思う。もうもうたる煙に包まれて海底の墓場からよみがえる悪霊《ディヴィー・ジョーンズ》！　落とし戸や窓が邪悪なまがまがしい力を発散し、ダイアモンドとかなんとかいう名前の善の妖精に猛然と戦いを挑む。それに対抗して、善の妖精のほうも見るからに頼りない魔法の杖を振りまわし、最後には善が勝つのだというお決まりの台詞《せりふ》を単調な声で唱えると、それが合図となって、お約束の〝その瞬間の歌〟が流れるのだが、それがまた、パントマイムの筋とはなんの脈絡もない歌ときている。

　思うに、邪悪というのは、常に善よりも印象的である必要があるのではないか。とにかく人目を惹くものでなければ！　あっと驚かせるような、挑戦的なものでなければ！　言うなれば、安定に襲いかかる不安定だ。そして最後には、安定が勝利を収めることになっている。安定は、善の妖精ダイアモンドの陳腐さに――単調な声や、韻を踏んだ対句や、〝曲がりくねった道が丘を駆け降りて、わたしの愛する古い世界の町まで続いていました〟などというわけのわからない歌の文句にさえも——決してめげはしない。武器はどれもこれもいかにも頼りなげに見えるが、そういった武器がかならず効果をあげる。そして、パントマイムは常に型どおりに終わることになっている。ひと続きの階段、歳の順に降りてくる出演者たち、善の妖精ダイアモンドは謙遜というキリスト教の徳を実践し、先頭に（というか、この場合はしんがりに）立とうとはせず、行進の列がなかほどまで進むと、さっきまでの敵と仲よく並ぶ。敵のほうも、もはや火や硫黄《いおう》を吐いて恐ろしげなうなり声をあげる大魔王などではなく、赤いタイツをはいた普通の人間になっている。

　エスプレッソ・マシンがまたしても耳もとでシューとうなった。ぼくはコーヒーのお代わりを合図して、周囲を見まわした。姉はぼくのことを、あんたは観察力が足りない、まわりの状況をちっとも見ていない、と言ってしょっちゅう非難する。「あんたは自分だけの世界に住んでいるのよ」と責めるように言う。そこでぼくは、姉の言葉を意識して、周囲の状況に目を配ることにした。チェルシーのカフェバーやそこの常連客たちのことは、毎日のように新聞種になっている。現代生活というものをこの目で観察する願ってもない機会だった。

照明が落としてあるので、店内の様子はあまりはっきりとは見えない。客はほとんど例外なく若者のようだった。いわゆるオフビート世代と呼ばれる連中だということはうすうす察しがついた。女の子たちは、近ごろの子はみんなそう見えるのだが、なんとなく薄汚れた感じがした。と同時に、どう見ても厚着をしすぎているように思えた。そのことに気づいたのは、何週間か前、友人たちといっしょに外で食事をしたときだ。ぼくの隣にすわった女の子は二十歳ぐらいだった。レストランのなかは暑かったのに、その子は黄色のウールのセーターに黒いスカート、黒いウールのタイツという格好で、食事のあいだじゅう顔から汗をしたたらせていた。汗のしみこんだウールのにおいに加えて、何日も洗っていない髪のにおいが強烈だった。友人たちに言わせると、その子はじつに魅力的な女の子だそうだ。勘弁してくれ！　ぼくの感想はひとつ、その子を熱い風呂にぶちこんで、石鹼を持たせ、さっさと洗え！　と言ってやりたい、ただそれだけだった。ぼくがいかに時代遅れの人間かということが、これでおわかりいただけるだろう。外国暮らしが長かったせいかもしれない。いまもなつかしく思いだされるのは、インドの女性たちの姿だ。美しく結いあげた黒髪、優雅なひだを描いて肩から流れ落ちるきらびやかなサリー、身体をリズミカルに揺らしながら歩くさま……

あたりがにわかに騒がしくなり、ぼくは楽しい思い出から現実に引きもどされた。隣のテーブルの若い女性ふたりが喧嘩をはじめたのだ。連れの若い男たちが仲裁にはいったが、甲斐はなかった。

突然、女たちが金切り声でののしり合いをはじめた。片方が相手の顔をひっぱたくと、ひっぱたかれたほうも相手を椅子から引きずりおろした。大声でヒステリックに悪態をつきながら、ふたりはがさつな女同士がやるように、取っ組み合いをやらかした。ひとりはくしゃくしゃの赤毛、もうひとりは長くてまっすぐなブロンドだ。

罵声の内容はともかくとして、喧嘩の直接の原因がなんなのか、ぼくにはよくわからなかった。ほかのテーブルからも大声の野次や口笛が飛んできた。

「いいぞ！　ぶん殴ってやれ！　ルー！」

カウンターのなかにいたイタリア人らしい顔つきの、もみあげを生やしたほっそりした男——これがたぶん店主のルイジだろう——が、生粋のロンドン訛りであいだに割ってはいった。

「さあさあ——喧嘩はそこまで——そこまでだ——いまに通りが野次馬でいっぱいになるぞ。そうなったらおまわりさんもやってくる。やめろと言ってるだろう」

それでも、長いブロンドのほうが赤毛の髪をつかんで、力任せに引っぱりながらわめいた。

「この性悪な泥棒猫！」

「性悪はそっちでしょうが」

困り果てた連れの男たちとルイジが力づくでふたりを引き離した。ブロンドの手には赤毛の太い束が握られていた。彼女はうれしそうにそれを高々と持ちあげたあと、床にぽいと投げ捨てた。

店のドアが開いて、青い制服姿の警官が戸口に立ち、おごそかに規制の声を発した。

「いったいなにごとだね」

敵の襲来に、ただちに共同戦線が張られた。

「ちょっとふざけてただけさ」若者のひとりが言った。

「そうそう」とルイジも言った。「友だち同士がちょっとふざけただけですよ」

ルイジは床に落ちていた髪の毛の束を近くのテーブルの下に蹴りこんだ。喧嘩をしていた女ふたりも、表向きだけ仲直りしてにっこり微笑み合った。

警官は疑わしげに一同を見まわした。

「あたしたち、もう帰るところなの」ブロンドがにこやかに言った。「行きましょ、ダグ」

その機に乗じて、ほかの客たちも帰ろうとした。警官はいかめしい顔で彼らを見送った。その目は、きょうのところは見逃してやるが、おまえたちにはしっかり目を光らせてるからな、と言いたげだった。警官はのろのろと引きあげていった。

　赤毛の連れの男が勘定を払った。

「だいじょうぶか?」ルイジが、頭にスカーフをかぶり直している赤毛の女の子に声をかけた。「ルーも乱暴なことをしたもんだ、あんなふうにあんたの髪の毛を引っこ抜くなんて」

「別に痛くもなかったわ」彼女は平然として答えた。それからルイジににっこり微笑みかけた。「こんな騒ぎを起こしちゃってごめんね、ルイジ」

　一行は店から出ていった。店にはもう客の姿はほとんどなかった。ぼくもポケットの小銭を手探りした。

「根性のある子だよ」閉まるドアを見ながら、ルイジが感心したように言う。床用のほうきを取ると、さっきの赤毛の束をカウンターのなかまで掃いていった。

「あれは相当痛かったと思いますよ」ぼくは言った。

「おれだったら泣き叫んでたね」ルイジは言った。「なのにあの子ときたら、ほんとに根性があるよ、あのトミーって子は」

「よく知ってるんですか」

「ああ、毎晩のようにここへ来るからね。タッカートンだ、たしか。フルネームを知りたきゃ言うけど、トマシーナ・タッカートン。でも、ここらじゃ、トミー・タッカーで通ってる。どえらい金持ちでもあるんだよ。おやじさんが遺産をたっぷり残してくれたってのに、あの子はどこでなにをしてると思う？　チェルシーに出てきて、ウォンズワース橋のあたりの汚らしい部屋を借りて、同じようなことをやってるチンピラどもとつるんでるわけさ。あの連中の半分は金持ちなんだ、いやほんとに。なんだって手に入れられる。その気になりゃ、〈リッツ〉にだって泊まれるだろうよ。なのに、ああいう暮らしのほうが刺激があっていいらしい。まったく――なにを考えてるんだか」

「自分だったらそんな生き方は選ばない？」

「そりゃそうさ、おれには常識ってものがあるからな！　ごらんのとおり、商売だってうまくいってるし」

ぼくは帰ろうとして立ちあがり、ふと喧嘩の原因はなんだったのかと尋ねた。

「ああ、トミーがもうひとりの女の子の彼氏を横取りしたんだ。喧嘩してまで取り合うほどの男じゃないだろう、まったく！」

「もうひとりの子は、そうは思ってないみたいだね」ぼくは感想を述べた。

「まあ、ルーってのはひどくロマンティックな子だから」ルイジは寛大に言った。

それはぼくの考えるロマンスとはちがっていたが、口には出さなかった。

2

それから一週間ばかりたったころだったと思うが、《タイムズ》紙の死亡欄に書かれたある名前がぼくの目にとまった。

〈タッカートン〉。十月二日、サリー州アンバリー、〈キャリントン・パーク〉の、故トマス・タッカートン氏のひとり娘、トマシーナ・アン（二十歳）が、アンバリーのファロウフィールド療養所にて死亡。近親者により密葬。献花辞退。

3

かわいそうなトミー・タッカーには、献花もなければ、チェルシーでの〝刺激〟ももうない。ぼくは不意に、現代のトミー・タッカーたちに無常の憐れみを覚えた。そして最後には、こんなふうに思うようになった。ぼくの考え方が正しいなどとどうして言いきれる？　あれを無意味な人生だったと決めつけるなんて、いったい何様のつもりだ？　無意味なのはむしろ、このぼくの人生、書物に埋もれて外の世界から隔絶された、ぼくの地味な学者人生のほうかもしれないではないか。直接体験のない人生。正直に言ってみろ、ぼくの人生に刺激はあるか？　なんというなじみのない概念！　むろん、ぼくは刺激を求めていない、というのが実情だろう。しかしひょっとすると、刺激を求めるのが自然なのではないか？　これは、なじみのない、あまりありがたくない考えだった。

トミー・タッカーを頭から追い払って、ぼくは届いた郵便物に注意をもどした。

真っ先に目についたのは、いとこのローダ・デスパードからの手紙で、頼みごとが書かれていた。ぼくはその頼みごとに飛びついた。というのも、けさはどうにも机に向かう気分になれず、その用件は仕事をさぼる格好の口実になってくれたからだ。

キングズ・ロードまで出てタクシーを拾い、友人のアリアドニ・オリヴァ夫人の家に向かった。

オリヴァ夫人は著名な推理作家である。夫人のメイドのミリーは有能な監視役《ドラゴン》で、女主人を外界の猛攻から厳重に守っていた。

ぼくは無言で問いかけるように眉をあげてみせた。ミリーはうんうんとうなずいた。

「どうぞおあがりください、マークさま。奥さま、けさはご機嫌斜めなんです。あなたなら気分転換をさせてあげられるかもしれません」

階段をふたつのぼって、ドアを軽くノックし、返事を待たずに部屋にはいった。オリヴァ夫人の仕事部屋は広々として、壁紙には熱帯の樹木のなかで巣を作っている異国の鳥が描かれていた。当のオリヴァ夫人はといえば、正気を失う一歩手前といった風情で、なにやらぶつぶつとぼやきながら、部屋のなかをうろうろ歩きまわっている。ぼくのほうを無関心に一瞥しただけで、またうろうろ歩き続けた。焦点の定まらない目がぼんやりと壁を眺めまわし、ちらりと窓の外に向けられたかと思うと、ときおり突然の苦悩に見舞われたように閉じてしまったりする。

「いったいなぜよ」と、天下のオリヴァ夫人が問い詰めるように言った。「なぜ、あのばかたれはオウムを見たとすぐに言わないの？　言わなきゃおかしいじゃないの。見ずにはいられなかったはずなんだから！　ああ、でも、もし本当にそんなことを言ってしまったら、なにもかも台無しだわ。なにか方法があるはず……なにか方法が……」

夫人はうめき声をあげ、短い灰色の髪を指でつかむと、乱暴にかきむしった。やがて、不意に焦点の合った目でぼくを見て、「いらっしゃい、マーク。あたし、もう頭がおかしくなりそう」と言うと、またひとりごとにもどった。

「それに、あのモニカ。こっちがいい人にしてあげようとがんばればがんばるほど、どんどんいやなやつになっていくんだから……あのばか娘……しかも気取り屋ときてる！　モニカ……モニカ？　そうか、名前がまずいんだわ。ナンシーは？　そっちのほうがいいんじゃない？　ジョーンは？　ジョーンなんて名前、ざらにあるわね。アンもそう。スーザンは？　スーザンはもう使ったか。ルシアは？　いえ、ルチア？　ルシアよ。ルシアだったら目に見えるようじゃないの。赤毛。タートルネックのセーター……黒いタイツ？　とにかく靴下は黒ね」

このつかのまの上機嫌の輝きも、オウム問題の再燃ですっかり翳《かげ》ってしまい、オリヴァ夫人はまたしても鬱々と歩きまわりはじめ、テーブルから無造作にものをつかんでは、別の場所にそれを置いたりした。そのうち眼鏡ケースを、多少は意識しているそぶりで、すでに中国の扇子がはいっている漆塗りの箱のなかに入れると、深々とため息をついた。

「あなたでよかったわ」

「そう言ってもらえるとうれしいですね」

「だれが来るかわかったもんじゃないわよ。バザーの開会のあいさつを頼みにくるあほな女かもしれないし、ミリーの保険のことで話をしにくる男かもしれないわ、本人は絶対にはいらないと言ってるのに——あとは配管工とかね（でも、配管工が来てくれたりしたら、それだけでほとんど奇跡だと思わない？）。じゃなかったら、インタビューをとりたがってる人かも——答えに窮するような質問を浴びせてきて、しかもそれが判で押したようにおんなじ質問ときてる。小説を書こうと思ったきっかけはなんですか。これまでに何冊本を書きましたか。収入はどれぐらいですか。そんなのばっかり。まともに答えられる質問なんかひとつもありゃしない、おかげでこっちはばかみたいな気分になるんだわ。まあ、そんなことはどうだっていい、とにかくいまはこのオウム問題で頭がおかしくなりそうなんだから」

「なにかがしっくりこない、というわけですね」ぼくは同情をこめて言った。「失礼したほうがよさそうだ」

「だめ、行かないで。とりあえずあなたがいれば気晴らしになるから」

このわけのわからないお世辞をぼくは受け入れることにした。

「煙草でもどう？」オリヴァ夫人がもてなしととれなくもない口ぶりで言った。「どこかに何本かあるはずよ。タイプライターのふたのなかでも見てちょうだい」

「自分のがありますから、どうぞおかまいなく。よかったら一本どうぞ。おっと、煙草はやらないんでしたね」

「お酒もね。飲めたらよかったんだけど。そしたらアメリカの探偵みたいに、カラーを入れておく抽斗《ひきだし》にライ・ウィスキーを何本か常備しておくのに。お酒さえあれば、どんな問題だってきれいさっぱり解決するみたいだから。そうでしょ。ねえ、マーク、現実の世界で、人を殺して逃げおおせる人がいるなんて、あたしにはとうてい思えないわ。人を殺した瞬間に、なにもかもすっかりばれてるような気がしてならないのよ」

「なに言ってるんですか。自分で何度もそれをやってのけてるじゃありませんか」

「少なくとも、これまでに五十五回はね。殺人の部分はいたって簡単なのよ。むずかしいのは、それをごまかして隠すほう。だって、犯人はその人以外にありえないわけでしょ？　だれが見たってわかるわよ」

「本が完成してしまえば、そうでもありませんよ」

「そう、だけど、そのためにあたしがどれほどの犠牲を払ってることか」オリヴァ夫人は暗い声で言った。「そうね、たとえば、Bが殺された現場に五、六人の人間がいて、その全員にBを殺す動機があるだなんて、不自然きわまりないじゃないの、そりゃあ、Bが救いようのない最低のいやったらしいやつなら話は別だけど、それだったら、Bが殺されようがどうしようがみんな知ったこっちゃないわけだし、ましてやだれが殺したかなんていちいち気にかける人間はいないはずよ」

「問題はよくわかりました。でも、これまでに五十五回もその問題をうまく解決してきたんだから、今度もできないはずはありません」

「あたしだって自分にそう言い聞かせてるわ。何度も何度もね、だけど、自分でそれが信じられたためしがなくて、だからこんなに苦しんでるわけよ」

　夫人は自分の髪の毛をつかんで、ぐいっと乱暴に引っぱった。

「だめだめ」ぼくは叫んだ。「そんなことしたら抜けてしまいますよ」

「なに言ってるの。髪の毛がそう簡単に抜けるわけないでしょ。でもそういえば、十四ではしかにかかって高熱が出たときは、髪が抜けたっけ――前髪のところがごっそりとね。恥ずかしいったらなかったわよ。ちゃんと生えそろうまでに半年近くもかかったの。女の子にとっちゃ一大事――女の子ってとにかくそういうことには敏感なんだから。いまの話を思いだしたのはね、きのう療養所にいるメアリー・デラフォンテインのお見舞いに行ったときよ。彼女の髪の抜け方があたしのときとそっくりだったから。元気になっても前髪は付け毛にしなくちゃならないって言ってたわ。六十にもなったら、髪がもとどおりに生えそろうなんて保証はないものね」

「そういえば、ぼくもこの前の夜、ある女の子が別の女の子の髪を引っこ抜くところを見たんですよ」自分は世間を見てきたのだという誇らしさが口調のなかにそこはかとなく漂っているのがわかった。

「あなた、近ごろはどういう風変わりな場所に出入りしてるの？」

「いまのはチェルシーのカフェバーで見た話です」

「ああ、チェルシーね！　あそこならなにが起こったって不思議はないわ。ビートニク、スプートニク、スクエア、ビート・ジェネレーション。あたしがああいう人たちを自分の作品に登場させないのはね、言葉の使い方をまちがえるんじゃないかっていう不安があるから。書くのは自分の知ってることにとどめておくほうが安全でしょ」

「たとえば？」

「客船の乗客、ホテルの滞在客、病院や教区会——慈善バザーもね——それに音楽祭なんかで起こること、お店の売り子、なにかの委員、家政婦、それから科学的な興味から世界を徒歩旅行でまわる若い男女とか、店員とか——」

息が続かなくなって、夫人はひと呼吸おいた。

「それだけ広範囲にわたれば、書く材料には困らないでしょう」

「それより、そのうちぜひチェルシーのカフェバーに連れていってちょうだいな——なにごとも経験だから」本当に行きたそうな口ぶりだった。

「いつでも喜んで。今夜はどうですか」

「今夜はだめ。書くのに大忙し、というより、書けなくて悶々とするのに忙しいから。そこがものを書く仕事のいちばん厄介なところね——ほんとはなにもかも厄介だけど。ただし、これはすばらしいアイデアになりそうだって思えるようなことがひらめいて、書きはじめるのが待ちきれない瞬間だけは別だけど。ねえマーク、遠隔操作で人を殺すなんて、そんなことができると思う？」

「遠隔操作ってどういうことです？　ボタンを押して、放射性の殺人光線でも発射させるとか？」

「ちがう、ちがう、そういうSFの話じゃなくって。あたしが考えてるのはね」自信がなさそうに、ちょっと間をおいた。「じつは黒魔術のこと」

「蠟人形に釘を打ちこむとか？」

「やあねえ、蠟人形じゃ、そのまんまじゃないの」ばかにするように言った。「だけど、おかしなことが現実に起こってるでしょ——アフリカや西インド諸島では。その手の話はしょっちゅう耳にするわ。現地の部族の人たちがどこかに引きこもってそのまま死んでしまうとか。ヴードゥーだの、まじない《ジュージュー》だの……とにかく、わかるでしょ、あたしの言ってる意味は」

現代では、そうしたことのほとんどは暗示の力によるものとされているのだ、とぼくは言った。おまえは死ぬことになっていると呪医が言っていた、と相手に伝えると――

あとは本人の潜在意識が働いてくれるわけだ。

オリヴァ夫人はふんと鼻を鳴らした。

「おまえは病気になって死ぬ運命にあるなんて、あたしがもし暗示をかけられたら、意地でもその裏をかいてやるわ！」

ぼくは笑った。

「あなたの血管には西洋人の懐疑的な血が脈々と流れている。暗示には絶対かからないたちですね」

「じゃあ、あなたはそういうことが起こりうると思ってるわけ？」

「判断が下せるほど、ぼくはその手のことに詳しくありませんからね。いったいどこからそんなことを思いついたんです？　次の傑作は『暗示による殺人』の予定だとか？」

「まさか、冗談じゃないわ。あたしには昔ながらの猫いらずか砒素で充分。それか、信頼のおける鈍器ね。できることなら銃器は避けたいわ。銃器って扱いがたいへんだし。ねえ、それより、あたしと本の話をしにきたわけじゃないんでしょう？」

「ほんと言うと、ちがうんです。じつは、いとこのローダ・デスパードが教会のために慈善バザーを開くことになって――」

「二度とお断り！」とオリヴァ夫人。「この前はどんな目にあったか知ってるでしょう？　犯人捜しのゲームを企画したら、いきなり本物の死体が出てくるんだもの。あたし、あのときの傷がまだ癒えてないんですからね！」

「今回は犯人捜しじゃありませんよ。テントのなかにすわって自分の著書にサインするだけです——一回五十ペンスで」

「うーん、そうねえ」と煮えきらない返事だった。「まあ、そういうことなら。バザーの開会のあいさつなんかしなくていいのね？　つまんない話をしろとか、帽子をかぶらなくちゃならないとか、そういうのもなしね？」

そういうことはいっさいないとぼくは請け合った。

「まあ、ほんの一、二時間のことですから」と、なだめるように言った。「そのあとはたぶんクリケットの試合が——いや、この季節にそれはないですね。子供たちのダンスでしょう、きっと。じゃなかったら、仮装コンテストとか——」

オリヴァ夫人の叫び声がぼくの言葉をさえぎった。

「それよっ！　クリケットのボール！　それしかないじゃないの！　男は窓の外のボールを目にする……それが空中高く浮かぶのを……で、そっちに気をとられて——だからオウムのことなんかひとことも口にしないんだわ！　ああ、あなたが来てくれて助かったわ、マーク。あなたって最高」

「ぼくにはなにがなんだか——」

「でしょうね、でも、あたしにはわかってる。話せば長くなるし、説明してる暇はないの。会えてほんとにうれしかったけど、いまお願いしたいのは、もう帰ってほしいってこと。さっさとね」

「わかりました。バザーの件は——」

「考えておくわ。あたしのことはもうおかまいなく。さてと、眼鏡はどこに置いたかしら。まったくもう、どうしてこうすぐにものが消えてしまうんだか……」

第二章

1

　ジェラウティー夫人はいつもどおり、飛びかからんばかりの勢いで司祭館のドアを開けた。呼び鈴に応えたというより、「今度こそつかまえてやった！」という気持ちがこめられているような勝ち誇った態度だった。

「さあ、いったいどんな用件か言ってごらん」と端《はな》から喧嘩腰で問い詰めた。

　戸口のあがり段に立っていたのはひとりの少年だった。これといった特徴もない少年――人目を惹くでもなく、人の記憶に残るでもない――要するに、その他大勢の子供となんら変わりない少年だった。鼻をすったところを見ると、風邪でもひいているのだろう。

「ここは司祭さんのうち？」

「あんたが訪ねてきたのはゴーマン神父さんかい？」

「用があるんだって」少年は言った。

「だれが、どこで、なんの用だって？」

「ベンソール通り。二十三番地。女の人が死にそうになってるんだって。コピンズのおばさんに言われて来たんだ。ここはカースリックの教会なんだろ、そうだよね？　その女の人が言うには、牧師さんじゃだめなんだって」

ジェラウティー夫人は、その点はだいじょうぶだと請け合い、しばらく待つように言いおいて、司祭館のなかへ引っこんだ。三分ほどすると、背の高い初老の神父が革のかばんを手にして現われた。

「わたしがゴーマン神父だ。ベンソール通りだって？　鉄道の操車場をまわっていったところだね？」

「うん。ほんとにすぐそばだよ」

ふたりでいっしょに歩きだし、神父のほうはすたすたと大股で歩いていった。

「コピンズさん――と言ったかな。たしかそういう名前だったね？」

「そこのうちの大家さんだよ。部屋を貸してるんだ。神父さんに用があるのは、そこの下宿人のひとり。たしかデイヴィスさんって人」

「デイヴィス。はてさて。どうも記憶にないが——」

「ちゃんと神父さんのほうの人だよ、だいじょうぶ。つまりカースリックってこと。牧師さんじゃだめだって言ってたから」

司祭はうなずいた。ふたりはあっという間にベンソール通りに着いた。少年が、背の高い薄汚れた家がずらりと並んだなかの、背の高い薄汚れた家を指さした。

「あそこ」

「きみはいっしょにはいらないのか？」

「ぼくは住んでないもん。コピンズのおばさんに十ペンスでお使いを頼まれただけ」

「そうか。きみの名前は？」

「マイク・ポッター」

「じゃ、ごくろうさん、マイク」

「いいんだよ」マイクは口笛を吹きながら立ち去った。だれかが死に瀕していることなど、どこ吹く風だ。

二十三番地の家のドアが開くと、赤ら顔をした大柄なコピンズ夫人が戸口に立って、待ちかねていたように訪問者を迎え入れた。

「さあさあ、おはいりください。かなり具合が悪いようなんですよ。こんなところにいないで、本当は入院させたほうがいいんですけどねえ。電話してはみたんですよ、でも近ごろじゃ、いつ人が来てくれるかあてになりゃしません。妹の亭主が脚を折ったときなんか、六時間も待たされたんですから。失礼にもほどがありますよ。健康保険なんて名ばかりじゃありませんか！　お金だけ取っといて、いざこっちが必要としてるときには、だれもいやしない」

そんな話をしながら、夫人は司祭の先に立って狭い階段をのぼっていった。

「その方はどこが悪いのですか？」

「インフルエンザにかかったんですよ。いったんは治りかけたんです。もうしばらく休んでいればよかったものを。とにかく、ゆうべ帰ってきたときはいまにも死にそうな顔でね。すぐさま寝かせたんです。なにも食べようとしないんですよ。医者も呼ばなくていいって。けさになったらものすごい熱じゃありませんか。肺にきたんでしょうね」

「肺炎ですか」

そのころにはすっかり息を切らしたコピンズ夫人は、なにやら蒸気機関車のような騒音を発したが、どうやらそれが同意の返事だったらしい。夫人は部屋のドアを勢いよく開けると、脇へのいてゴーマン神父をなかに入れ、その肩越しに声をかけた。「あんたのために神父さまが来てくださったよ。さあ、これでもうだいじょうぶだからね！」わざと陽気な声でそう言うと、引きあげていった。

ゴーマン神父は前に進み出た。古風なヴィクトリア朝風の家具の置かれたその部屋は、すっきりと片づいていた。窓辺でベッドに横たわっていた女性が、力なく頭をめぐらせた。深刻な病状だということが、司祭にもひと目でわかった。

「来てくださったんですね……もう時間がないんです――」女が息も絶え絶えに言った。「……邪悪な……あんな邪悪なことは……どうしても……どうしても……このまま死ぬわけには……懺悔――懺悔しないと――わたしの罪を――重大な……重大な……」視線がさまよい……目が半分閉じて……

抑揚のない言葉がとりとめもなく彼女の唇から発せられた。

ゴーマン神父は、ベッドに歩み寄った。これまでもたびたび――あまりにもたびたび――してきたように、話しかけた。権威の言葉――慰安の言葉を……みずからの使命であり信念である言葉を。平安が部屋を訪れ……苦痛にさいなまれた目から苦しみが去り……

やがて、司祭がその聖務を終えると、死に瀕した女はふたたび口を開いた。

「やめさせなければ……あんなことはやめさせなければ……あなたの手で……」

司祭は安心させるように威厳をこめて言った。

「必要なことはわたしがやりましょう。安心してお任せなさい……」

医者と救急車が同時に到着したのは、その直後だった。コピンズ夫人が陰気な勝ち誇った顔で彼らを出迎えた。

「いつもどおり、遅すぎたね！　病人はもう逝《い》っちまったよ……」

2

夕闇が迫るなか、ゴーマン神父は歩いて帰途についた。今夜は霧になりそうだ、と思う間もなく、それはみるみる濃くたちこめてきた。神父はふと足をとめて、顔をしかめた。なんという途方もない奇怪な話だろう……はたしてどこまでが高熱によるうわごとだったのか。むろん、真実も多少は含まれているだろう——が、はたしてどこまで？いずれにしても、大事なのは、記憶がまだ鮮明なうちにいくつかの名前を書きとめておくことだ。司祭館にもどったら、聖フランシス会を招集することになるだろう。神父はふと思いついて小さなカフェにはいり、コーヒーを注文して、テーブルについた。法衣のポケットを手探りする。いやはや、ジェラウティー夫人ときたら——ポケットのなかを繕っておくよう頼んでおいたのに。例によって、頼んだことをやっていない！　ポケットに入れておいた手帳と鉛筆と小銭が、ほころびから裏地のなかへはいりこんでしまっていた。硬貨の一、二枚と鉛筆はどうにか取りだせたものの、手帳となるとむずかしい。神父は紙切れを一枚もらえないかと店主に頼んだ。

「こんなものでいいですかね」

それは紙袋の切れ端だった。ゴーマン神父はうなずいて、紙を受け取った。そして書きだした――いくつかの名前を。その名前を忘れないようにすることが肝心なのだ。名前というやつはどうしても覚えられない……

カフェのドアが開き、身体にぴったりした服を着た若者が三人はいってきて、騒々しくテーブルについた。

ゴーマン神父はメモを書き終えた。紙切れを折りたたんでポケットに入れようとしたとき、穴があいていたことを思いだした。そこで、これまでもたびたびしてきたように、折りたたんだ紙切れを靴のなかに押しこんだ。

ひとりの男が静かに店にはいってきて、片隅に腰をおろした。

ゴーマン神父は、礼を失しないよう薄いコーヒーをひと口かふた口飲んでから、勘定書きを持ってこさせ、代金を払った。それから立ちあがって、店を出た。

いましがた店にはいってきた男は、気が変わったようだった。腕時計を見て、時間をまちがえていたことにでも気づいたのか、腰をあげると急いで店を出た。

霧がにわかに濃くたちこめてきた。ゴーマン神父は足を速めた。教区内のことはよくわかっている。近道をして、線路のそばを通る路地へと曲がった。背後から聞こえる足音には気づいていたかもしれないが、別段気にとめもしなかった。当然ではないか？

棍棒の一撃は完全に神父の虚をついた。身体が前のめりになって倒れた……

3

コリガン医師が〝オフリン神父〟を口笛で吹きながら、地区警察のルジューン警部の部屋にはいってきて、世間話でもするように言った。

「おたくの神父さんのほうは終わりましたよ」

「で、結果は？」

「専門用語は検死官にゆずるとして、まず棍棒にまちがいないでしょう。たぶん一撃で即死したとは思いますが、犯人は念を入れてる。とにかく残忍なやり方ですよ」

「まったくだ」とルジューンも言った。

ルジューンは黒っぽい髪に灰色の目をした頑丈そのものの男だった。その穏やかな物腰につい惑わされそうになるが、ときおり見せる驚くほど大仰な身振りから、祖先がフランスのユグノー教徒であったことがうかがえる。

ルジューンは思案顔で言った。

「ただの物盗りの仕業とは思えないほど残忍か？」

「物盗りだったんですか？」

「その可能性もある。ポケットがひっくり返されていたし、法衣の裏地まで引き裂かれていたんだ」

「たいした収穫も望めないでしょうに。ここらの教区の司祭はたいてい貧乏と相場が決まってるんだから」

「犯人は頭をめった打ちにしていた……念を入れて」ルジューンは物思いにふけりながら言った。「いったいなんだってそこまでする必要があるのか、ぜひとも理由が知りたいところだね」

「答えはふたつ考えられますね」とコリガン。「ひとつ、犯人は凶暴な若いチンピラで、とにかく暴力をふるいたくてうずうずしてる――近ごろはそういう手合いがやたらと多いですからね、じつに嘆かわしいことに」

「もうひとつの答えは？」

医師は肩をすくめた。

「だれかがゴーマン神父に恨みを抱いていた。その可能性はありそうですか」

ルジューンは首を振った。

「およそありそうもないね。人望もあったし、教区民からも慕われていた。聞いたかぎりでは、敵はひとりもいない。かといって物盗りの線もちょっと考えにくい。ただし――

――」

「ただし？　警察は手がかりをつかんでるんだ！　そうなんですね？」

「神父はあるものを身につけていて、そいつは盗られてなかったんだよ。じつを言うと、靴のなかにはいっていたんだ」

コリガンがヒューと口笛を吹いた。

「まるでスパイ小説ですね」

ルジューンは苦笑した。

「もっと単純な話だよ。ポケットに穴があいていたんだ。パイン巡査部長が司祭館の家政婦から話を聞いた。これが少々ずぼらな女らしくてね。神父の服にほころびがあればそれを繕う、その程度のこともしてなかったそうだ。まあ本人も認めたがね、神父はときどき書類や手紙を靴のなかに突っこんでいたと——法衣の裏地のなかに落ちこんでしまわないように」

「犯人はそのことを知らなかったんですね？」

「そんなことは思いつきもしなかっただろうな！　まあ、犯人の狙いがその紙切れだと——情けないほど小額の小銭なんかじゃなかったと——仮定すればの話だがね」

「その紙にはなにが書いてあったんです？」

ルジューンは抽斗に手を入れて、しわくちゃの薄っぺらな紙切れを取りだした。

「ただの名前のリストだよ」

コリガンは興味津々でその紙をのぞきこんだ。

パーキンソン
オーメロッド
サンドフォード
ヘスケス‐デュボイス
ハーモンズワース

タッカートン
ショー
デラフォンテイン?
コリガン?

コリガンの眉があがった。

「ぼくの名前が載ってる!」

「このなかに心あたりのある名前はないかね?」警部は訊いた。

「ありませんね」

「きみはゴーマン神父とは一面識もないんだな?」

「ええ」

「では、たいして役に立ってもらえそうにもないな」

「このリストの意味についてなにか考えは?——もしあれば」

ルジューンはその質問に直接は答えなかった。

「晩の七時ごろ、ある少年がゴーマン神父を訪ねてきた。死にそうな女の人がいるから神父さんに来てほしいと言って。ゴーマン神父はその子についていった」

「行き先は？　もしわかってるなら」

「わかっているよ。調べはすぐについた。ベンソール通り二十三番地。家主はコピンズという女性だ。病気の女性はデイヴィス夫人といった。司祭は七時十五分ごろそこに着いて、三十分ばかりそばにいた。デイヴィス夫人は、病院へ運んでくれる救急車が到着する寸前に息を引き取った」

「なるほど」

「その次にゴーマン神父のことで聞きこみをしたのは、〈トニーの店〉というさびれた小さいカフェだ。別に怪しげなところもないまっとうな店だが、飲み物はお粗末で、客はあまりはいっていない。ゴーマン神父はそこでコーヒーを注文した。それからポケットのなかを探っていたようだが、目当てのものがなかったのか、店主のトニーに紙切れをもらえないかと頼んだ。これが――」指でさし示して、「その紙切れというわけだ」

「それで？」

「トニーがコーヒーを運んでいったとき、司祭はその紙になにか書きつけていた。それからまもなく、司祭はリストを書き終えて靴のなかに押しこみ、コーヒーにはほとんど手をつけずに（まあ、無理もないとは思うが）店を出ていった」

「客はほかにもいたんですか」

「テディ・ボーイ(一九五〇年代から六〇年代にイギリスでエドワード七世時代風の服装を好んだ不良少年)風の若者が三人はいってきてテーブルにつき、そのあと初老の男がひとりではいってきて、別のテーブルについた。あとから来た男はなにも注文せずに店を出ていった」

「その男が司祭のあとをつけたとか？」

「ありうるね。トニーはその客が出ていったのに気づかなかった。どんな風体だったかもあまり覚えていない。目立たないタイプの男だったと言っている。どこにでもいそうな感じの。背はたぶん中ぐらいで、紺のオーバーコートを着ていた――ひょっとしたら茶色だったかもしれない。肌の色は、浅黒いというほどでもないし、色白というほどでもなかった。その男が事件に関与していたと決めつける根拠はなにもないんだ。その点はまだなんとも言えない。いまのところその男は、〈トニーの店〉で司祭を見かけたと名乗り出てきてはいない――といっても、まだそれほど日もたってないがね。あの日の七時四十五分から八時十五分のあいだにゴーマン神父を見かけた者は警察に名乗り出るようにというお触れを出してあるんだ。これまでに名乗り出たのはふたりだけ。女性がひとりと、現場の近くにある薬局の主人だ。これからそのふたりに話を聞きにいこうと思っている。司祭の遺体が発見されたのは八時十五分、発見者は幼い少年ふたりで、場所はウェスト通り――知ってるだろう？　通りとは名ばかりの路地で、片側は線路になっている。そのあとのことは――知ってのとおりだ」

コリガンはうなずいた。例の紙切れを指でとんとん叩く。

「これについてはどう思います？」

「重要な意味があると思うね」ルジューンは答えた。

「死に瀕した女性が司祭になにかを話し、司祭は忘れないうちに急いでこれらの名前を紙に書きつけた、そういうことですね。ひとつ問題なのは――もし司祭が、守秘義務のある告解としてその話を聞いたのであれば、紙に書きつけたりするでしょうか」

「守秘義務のある話だったとはかぎらないだろう。仮にこのリストの全員がつながっているとしたら――たとえば恐喝とか――」

「そうか、それが警部の見解なんですね」

「まだどんな見解も持ってはいないよ。これはあくまでも仮説だ。仮にこの人たちが恐喝されていたとする。瀕死の女性は、自分が恐喝していたか、もしくは恐喝のことを知っていたのかもしれない。彼女は後悔し、告白し、そしてできるかぎりの償いをしたいと願う、まあそれが人情というものだろうね。ゴーマン神父は彼女に代わってその責任を引き受けたんだ」

「それで？」

「そのあとのことはすべて推測でしかない。たとえば、それは金になる商売で、だれかさんはその商売をやめたくなかったのかもしれない。デイヴィス夫人が危篤状態に陥って司祭を呼びにやったことが、そいつの耳に届いたのかもしれない。あとは推して知るべしだ」

「いまふと思ったんですが」あらためてリストをじっくり見ながら、コリガンが言った。「なんで最後のふたつの名前には疑問符がついてるんでしょうね」

「ゴーマン神父も、このふたつについてはうろ覚えだったのだろう」

「コリガンじゃなくて、マリガンだったのかもしれませんね」コリガン医師はにやりと笑ってひとりでうなずいた。「その可能性は大いにありそうだ。しかし、デラフォンテインなんて名前はどうでしょう。覚えているか、すっかり忘れてしまうか、どっちかのような気がするけど――言いたいことわかりますか。だいたい変ですよ、住所がひとつもないなんて――」そう言って、リストにもう一度目を通した。「パーキンソン――これはありがちな名前だ。サンドフォード、これもめずらしくはない。ヘスケス‐デュボイス――なんだか舌を嚙みそうだな。こんな名前はそうそうないだろう」

いきなり身をかがめたかと思うと、コリガンは机の上の電話帳に手を伸ばした。

「EからL。見てみましょう。ヘスケス、ミセスA……ジョン・アンド・カンパニー、配管業……イシドール卿。あった！　ありましたよ！　レイディ・ヘスケス－デュボイス、SW1、エルズミア・スクエア、四十九番地。せっかくだから電話してみたらどうです？」

「なんと言って？」

「なにか思いつきますよ」コリガン医師は気楽に言った。

「じゃ、どうぞ」とルジューン。

「へっ？」コリガンは警部をまじまじと見返した。

「どうぞと言ったんだよ」ルジューンも気楽に言い返した。「そんなにぎょっとした顔をすることはないだろう」自分で受話器を取った。「外線を頼む」コリガンのほうを見て、「番号は？」

「グロヴナー六四五七八」

ルジューンは番号を復唱し、受話器をコリガンに差しだした。

「さ、あとは任せるよ」

少しばかり困った顔で警部を見返しながら、コリガンは相手の応答を待った。呼びだし音が何回か鳴ったあと、受話器が取られた。それから、重苦しいため息を交えたような女の声がした。

「グロヴナー六四五七八です」

「レイディ・ヘスケス-デュボイスさんのおたくですか」

「ええ――まあ、そうですが――なんと申しますか――」

コリガン医師はその歯切れの悪い応答には取り合わなかった。

「ご本人と代わっていただけませんか」

「いいえ、それは無理というものですよ！　レイディ・ヘスケス-デュボイスさまは今年の四月にお亡くなりになったのですから」

「えーっ！」あっけにとられたコリガン医師は、「失礼ですが、おたくさまは？」という問いかけを無視して、そのまま受話器をおろした。

冷たい目でルジューン警部を見やった。

「だからあんなにあっさり電話しろなんて言ったんですね」

ルジューンは意地の悪い笑みを浮かべた。

「そんなだれにでも思いつくような仕事を警察が怠るはずないだろう」と指摘した。

「今年の四月か」と言って、コリガンは考えこんだ。「五カ月前だ。その恐喝だかなんだかから、五カ月前に逃れたということですね。まさか自殺とかそういうたぐいの死に方じゃないでしょうね」

「いいや。死因は脳腫瘍だった」

「じゃ、振りだしにもどるわけか」コリガンはリストに目をもどした。

　ルジューンはため息をついた。

「このリストが今回の事件に関係していると決まったわけではないよ」と指摘した。

「霧の晩によくある暴行事件が起こった、それだけのことなのかもしれない——となると、犯人がつかまる可能性はほとんどないに等しいね、よほどの幸運に恵まれでもしないかぎり……」

　コリガン医師は言った。

「このリストの件、もうしばらく検討させてもらっていいですか」

「どうぞ。せいぜい幸運を祈らせてもらうよ」

「こう言いたいんでしょう、警察にできなかったことがおまえごときにできるものか！　って。でも、やってみなきゃわかりませんよ。ぼくはこのコリガンをじっくり調べてみます。ミスターだかミセスだかミスだか、とにかくこのコリガンを——大きな疑問符のついてる名前をね」

第三章

1

「いえ、ですからね、ルジューンさん、これ以上お話しできることはないんですったら！　もうおたくの巡査部長さんになにもかもお話ししたんですから。デイヴィスさんがどういう人だったとか、生まれはどこだったとか、あたしにはわかりませんよ。半年ばかりうちに住んでましたけどね。家賃はきちんきちんと払ってくれたし、人あたりのいい物静かなちゃんとした人のようでしたよ。これ以上なにを話せとおっしゃるんだか、あたしにはさっぱりわかりませんねえ」

コピンズ夫人はそこでひと息ついて、やや不機嫌そうな顔でルジューンを見た。ルジューンは憂いを含んだ穏やかな笑みを浮かべてみせた。これが効くことは経験上わかっている。

「なにもね、協力したくないと言ってるんじゃないんですよ」夫人は態度をあらためた。「ありがたい。われわれに必要なのはまさしくそれなんです――ご協力。女性というのはじつによくものを知っている――本能的に感じ取るんでしょうね――男なんぞとうてい足元にも及びませんよ」

それは巧みな戦術で、さっそく効果があった。

「あらまあ、いまの言葉、うちの人に聞かせてやりたかったわ。いっつもいばり散らして、口うるさいったらなかったんですよ。『ちゃんとした根拠もないくせに、知ったかぶりをしてものを言うんじゃない！』って、よく叱られたもんです。でもね、十回のうち九回はあたしの言うとおりだったんですから」

「だからこそ、そういう方がデイヴィス夫人のことをどう見ていたか、ぜひともお聞きしたいわけなんです。どうでしょう、デイヴィスさんは――不幸な女性だったと思いますか」

「そう訊かれると――いいえ、そうは思いませんよ。てきぱきした人。いつ見てもそんな感じを受けました。几帳面な人。ちゃんと人生設計を立てて、それに従って行動するような。仕事はたしか、どこかの消費者調査団体みたいなところだったと思いますけど。あちこちの家を訪問して、あれこれ質問するんです。粉石鹼や小麦粉はどこのを使ってるかとか、一週間の生活費をどういう配分でなにに使ってるかとかね。もちろん、そんなことは大きなお世話だってあたしは前から思ってるんですよ——だいたい、お役所だかなんだかが、なんだってそんなことを知りたがるのか、さっぱりわかりませんね！　あれこれ訊いたところで、結局わかるのはみんながとっくに知ってるようなことばっかりじゃありませんか——でもまあ、近ごろはその手のことが大はやりですからね。どうしても必要な仕事だっていうんなら、あのお気の毒なデイヴィスさんなんか、さしずめうってつけだったでしょうね。人あたりはいいし、押しつけがましくないし、てきぱきと実務をこなす人ですから」

「彼女が勤めていた会社か団体の正式な名称はわかりませんか」

「ええ、あいにくとわかりませんね」

「身内のことを口にしたりといったことは——？」

「いいえ。いまはひとり身で、ご主人を何年も前に亡くしたようなことを言ってました。病弱な人だったらしいんですけど、ご主人のことはあまり話しませんでしたね」

「生まれ故郷のことも話さなかったんですね——どの地方かといったことも」

「生まれはロンドンじゃなかったと思いますよ。どこか北のほうじゃないかしらね」

「こんなふうに感じたことはありませんか。どことなく——そう、謎めいたところがあると」

自分でそう言いながら、この質問はどうかと思った。もし相手が暗示にかかりやすい女性だったら——だが、コピンズ夫人は差しだされた機会に飛びつくようなことはなかった。

「そうねえ、特にそんな感じはなかったと思いますけど。少なくともあの人が口に、し、た、ことからはまったく。ひとつだけ、ちょっと気になると言えば気になるのが、あの人のスーツケースでしょうか。上等なものですけど、お古なんですよ。しかもそれについてるイニシャルは上から書き直したものなんです。J・D——ジェシー・デイヴィス。でもね、もとはJ・なんとかって書かれてたようでした。たぶんH。もしかしたらAかもしれませんけどね。そのときは別段どうとも思わなかったんです。リサイクル屋さんに行けば、上等のスーツケースが格安で売ってることもありますから、そういうときは当然イニシャルを書き換えてもらうでしょうね。荷物は多くなかったようですよ——そのスーツケースひとつきり」

それはルジューンも知っていた。亡くなった女性は、奇妙なことに個人的なものをほとんど持っていなかった。手紙も写真もいっさいないし。保険証も、預金通帳も、小切手帳も持っていないようだった。衣類は質のいい実用的な普段着で、比較的新しかった。

「そこそこ幸せそうだったわけですね」ルジューンは訊いた。

「だと思いますけどねえ」

その声に含まれるかすかな迷いをルジューンは聞き逃さなかった。

「そう思うだけですか」

「だって、そういうことって普通はあんまり考えないものでしょう？　ちゃんとした仕事があって、食べるのに困ってたわけでもないし、自分の暮らしにはそこそこ満足してたと思いますよ。とにかく自分のことをぺらぺらしゃべるような人じゃありませんでしたね。それでも、さすがに具合が悪くなったときは――」

「具合が悪くなったときは？」ルジューンは先をうながした。

「困ってましたよ、最初のうちは。インフルエンザにかかって寝込んだときのことですけどね。これで予定が全部狂ってしまうわ、って。約束どおり訪問できないとかそういったことでしょう。そうは言っても、インフルエンザにかかっちまったものはしょうがない、ほっとくわけにいきませんからね。それで、仕事を休んで安静にして、自分でガスこんろでお茶を沸かしたり、アスピリンをのんだりしてました。お医者さんを呼んだらどうかって言ったら、そんなことをしても無駄だ、って。インフルエンザにかかったときはあったかくしておとなしく寝ているしかない、移るといけないからそばには来ないほうがいいわよ、って言うんですよ。少し具合がよくなってからは、あたしが簡単なものをこしらえてあげたりしました。熱いスープとトーストとか。たまにライス・プディングなんかも。そりゃあもちろん弱ってはいましたよ、インフルエンザですからね――でも、そんなに異常な弱り方じゃなかったと思いますよ。熱がさがったあとってなんとなくぐったりしますでしょう――あの人もご多分にもれずそんな感じになりましてね。そういえば、ガス・ストーブのそばにすわってこんなことを言ってました。『考える時間がたっぷりあるというのも考えものね。考える時間なんてないほうがましよ。気が滅入るだけだもの』って」

ルジューンがなおも熱心に耳を傾ける様子を見せると、コピンズ夫人の話にも次第に熱がこもってきた。

「雑誌を何冊か貸してあげたりもしたんですよ。でも、読もうとしてもすぐに気が散ってしまうような具合でしたね。一度なんかこんなことを言ってました。『もしも、ものごとが本来あるべきようになっていないとしても、そんなことは知らないほうがましよね、そう思わない?』って。あたしは『ええ、そのとおりね』って答えたんです。そしたらあの人は、『よくわからないわ――絶対そうとも言いきれないのよ』って。だったら、それはそれでいいじゃないの、ってあたしは言いました。そしたら、『わたしはいままで、曲がったことや人さまに言えないようなことなんか一度だってしたことはないのよ。自分を責めなきゃならないようなことはなにもね』って言うんです。あたしは、『ええ、もちろんそうですよ』と言ってあげました。ですけど、頭のなかでちらっと思ったんですよ、あの人の勤めてる会社で、たとえば帳簿のごまかしかなにかの不正行為があって、それを小耳にはさんだのかもしれない――でも、自分が口出しすべきことじゃないと思ったんじゃないかってね」

「そうかもしれません」ルジューンは相槌を打った。

「そうこうするうちに、病気もよくなって――ほとんどよくなって、また仕事にもどったんです。まだ早すぎるってあたしは言ったんですよ。あと一日ふつかは様子を見たほうがいい、って。そしたらどうです、あたしの言ったとおりだったじゃありませんか！仕事に復帰してふつかめの晩に帰ってきたとき、ひと目で高熱があるってわかりましたよ。階段もあがれないようなありさまで。お医者さんに診てもらわなくちゃだめだと言っても、いやだと言い張るんです。その日のうちにみるみる具合が悪くなって、目はどんよりしてくるし、頬は燃えるように熱いし、あの息づかいの苦しげなことといったら。それで、次の日の晩にあたしにこう言ったんです、もうほとんど聞き取れないような声で。『司祭さまを。司祭さまを呼んで。急いで……手遅れにならないうちに』って。それも、呼ぶのはうちの教会の牧師さんじゃなくて、ローマカトリック教会の司祭さんでなくちゃだめだというんです。あの人がカトリック教徒だなんてちっとも知りませんでしたよ、十字架とかそんなようなものはいっさいありませんでしたからね」

じつは十字架はちゃんとあって、スーツケースの底にしまいこまれていた。そのことをルジューンは口にしなかった。ただすわって耳を傾けていた。

「表でマイクぼうやを見かけたもんで、聖ドミニク教会のゴーマン神父さんを呼びにやりました。ついでにお医者さんと病院にも電話しましたよ、あたしの判断で、本人にはなにも言わずにね」

「司祭がやってきたとき、あなたが上まで案内したのですね？」

「ええ、そうですよ。ふたりを残して、すぐに引きあげましたけど」

「ふたりのどちらでもいい、なにか言いませんでしたか」

「そうですねえ、はっきりとは覚えてません。あの人を元気づけようと思って、自分がこう言ってたのは覚えてますけどね。神父さまが来てくださったよ、これでもうだいじょうぶだからね、って。そういえば、いまふっと思いだしたんですけど、ドアを閉めるときにあの人が、邪悪がどうとかって言ってたような気がします。たしかそう――ほかにもなにか、馬がどうとかって――競馬のことでしょうかね。あたしもときたま半クラウン賭けたりしますけど——競馬の世界じゃ、汚いこともいろいろあるんですってね」

「邪悪か」ルジューンは言った。その言葉が妙に気にかかった。

「カトリック教徒の人たちは、死ぬ前に罪を告解しなくちゃならないんでしょう？　それですよ、きっと」

告解であることに異存はなかったが、そこで使われた言葉に想像をかきたてられた。邪悪……

邪悪のなかでもなにか特別なことにちがいない、とルジューンは思った。その事実を知った司祭が、尾行され、撲殺されたとなると……

2

その家のほかの三人の下宿人からは、なんの情報も得られなかった。そのうちのふたり、銀行員と初老の靴屋の店員は、数年前からこの家に下宿していた。三人めは最近越してきたばかりの二十二歳の女性で、近くのデパートに勤めている。三人とも、デイヴィス夫人の顔だけは知っているという程度だった。

あの晩、通りでゴーマン神父を見かけたと名乗り出てきた女性も、役に立ちそうな情報を持ってはいなかった。聖ドミニク教会に通っているカトリック教徒なので、ゴーマン神父の顔は知っていた。八時十分前に、神父がベンソール通りから出てきて〈トニーの店〉にはいっていくところを見かけたという。それだけのことだった。

バートン通りの角にある薬局の主人、オズボーン氏のほうが貢献度は高そうだった。オズボーンは、頭の真ん中が丸く禿げた小柄な中年男で、人のよさそうな丸顔に眼鏡をかけていた。

「こんばんは、警部さん。よろしければ奥へどうぞ」と言って、昔懐かしいはねあげ式のカウンターを持ちあげた。ルジューンはカウンターのなかにはいり、白衣の若い男がプロの手品師も顔負けのあざやかな手つきで薬剤を調合して瓶に詰めている調剤室を通過したあと、アーチ型の戸口を通り抜けて、安楽椅子が二脚とテーブルと机の置かれた狭い部屋に足を踏み入れた。オズボーンは部屋にはいるとアーチ型の通路のカーテンをこそこそと閉め、ルジューンに椅子を勧めて、自分ももうひとつの椅子に腰をおろした。それから、喜びと興奮に目を輝かせながら身を乗りだしてきた。

「じつは、まったくの偶然なのですが、もしかすると警察のお手伝いができるかもしれないないんですよ。あの晩はどちらかというと暇で――これといった仕事もありませんでした。空模様もあんなふうでしたからね。カウンターにはうちの店員の女の子がはいっていましたし。木曜日はいつも八時まで店を開けています。霧が出てきていたし、人通りもほとんどなかった。わたしは空模様を見に戸口まで出ていって、この分だとあっという間に濃い霧になりそうだなあと思ってたわけです。天気予報でもそんなふうに言ってましたしね。それで、しばらく店先に立っていたのです――店内の仕事は女の子でたいがい間に合いますからね――フェイスクリームだのバスソルトだのといったたぐいのことは。そのうち、ゴーマン神父が通りの反対側を歩いてくるのが見えました。もちろん神父さんの顔はよく存じてますよ。今回の殺人事件のことは本当にショックです、あんな信望の篤い人が襲われるだなんて。『ああ、ゴーマン神父さんだ』と、そのときわたしはつぶやきました。神父さんはウェスト通りのほうに向かって歩いていました、線路の手前の左手にある次の角を曲がったところがそうです、ご存じでしょうけど。その神父さんのすぐ後ろに、もうひとり男がいました。普通だったら、そんなことをいちいち意識したり気にとめたりはしません。ところがその二番めの男が、いきなり立ちどまったのです――突然ぴたり足をとめて、それがちょうどこの店のまん前でした。なんで立ちどまったんだろうと不思議に思って――そのとき気づいたのです、少し前を歩いていたゴーマン神父の歩くペースが落ちていることに。立ちどまりはしなかったものの、なにか考えごとに熱中して、自分が歩いていることをつい忘れてしまった、そんな感じでした。それから神父さんがまた歩きだすと、後ろにいた男も歩きだしました——足早に。わたしはこう思いました——あくまでも思っただけですよ、きっとあの人はゴーマン神父の知り合いで、追いついて話しかけようとしているのだろうってね」

「でも、じつはあとをつけていただけかもしれない？」

「いまは、そうだったと確信しています——あのときはそんなこと思いもしませんでしたがね。それから霧が濃くなって、ふたりの姿はあっという間に見えなくなってしまいました」

「その男の人相を説明できますか」

ルジューンの声にはあまり熱がこもっていなかった。どうせこれといった特徴もない男だろうと思いこんでいたのだ。ところが、オズボーンは〈トニーの店〉のトニーとは意気込みがちがっていた。

「ええ、たぶんできると思いますよ」オズボーンは悦に入った様子で答えた。「背が高くて——」

「背が高い？　どれぐらい？」

「そうですねえ、少なくとも百七十八か百八十センチはあったでしょう。ひょっとしたら実際より高く見えたかもしれません、なにしろひどく痩せた男でしたからね。なで肩で、喉仏がよく見えました。ホンブルグ帽の下の髪は長めです。鼻は大きな鉤鼻。かなり特徴のある顔です。もちろん目の色まではわかりませんが。ご承知のとおり、見たのは横顔でしたから。歳は五十前後。歩き方でだいたいわかりますよ。それより若い男だと、身のこなしがぜんぜんちがいますからね」

ルジューンは頭のなかで道路の幅を推し量ったあと、あらためてオズボーンに目をもどし、不思議に思った。どう考えても不思議だ……

この薬剤師が口にした描写の意味は、おそらくふたつのうちのどちらかにあたるはずだ。ひとつは、並はずれて真に迫った想像の産物という可能性——そういう証言は現に数多くあり、たいていは女性の口から出てくる。彼女たちは、殺人犯はこういう人相をしているはずだという思いこみに基づいて架空の人物像を創りあげる。ところが、そういった架空の人物像にはたいてい、いかにもうさんくさい項目が含まれているものだ——ぎょろ目や、げじげじ眉や、猿みたいな口元や、獰猛な顔つきといったものが。ところが、オズボーンが口にした描写は、実在する人間の人相を述べているように思われた。となると、ここにいるのは百万人にひとりの目撃者——正確かつ詳細な観察のできる人間——であり、自分の見たものについて確固たる自信を持っている人間という、もうひとつの可能性も考えられる。

道路の幅のことを、あらためて考えてみた。ルジューンの思案にふけるような視線が薬剤師にじっと注がれた。

ルジューンは尋ねた。「もう一度会ったら、すぐにその男だとわかりますか」

「ええ、わかりますとも」オズボーンは自信たっぷりだった。「一度見た顔は忘れません。わたしの趣味みたいなものですからね。いつも言ってるんですよ、女房を殺そうとしている男がうちの店に来て砒素の小瓶でも買っていってくれたら、法廷でまちがいなくこの男だったとはっきり証言してやれるのにって。いつかそんな事態でも起こりはしないかと心待ちにしているのですが」

「でも、まだそんな事態は起こっていない」

そうなんです、とオズボーンは悲しげに答えた。

「いまとなっては、もう無理でしょう」といかにも物足りなさそうに言い添えた。「この店を売る予定なのです。なかなかいい値がついたので、ボーンマスに隠居しようと思いまして」

「見たところ、たいへん立派な店のようですね」

「ちょっとしたものでしょう」オズボーンの口調は誇らしげだった。「ここに店を構えて百年近くになります。祖父から父、そしてわたし。昔ながらの家業というやつですね。子供のころは店を継ぐつもりなどなかったのですが。つまらない仕事だと思っていました。若い時分はだれでもそうですが、わたしも舞台にあこがれましてね。自分には役者の素質があると思いこんでいたのです。父は反対もしなかった。『ものになるかどうかやってみるといい。おまえがヘンリー・アーヴィング卿になれるはずもないことはじきにわかるから』とね。いや、まったくそのとおりでしたよ！　父には先見の明があったわけです。一年半ばかりレパートリー劇団にいましたが、そのあとはうちにもどって家業を継ぎました。そしてこの仕事に誇りを持つようになった。うちは昔から信頼のおけるたしかな品だけを扱ってきました。昔ながらの質のいいものを。それなのに、近ごろじゃ」――悲しげに首を振って――「薬剤師なんか用なしですよ。売れるのは化粧品ばかり。店に置かないわけにはいきません。ああいうくだらないものが売上げの半分を占めているのですから。パウダーに口紅、フェイスクリーム、シャンプー、洒落た化粧ポーチ。わたし自身はそういうものにはかかわっていません。その手の商品を担当する若い女の子をカウンターに置いています。もういままでとは勝手がちがうのですよ、薬局だけで商売が成り立っていたころとはね。でもまあ、蓄えもそこそこできたし、店もまあまあの値で売れたので、ボーンマスのそばに快適なこぢんまりしたコテージを見つけて、頭金ももう払ってあるのです」

　さらにこう続けた。

「人生を楽しめるうちに隠居しろ。それがわたしのモットーでしてね。趣味はいろいろありますよ。たとえば蝶々。たまにバード・ウォッチングも。それにガーデニング――初心者向けのいいガイドブックが山ほどありますからね。それから旅行。船旅もいいでしょうねえ――いまのうちに外国の土地も見ておきたいし」

　ルジューンは腰をあげた。

「では、幸運をお祈りしてますよ。それから、実際にこの土地を離れてしまう前に、万が一さっき言った男を見かけるようなことがあったら――」

「すぐにお知らせしますとも、ルジューンさん。当然です。任せてください。楽しみにしてますよ。さっきも言ったように、人の顔を見分けるのは得意中の得意ですから。しっかり見張っています。警戒態勢《キ・ヴィーヴ》で。ええ、それはもう。安心してお任せください。楽しみにしてますよ」

第四章

マーク・イースターブルックの物語

1

ぼくは友人のハーミア・レッドクリフといっしょにオールド・ヴィック劇場から表に出た。ふたりで『マクベス』を観にきたのだ。外はどしゃ降りだった。車をとめた場所に向かって通りを走って渡りながら、ハーミアが、オールド・ヴィック劇場に来るといつも決まって雨に降られる、といい加減なことを言った。

「そういうことってあるわよね」

ぼくはその意見に異を唱えた。きみは日時計の反対で、雨が降った時間のことしか覚えていないのだ、と言った。

「それにひきかえ、グラインドボーン（イースト・サセックス州にあるカントリーハウス、毎夏オペラ・フェスティバルが開かれる）ではね」ぼくがクラッチを入れると、ハーミアがなおも言った。「いつだって幸運に恵まれていたわ。完璧じゃなかったことなんて一度も記憶にないくらい。音楽に、みごとなボーダーガーデン——白い花の花壇は特に素敵ね」

グラインドボーンとそこで聴いた音楽についてしばらく議論したあと、ハーミアが言った。「わたしたち、まさかドーヴァーまで朝食をとりに行くんじゃないでしょうね」

「ドーヴァーだって？　なにを言いだすかと思えば。ぼくは〈ファンタジー〉に行くんだとばかり思っていたよ。『マクベス』のあの壮大で血なまぐさい陰鬱な芝居のあとは、とにかくうまいものをたっぷり飲み食いする必要がある。シェークスピアを観るたびに、ぼくはなぜかやたらと腹が減るんだ」

「ほんと。ワーグナーもそうよ。幕間にコヴェント・ガーデンでスモークサーモンのサンドイッチを食べたくらいじゃ、とてもあの飢えをしのぐことはできないわ。なぜドーヴァーが出てきたかというと、あなたがそちらの方面に車を走らせているから」

「Uターンしなくちゃならないからだ」ぼくは説明した。

「でも、これじゃ遠まわりしすぎよ。もうオールド（それともニュー?）・ケント・ロードまで来てしまっているじゃないの」

周囲の状況を確認すると、例によって例のごとく、ハーミアの言うとおりだと認めざるをえなかった。

「このあたりに来ると、かならず道がよくわからなくなるんだよ」とぼくは弁解した。

「ややこしいものね」とハーミアも言った。「ウォータールー駅のまわりをぐるぐるまわったりして」

どうにかウェストミンスター橋を渡ることができたので、ぼくたちは会話を再開し、観てきたばかりの『マクベス』の演出についてあれこれ論じ合った。友人のハーミア・レッドクリフは、きりっとした顔立ちをした二十八歳の女性だ。ヒロイン肌で、ほとんど非の打ちどころのないギリシャ風の横顔に、豊かな栗色の髪をうなじのところで丸く結っている。姉は彼女のことを口にするたびに、〝マークの彼女〟と引用符つきの抑揚をつけ、そう言われるたびにぼくはうんざりする。

〈ファンタジー〉で気持ちよく迎えられて、ぼくたちは緋色のベルベット張りの壁ぎわにある小さなテーブルに案内された。当然ながら〈ファンタジー〉は人気のある店で、テーブルがぎゅうぎゅう詰めに置かれている。ふたりで腰をおろすと、隣のテーブルの客が陽気に声をかけてきた。デイヴィッド・アーディングリーはオックスフォードで歴史学の講師をしている。デイヴィッドが紹介してくれた連れの若い女性は、はっとするほどの美人で、頭のてっぺんの髪が好き勝手な方向に突き出た流行りの斬新な髪型をしていた。おかしなことに、それがよく似合っている。大きな青い瞳に、いつも半開きのような口。デイヴィッドのつきあう相手はたいていおつむが弱いので有名だが、彼女もそんな感じだった。人一倍頭の切れる男なので、間の抜けたような女の子でないと、いっしょにいてくつろげないらしい。

「こっちはぼくの大事な彼女のポピー」デイヴィッドが紹介した。「こちらはマークとハーミア。ふたりともお堅いインテリだから、きみもがんばって話についていかなくちゃだめだよ。ぼくらは『刺激が肝心』を観てきたところでね。じつに楽しいショーだったよ！　きみたちのことだから、きっとシェークスピアか、イプセンの再演でも観てきたあとなんだろうね」

「オールド・ヴィックで『マクベス』を」ハーミアが答えた。

「そうか、バタースンの演出をどう思う？」

「わたしはよかったと思うわ」とハーミア。「照明がなかなか凝っていたわね。それに、晩餐会の場面もいままで観たなかでいちばんよくできていた」

「そうか、でも魔女たちはどうだった？」

「最低！」ハーミアは答え、「いつものことだけどね」と言い添えた。

デイヴィッドも同じ意見だった。

「パントマイム的な要素がどうしてもはいりこんでしまうからね。全員で飛び跳ねて、三つの顔を持つ魔王を演じてるみたいなものだ。あれじゃ、こんな場面をつい期待してしまうよ。善の妖精がスパンコールつきの白いドレスで現われて、単調な声でこう告げるんだ。

『そなたの邪悪なたくらみが成功することはありえませぬ。最後に頭がいかれてしまうのは、マクベス、そなたですからね』

みんなで大笑いしたが、察しのいいデイヴィッドは、ぼくにちらりと鋭い視線を向けてきた。

「なにを考えてるんだい？」

「いや、別に。ただ、ついこのあいだ、パントマイムに出てくる悪や魔王のことを思いだしたばかりだったから。そう——それに善の妖精のこともね」

「いったいなんでまた《ア・プロポ・デュ・ホワット》？」

「じつは、チェルシーのカフェバーにいたときのことなんだ」

「きみも人並に流行を追うようになったというわけか、マーク。チェルシー族の仲間入りとはねえ。あそこじゃ、タイツをはいた金持ちの娘が、金目当ての街のごろつきと結婚したりするらしい。それこそポピーにぴったりの場所じゃないか、そうだろう、ダーリン」

ポピーは大きな目をいっそう大きくして抗議した。

「あたし、チェルシーなんて大嫌い。〈ファンタジー〉のほうがずーっと好きだわ！　お料理がとってもとってもおいしいんだもの」

「それでいいんだよ、ポピー。まあいずれにしろ、きみはチェルシーに行くほどの金持ちでもないからね。マーク、『マクベス』の話をもっと聞かせてくれないか、最低の魔女たちの話も。ぼくが演出家だったら、あの魔女たちをどう演出するか、考えてはあるんだ」

デイヴィッドはかつてオックスフォード大学演劇協会の優秀なメンバーだった。

「へえ、どんなふうにするんだい？」

「ぼくならごく普通の魔女にするね。ただの意地悪で寡黙な老女に。田舎の村にいる魔女のような」

「でも、いまどき魔女なんていないんじゃないの？」ポピーはあきれたようにデイヴィッドの顔を見ていた。

「そんなことを言うのは、きみがロンドンっ子だからさ。イギリスの田舎に行けば、どこの村にもまだ魔女がひとりはいるんだよ。丘をのぼっていった三軒めのコテージはブラックばあさんの家、とかね。小さい男の子たちはあのばあさんを怒らせちゃいけないと教えられるし、ばあさんの家にはときどき卵や自家製のケーキなんかが差し入れられる。なぜかというとだね」効果を狙って指を一本振り動かす。「そのばあさんの機嫌を損ねようものなら、牛の乳が出なくなったり、じゃがいもが不作になったり、はたまたジョニーぼうやが足をくじいてしまったりするからだよ。ブラックばあさんとは常に友好関係を保っておかなくちゃならない。だれも表立って口にしたりはしないよ——だけど、みんなちゃんと知ってるんだ！」

「嘘ばっかり」ポピーが口をとがらせた。

「いやいや、嘘じゃない。ほんとの話だよ、なあ、マーク」

「そういう迷信のたぐいは教育で一掃されたはずじゃないの」ハーミアが疑わしげに言った。

「人里離れた田舎の村にはまだ残っているんだよ。きみはどう思う、マーク」

「まあ、ひょっとしたらきみの言うとおりかもしれないな」ぼくはのんびりと答えた。

「本当のところはわからないけど。田舎にはあまり住んだことがないし」

「あの魔女たちをごく普通の老女として演出するなんて、わたしにはとうてい理解できないわ」ハーミアが最前のデイヴィッドの意見に話をもどした。「やはり魔女には超常的な雰囲気が絶対に必要よ」

「そうかな、でも考えてもごらんよ」とデイヴィッド。「狂気の場合もそうだろう。たとえば、髪に藁をくっつけて大声でわめきながらうろうろさせて、いかにも狂っていますというふうにしてしまったら、怖くもなんともないじゃないか！　ところがだ、いまでも覚えてるけど、いつだったか精神科の医者のところに伝言を届けるよう頼まれて行ったら、待合室のようなところに通されたんだ。そこには人のよさそうなおばあさんがいて、コップでミルクを飲んでいた。あたりさわりのない天気の話なんかしていたら、そのばあさん、いきなり身を寄せてきて、ひそひそ声でぼくにこう訊くんだ。

『暖炉の裏に埋められているのはかわいそうなおたくのお子さんなの？』って。それからうなずいてこう言うんだよ。『きっかり十二時十分よ。毎日決まって同じ時間なの。血には気づかないふりをしておいてね』

　なにが怖かったって、そのばあさんのいかにもさりげない言い方さ」

「ねえ、その暖炉の裏には、ほんとにだれかが埋められていたの？」ポピーが知りたがった。

　デイヴィッドは聞き流して話を続けた。

「それに、霊媒の場合を考えてみるといい。あるときは、暗い部屋、トランス状態、こつこつというノックのような音。次の瞬間、霊媒は身体を起こして、髪をなでつけ、うちに帰ってフィッシュ・アンド・チップスの食事をする。ごく平凡な気のいい女にもどってね」

「すると、きみの考える魔女というのは」ぼくは言った。「予知能力のある三人組のスコットランドのしわくちゃばあさんというわけか――人知れず自分たちの能力を活用して、沸騰する大釜を囲んで呪文を唱えたり、霊を呼びだしたりしていながら、普段はあくまでも平凡な三人組の老女のふりをしている。なるほど――たしかにそのほうが強烈な印象を与えるかもしれないな」

「俳優にそういう演技をさせることができればね」ハーミアが辛辣に言った。

「問題はそこだな」とデイヴィッドも認めた。「台本のなかに狂気の影がちらっとでも見えようものなら、俳優はすぐさまそこを熱演して成功を収めようと考えてしまう。不慮の死も同じだ。静かにくずおれてそのまま死ぬなんてことは、俳優にはなかなかできないんだよ。うめき声をあげて、わめき散らして、白目をむいて、息をあえがせて、胸をつかんで、髪をかきむしって、それはもうみごとな死に際を演じてくれる。演じると言えば、フィールディングのマクベスをきみたちはどう思った？　批評家のあいだでもずいぶん意見が割れていてね」

「わたしはすばらしかったと思うわ」とハーミア。「夢遊病のシーンのあと、医者と話をするあのシーン。『心の病はどうにもならぬと言うのか』。あれは、わたしがいままで思いもよらなかったことをはっきり教えてくれたわ――マクベスが、じつは医者に、妻を死なせてやれと命じていたことをね。それでもまだ妻を愛してはいたのよ。恐怖と愛情との葛藤がよく出ていた。『あれもいずれは死ぬのだ、ただもう少しあとにしておいてやりたかった』――あれほど痛ましい台詞もなかったわね」

「自分の戯曲がいまの時代にこんなふうに演じられているのを観たら、シェークスピアもちょっとした驚きだろうね」ぼくは皮肉をこめて言った。

「当時のバーベッジ一座の芝居で、シェークスピアはもうすでに充分失望していたんじゃないかとぼくは思うけどね」とデイヴィッド。

ハーミアがつぶやくように言った。

「演出家のすることって、作家にとっては常に驚きなのよね」

「本当はベーコンがシェークスピアを書いたんだって、だれか言ってなかった？」ポピーが訊いた。

「その説はね、いまや完全に時代遅れになっているんだよ」デイヴィッドが優しく答えた。「だいたい、きみはベーコンのことを知ってるのかい？」

「火薬を発明した人よ」ポピーが得意げに答えた。

「ぼくが彼女を気に入ってるわけがこれでわかるだろう？」とデイヴィッド。「彼女の知識ときたら、いつだってこっちの度肝を抜いてくれるんだ。ロジャー・ベーコンじゃなくて、フランシス・ベーコンのほうだよ、ポピー」

「わたしがおもしろいと思ったのはね」ハーミアが言った。「フィールディングが第三の暗殺者の役を演じたこと。あれ、前例はあるのかしら」

「たぶんあるだろう」デイヴィッドは答えた。「なんて便利な時代だったんだろうね。ちょっとした仕事を片づけてもらいたいとき、いつでも気軽に呼びだせる殺し屋がいてくれるなんてさ。いまの時代にそんなことができたら愉快だろうな」

「あら、ちゃんといるじゃないの」ハーミアが反論した。「ギャング、チンピラ――なんて呼んでもかまわないけど。シカゴなんかにね」

「まあね。でも、ぼくが言ってるのは、ギャングだの暴力団だの犯罪組織だのといった話じゃないんだ。ごく普通の一般市民がだれかを消したいとき。たとえば商売敵とか、大金持ちで、困ったことにまだまだ長生きしそうなエミリーおばさんとか、目ざわりでしょうがない厄介な亭主とか。そんなとき〈ハロッズ〉に電話してこう言えたら、さぞかし便利だろうね。『ちょっとお願い、手ごろな殺し屋をふたりよこしていただけないかしら』って」

みんな大笑いした。

「でも、それを可能にする方法だってあるでしょ？」ポピーが言った。

みんなでそちらに顔を向けた。

「どんな方法のことかな、ポピーちゃん」デイヴィッドが訊いた。

「だから、ほら、そういうことができるのよ、その気になれば……あたしたちみたいな人でもね、あなたが言ったように。ただし、すごくお金がかかるとは思うけど」

ポピーの大きな目は無邪気そのもので、唇はわずかに開いていた。

「いったいどういうことかな」デイヴィッドが興味を示した。

ポピーは困ったような顔になった。

「あの――あたし――なんだか話がごっちゃになっちゃって。あたしが言ったのは〈蒼ざめた馬〉のこと。ああいうたぐいのこと」

「蒼ざめた馬？　蒼ざめた馬がどうしたって？」

ポピーは顔を赤らめて目を伏せた。

「あたしったらばかみたい。あの、だれかがちらっとそんなことを言ってただけ――でもきっとあたしの勘ちがいね」

「デザートにおいしいクープ・ネッセルローデでも食べようか」デイヴィッドが気をきかせて言った。

2

だれにでも覚えがあると思うが、この世の不思議のひとつに、ある言葉を耳にすると、それから二十四時間以内になぜかまた同じ言葉を耳にする、という現象がある。ぼくが身をもってそれを体験したのは、翌朝のことだった。

電話が鳴ったので、ぼくは応答した——

「フラクスマン七三八四一」

受話器の向こうであえぐような声がした。それから、息を切らしたような、それでいて挑戦的な声が聞こえた。

「あれから考えてみたの、やっぱり行くわ！」

ぼくは頭のなかであれこれ思案をめぐらせた。

「それはよかった」と答えて、とりあえず時間稼ぎをした。「えーと――それって――?」

「よく言うでしょ」と声が言った。「雷は同じ場所に二度落ちないって」

「番号をおまちがえではないですよね?」

「おまちがえなわけないじゃない。あなたマーク・イースターブルックでしょ?」

「わかった! ミセス・オリヴァだ」

「やあねえ」声があきれたように言った。「だれだかわかってなかったの? もう信じられない。例のローダの慈善バザーの件よ。どうしてもっていうことなら、本にサインをしに行ってもいいわ」

「そうしてもらえると、ほんとに助かります。もちろん宿はこちらで用意しますよ」

「まさかパーティーの予定なんかないでしょうね」オリヴァ夫人が先まわりして言った。「そんなものに出たらどういうことになるか、知ってるでしょ。みんながぞろぞろ寄ってきて、いまはなにか書いてるんですかって訊いてくるのよ――いまはジンジャーエールだかトマトジュースだかを飲んでるんだから、書けるわけがないって、見ればわかりそうなもんじゃないの。でね、あたしの本が好きですとか言うの――そりゃあ悪い気はしないわよ、だけど、そんなこと言われてなんて答えりゃいいのよ。『とてもうれしいです』じゃ、〝お会いできてうれしいです〟となんのちがいもないじゃないの。紋切り型もいいところだわ。そりゃあ、たしかにうれしいけど。でもって、そのうち〈ピンクの馬〉に行って一杯やりましょうなんて言いだすのよ、そう思わない？」

「〈ピンクの馬〉？」

「えーと、〈蒼ざめた馬〉だったかしら。パブなんだけどね。パブは勘弁してほしいわ。いざとなればビールをちょこっとぐらいは飲めるわよ、だけど、あとでやたらとゲップが出ちゃうのよ」

「その〈蒼ざめた馬〉というのはなんですか？」

「あのへんにそういう名前のパブがなかった？　やっぱり〈ピンクの馬〉かしら。いえ、それはどこか別の村だったかも。あたしの想像の産物ってこともあるわね。なにしろ想像するのが仕事だもの」

「例のオウムのほうはうまくいってますか」

「オウムって？」なんの話かわからないようだった。

「それに、クリケットのボールは？」

「あのねえ」オリヴァ夫人はおごそかな口調で言った。「あなた、頭がどうかしてるんじゃないの、でなかったら二日酔いかなにかよ。〈ピンクの馬〉に、オウムに、クリケットのボールだなんて」

そこで電話は切られた。

〈蒼ざめた馬〉という言葉を二度も耳にしたことについて考えていると、またしても電話が鳴った。

今度は著名な事務弁護士のソウムズ・ホワイト氏からで、ぼくの名づけ親であるレイディ・ヘスケス－デュボイスの遺言により、彼女の所有する絵画のなかから三点を譲り受ける権利がぼくにあるという知らせだった。

「当然ながら、とりたてて値打ちのある絵などはありませんが」とソウムズ・ホワイト氏は敗北主義者特有の陰気な調子で言った。「あなたが故人に対してあの絵の何枚かを非常に称賛してらしたそうなので」

「インドの風景を描いたすばらしい水彩画が何枚かありましたね。この件については、たしか以前にも手紙をいただいたと思うんですが、すっかり忘れてました」

「おっしゃるとおり。ですが、こうして遺言状も検認されたので、執行人たちは、わたしもそのひとりですが、現在夫人のロンドンの邸宅の家財を売却する手続きを進めているところなのです。あなたにもぜひ、近いうちにエルズミア・スクエアまで来ていただければと……」

「これからうかがいます」ぼくは答えた。

けさは仕事をする気になれそうもなかった。

3

選んだ三枚の水彩画を小脇にかかえて、エルズミア・スクエア四十九番地の家から出たとたん、玄関前の階段をあがってきた人とぶつかってしまった。ぼくは詫びを言い、相手からも詫びの言葉をもらって、そのまま通りかかったタクシーを呼びとめようとしたとき、頭のなかにぴんとくるものがあり、あわてて振り向いてこう尋ねた。

「やあ――コリガンじゃないか？」

「そうだけど――えっと――ああ――マーク・イースターブルックじゃないか！」

ジム・コリガンはオックスフォード時代の友人だった――といっても、会うのはかれこれ十五年ぶりだろうか。

「どこかで見た顔だと思ったんだ。でも、すぐには思いだせなくて」コリガンが言った。

「論文はときどき読ませてもらってるよ――おもしろいね、はっきり言って」

「きみのほうはどうしてる？　希望どおりの研究に進んだのかい？」

　コリガンはため息をついた。

「それがむずかしくてね。あれは金のかかる研究なんだよ——自力でやっていこうと思ったら。お人よしの億万長者か暗示にかかりやすい団体でも見つけないことにはね」

「肝吸虫《かんきゅうちゅう》だったかな」

「よく覚えてるな！　いいや、肝吸虫はやめた。マンダリアン腺の分泌物の性状——それが目下のぼくの関心ごとさ。聞いたこともないだろう！　脾臓と関係があるんだ。これがまた一見なんの役にも立ちそうにない研究ときてる！」

　コリガンの話には科学者特有の熱がこもっていた。

「じゃあ、その研究の目的はなんだい？」

「そうだなあ」やや弁解がましい口調になった。「それが人間の行動に影響を及ぼしているのではないか、というのがぼくの仮説なんだ。ごく大雑把に言うとだね、車のブレーキ・オイルみたいな働きをしているんじゃないかってこと。オイルがなければ——ブレーキは効かない。人間で言うなら、この分泌物が欠乏すると、犯罪者になるのかもしれない——かもしれないぞ、あくまでも」

　ぼくはヒューと口笛を吹いた。

「じゃあ、原罪はどうなるんだ？」

「たしかに、どうなるんだろう。この仮説、たぶん聖職者には受けないだろうな。残念ながら、この仮説に興味を示してくれる人は、これまでのところ皆無なんだよ。しょうがないから、いまは北西地区の警察署で警察医をしてるんだ。これがなかなかおもしろい仕事でね。いろんなタイプの犯罪者に会える。でもまあ、ここで仕事の話をしてきみを退屈させる気はないよ——それとも、昼めしでもつきあってくれるかい？」

「喜んでつきあうよ。でも、きみはこの家を訪ねるところなんだろう」コリガンの背後の家のほうにあごをしゃくった。

「いいんだ。約束もなしに押しかけてきただけだから」

「ここには管理人以外だれもいないよ」

「やっぱりそうか。じつは、亡くなったレイディ・ヘスケス-デュボイスのことで話を聞きたいと思ってきたんだが」

「それなら、たぶん管理人よりぼくのほうが詳しいと思うよ。ぼくの名づけ親だったんだ」

「本当に？　そいつはラッキーだ。昼めしはどこで食おうか。ラウンズ・スクエアのそばにちょっとした店がある——たいしたところじゃないけど、シーフードのスープは絶品だ」

ぼくたちはその小さなレストランに腰を落ち着けた。フランスの水兵のズボンをはいた青白い顔の若者が、湯気のたつスープの鍋をテーブルに運んできた。

「うまい」スープをひと口飲んで、ぼくは言った。「さてと、コリガン、あのおばあさんのなにを知りたいんだ？　ついでにその理由は？」

「理由のほうは、ちょっとばかり込み入ってるんだ。まず聞きたいのは、そのおばあさんがどういう人だったかってこと」

ぼくはじっくり考えた。

「昔かたぎの人だった。ヴィクトリア朝風と言えばいいかな。亡くなったご亭主はどこかの島の元総督。夫人はお金持ちで、快適な暮らしを好んだ。冬になるとエストリルあたりの保養地へ出かけていた。あの屋敷がまた恐ろしく悪趣味で、どこを見ても、ヴィクトリア朝の家具と、これでもかというほどごてごてしたヴィクトリア朝の銀製品ばかり。子供はなかったけど、行儀のいいプードルが二匹いて、ものすごくかわいがっていた。とにかく頑固な人で、筋金入りの保守主義者。親切だけど、独裁的。自分の考えに凝り固まっていた。ほかにどんなことを知りたい？」

「どう言ったらいいのかな」とコリガン。「恐喝されていた、なんてことは考えられないだろうか、きみの見たところ」

「恐喝だって？」ぼくは素っ頓狂な声をあげた。「とてもじゃないけど、考えられないね。いったい全体どういうことなんだい、これは」

そうして、ぼくははじめてゴーマン神父が殺された事件のあらましを聞いたのだった。

ぼくはスプーンをおろして尋ねた。

「その名前のリスト。いま持ってるかい？」

「原物じゃないけど、書き写してある。これだよ」

コリガンがポケットから出した紙を受け取って、ぼくは目を通した。

「パーキンソン？　パーキンソンならふたり知ってるよ。海軍にはいったアーサー。それから、ヘンリー・パーキンソンという大臣もいる。オーメロッド――近衛騎兵隊にオーメロッドという少佐がいるな。サンドフォード――子供のころ通ってた教会の牧師さんがたしかサンドフォードだった。ハーモンズワース？　知らないな。タッカートン――」ふと考えた。「タッカートン……まさかトマシーナ・タッカートンじゃないだろうね」

コリガンが興味ありげにぼくを見返した。

「ちがうとも言いきれないよ。それはだれで、なにをしてる人？」

「いまはなにも。一週間ほど前、新聞に死亡広告が出た」

「じゃあ、たいして役には立たないな」

ぼくはリストを読み続けた。「ショー。歯医者にひとりショーという人がいるし、ジェローム・ショーという勅選弁護士もいる。デラフォンテイン――最近どこかでこの名前を聞いたぞ、でもどこでだったか思いだせない。コリガン。これはひょっとしてきみのことだったりして」

「そうじゃないことを切に祈るよ。そのリストに名前が載ってると、どうも縁起が悪いような気がしてね」

「ああ、そうかもしれない。このリストからどうして恐喝なんて思いついたんだい？」

「ぼくの記憶がたしかなら、最初にそれらしいことを言ったのはルジューン警部だった。可能性としてはそれがいちばんありそうに思えたんだよ――でもまあ、ほかにもいろいろ考えられる。麻薬の密輸業者か、麻薬の常用者か、スパイのリスト――実際にはなんだってありうるさ。ひとつたしかなのは、それを手に入れるためなら殺人も辞さない、それほど重要なリストだってことだ」

ぼくは不思議に思って訊いた。「きみはいつも、警察側の仕事にそこまで関心を持つのかい？」

コリガンは首を振った。

「いや、そうでもないよ。ぼくの関心は、あくまでも犯罪者の人格にある。生まれた環境、生い立ち、特に腺の分泌物の状態——それだけだよ！」

「じゃあ、どうしてこのリストの名前に興味があるんだい？」

「自分でもよくわからないんだけどね」コリガンはのんびりと答えた。「きっとコリガンという名前が載ってるからだろう。立ちあがれ、コリガン一族！　おまえもコリガンなら仲間のコリガンを救え、ってね」

「救え？　ということは、きみはこれを被害者側のリストと断定しているわけだ——犯人側のリストじゃなくて。でも、どちらともとれるんじゃないか？」

「お説ごもっとも。ぼくがそこまで断定するのもたしかにおかしな話だ。そんな感じがするっていうだけだよ。じゃなかったら、ゴーマン神父のことがあるからかもしれないな。神父さんを直接知ってたわけじゃないけど、立派な人で、みんなから尊敬され、教区民からも愛されていたそうだ。タフで正義感の強い人だったらしい。だからどうしても気になるんだよ、そういう神父さんが、このリストは生死にかかわるものだと考えてたってことが……」

「警察の捜査はあまり進んでいないのか？」

「いや、そんなことはない、でもこういう捜査には時間がかかるんだよ。こっちを調べて、あっちを調べて。あの晩、神父さんを呼んだ女性の身元を調べたり」

「どういう人だったんだい？」

「不審な点は特になさそうなんだ。夫を亡くしていてね。そのご亭主が競馬にでもかかわっていたんじゃないかと考えたんだけど、そんなこともなさそうだし。本人は消費者調査なんかをしている小さい会社に勤めていた。いたってまともな会社だ。小さいながらも評判は上々。会社のほうでも彼女のことはあまり知らないらしい。出身はイングランド北部――ランカシャー州。ひとつだけ奇妙なのは、個人的な持ち物が極端に少なかったことだ」

ぼくは肩をすくめた。

「そういう人は案外多いんじゃないかな。淋しい世の中なんだよ」

「ああ、それは言える」

「いずれにしろ、きみは捜査に協力することにしたわけだ」

「ちょっと嗅ぎまわってるだけさ。ヘスケス‐デュボイスなんてざらにある名前じゃない。それで考えたんだ、その人のことが少しでも探りだせれば――」途中で言葉を切った。「でも、きみの話を聞くかぎり、手がかりらしきものはどうやらなさそうだ」

「麻薬の常用者でも密輸業者でもない」ぼくは断言した。「ましてやスパイだなんて、ありえないよ。あんなに清く正しい生活を送ってたんじゃ、恐喝のネタだってあるわけがない。あのおばあさんの名前が載るなんて、いったいどういうリストなのか見当もつかないな。宝石類は銀行に預けてあるから、泥棒にとっていいカモとは言えないだろうし」

「ほかにきみの知ってるヘスケス－デュボイスはいないのか？　息子とか」

「子供はいなかった。たしか甥と姪がいるはずだけど、名字がちがう。ご亭主にはきょうだいがなかった」

大いに参考になったよ、とコリガンは苦々しい顔で言った。そこで腕時計に目をやり、これからひとり切り刻む予定があるから、とほがらかに告げた。ぼくたちは別れた。

あれこれ思い悩みながら自宅にもどったものの、仕事に集中するのは無理だとわかったので、思いきってデイヴィッド・アーディングリーに電話をかけた。

「デイヴィッドかい？　マークだ。ゆうべきみが連れていた女の子のことだけど。ポピー。あの子の名字はなんて言うのかな」

「さては人の彼女を横取りしようって魂胆だな」

心底おもしろがっている口ぶりだった。

「女友だちなんか掃いて捨てるほどいるだろう」ぼくは言い返してやった。「ひとりぐらい分けてくれたっていいじゃないか」

「きみにだってとっておきの彼女がいるじゃないか、マークくん。あの子と恋人同士なんだとばかり思ってたよ」

〝恋人同士〟。ぴんとこない言葉。それでも、その言葉の持つ意味をふと考えたとき、ハーミアとぼくの関係はまさしくそれではないかと思った。なのにどうして気が滅入ったりするのだろう。頭のどこかで前から思ってはいた。いずれはハーミアと結婚することになるのだろう……知り合いの女性のなかではだれよりも彼女のことが好きだし、共通点だって多いし……

どういうわけだかさっぱりわからないが、そのことを考えると無性にあくびをしたい欲求に駆られてしまう。ふたりの将来が目の前に延々と伸びているのが見える。ハーミアとぼくは話題になっている芝居を観にいく——問題作を。芸術について語り合う——あるいは音楽について。そうなるのはまちがいないし、だとすれば、ハーミアは理想的な伴侶だ。

〝でも、おもしろみがないんだよ〟と、ぼくの潜在意識からひょっこり現われた、人を嘲笑する悪魔がささやいた。ぼくはぎくっとした。

「おい、起きてるか？」デイヴィッドの声がした。

「もちろん。じつを言うと、きみの友だちのポピーがすごく清涼な感じに思えてね」

「ぴったりだね。たしかに清涼剤だ——ちょっとずつ服用すればだが。本名はパメラ・スターリング、勤め先はメイフェアで、よくあるアーティスト気取りの花屋だよ。たとえば、枯れ枝三本に、花びらをピンで押さえつけたチューリップを一本と、斑《ふ》入りの月桂樹の葉っぱをあしらう。それでお値段はなんと三ポンド」

デイヴィッドは店の住所を教えてくれた。

「あの子を誘って、楽しむといい」まるで温かく見守る叔父さんの口ぶりだ。「のんびりくつろげること請け合いだから。とにかくなんにも知らない——おつむが空っぽなんだよ。きみの言うことはなんだって鵜呑みにする。あれでなかなか高潔な子だから、よからぬ期待は抱かないほうが身のためだぞ」

電話は切られた。

4

　多少気後れしながらも、ぼくは〈花研究社〉なる店の入口に立った。むせかえるようなくちなしの香りに、あやうく押しもどされそうになった。薄緑色のワンピース姿の女性が何人もいて、それがみんなポピーにそっくりなので、ぼくは戸惑った。どうにかポピーを見つけだした。住所を記入するのに苦労しているらしく、フォーテスキュー・クレセントの綴りに自信がなくて手をとめていた。それから五ポンド札を受け取って、正しい釣り銭を計算するのにさらに手間取ったあと、ようやく一段落したところを狙って、ぼくは声をかけた。

「この前の晩に会ったね――デイヴィッド・アーディングリーといっしょにいるとき」とわざわざ説明した。

「ああ、そうそう！」と熱心に答えつつ、ポピーの目はぼくの背後をぼんやりと見ているような感じだった。

「ちょっと訊きたいことがあったものだから」急に後ろめたさを覚えた。「花でも買ったほうがいいのかな」

　ようやく正しいボタンを押されたロボットみたいに、ポピーはこう言った。

「素敵な薔薇がありますよ、きょう入荷したばかりなんです」

「この黄色いのをもらおうかな」まわりじゅう薔薇だらけだった。「いくら？」

「とってもお買い得なんですよ」商売っ気たっぷりの甘ったるい声で言った。「一本たったの二十五ペンスです」

ぼくは思わず息をのみ、六本もらうと答えた。

「こちらのとってもすてきな葉っぱも添えてはいかが？」

そちらのとっておきの葉っぱにおそるおそる目をやると、どう見ても枯れる寸前といった様子だった。それはやめて、代わりにあざやかな緑色をしたアスパラガスの葉を選んだが、その選択でポピーのぼくに対する評価はさがったようだった。

「きみに訊きたいことがあったんだけど」薔薇のまわりにアスパラガスの葉を不器用に垂らしているポピーに、ぼくはあらためて言った。「この前の晩、きみは〈蒼ざめた馬〉とやらの話をしていたね」

ポピーはびくんとして、薔薇とアスパラガスを取り落としてしまった。

「もう少し詳しい話を聞かせてもらえないかな」

かがみこんでいたポピーが身体を起こした。

「なにかおっしゃった？」

「その〈蒼ざめた馬〉のことを訊きたいんだけど」

「蒼ざめた馬？　それ、なんのこと？」

「この前の晩、きみが話していたことだよ」

「あたし、そんなことなにも言ってません！　そんな話、聞いたこともないわ」

「きみはだれかから聞いたと言った。だれから聞いたんだい？」

ポピーは大きく息を吸って、一気にまくしたてた。

「なんのお話だかぜんぜんわかりません！　それに、あたしたちお客さまとお話ししてはいけないことになってるんです」……ぼくの選んだ花を叩きつけるようにして紙でくるんだ。「一ポンド七十五ペンスいただきます」

ぼくは二ポンド払った。ポピーは三十ペンスをぼくの手に押しつけるようにしてよこし、そそくさと別の客のほうに向き直った。

その両手がかすかに震えているのがわかった。

ぼくはゆっくりと店を出た。少し歩いてから、ポピーが代金をまちがえたこと（アスパラガスの葉は四十一ペンスだった）、そのうえ釣り銭も多すぎることに気づいた。これまでの計算まちがいでは、客のほうが損をしていたのに。

彼女のかわいらしいぼんやりした顔と大きな青い目がまた浮かんだ。あの目に表われていたのは……

「怯えだ」ぼくはつぶやいた。「あれは怯えきった目だった……でも、なぜ？　なぜなんだ?」

第五章　マーク・イースターブルックの物語

1

「ああ、やれやれだわ」オリヴァ夫人が安堵の息をついた。「なにごともなく無事に終わってよかった！」

ようやくひと息つけた瞬間だった。ローダ主催の慈善バザーは、いかにも慈善バザーらしい経過をたどって幕をおろした。早朝の天候は見るからに怪しげで大いに危ぶまれた。バザーの売店を屋外に設置すべきか、あるいはすべての催しを細長い納屋と大テントのなかで行なうべきか、延々と議論が続けられた。お茶の支度や農産物の売店やその他もろもろについて、そのつど熱い意見が戦わされた。それをローダがいちいち仲裁してまわった。愛敬はあるがあまりしつけのよくないローダの飼い犬たちが何度か脱走をはかった。犬たちは、この盛大な催しの日にとんでもない粗相をするのではないかとの懸念から、家のなかに閉じこめておくことになっていたのだ。懸念はみごと的中！　愛想はよいが少々抜けたところのある若手女優が、ふわふわの淡い色の毛皮をまとって到着し、堂々とバザーの開会宣言をしたまではよかったが、そのあと難民の窮状を訴える感動的な言葉を付け加えて、居合わせた全員の首を傾げさせた。なぜなら、このバザーの目的は教会の塔の修復費用を集めることだったからだ。お酒の屋台は大繁盛。毎度のことながら、釣り銭が足りなくなって苦労した。お茶の時間になると客はいっせいに大テントに押し寄せ、みんなが同時にお茶を飲もうとして大混乱となった。

そしてようやく、ありがたい夕刻が訪れた。地元の住民たちによる納屋でのダンスの披露はまだ続いている。このあと花火やかがり火も予定されているが、疲れた関係者一同は家のなかに引きあげ、食堂で冷たい料理の軽い食事をとりながら、例によってとりとめのない会話を交わしているところで、めいめいが勝手に自分の思ったことをしゃべり、だれもほかの人の話など聞いてもいなかった。いっさいのたがはずれて、気楽なものだった。テーブルの下では解放された犬たちががりがりとうれしそうに骨をかじっている。

顔で言った。

「去年の〈子供たちを救おう〉のバザーより売上げが多いみたいね」ローダがほくほく顔で言った。

「わたし、どう考えてもありえないと思うんです」と言ったのは、子供たちの保母兼家庭教師であるスコットランド人のミス・マカリスターだった。「マイケル・ブレントが宝捜しで三年連続して宝を見つけるなんて。もしかして内部情報がもれているんじゃないでしょうか」

「ブルックバンクの奥さんは豚を引きあてていたけど」ローダが言った。「ほんとは豚なんてほしくなかったんだと思うわ。ものすごく迷惑そうな顔してたもの」

そこに集まっているのは、ぼくのいとこのローダ、その夫のデスパード大佐、ミス・マカリスター、赤毛にぴったりのジンジャーという名の若い女性、オリヴァ夫人、教区牧師のケイレブ・デイン・キャルスロップとその夫人、という顔ぶれだった。牧師はじつに楽しい初老の学者で、その場にふさわしい言葉を古典から引用することを無上の喜びとしている。それが場を白けさせたり、会話を途切れさせる原因になったりすることもままあるが、きょうのような場合は好都合だった。牧師は自分の朗々たるラテン語の引用にだれかの賛同を求めるようなことは決してなく、適切な引用句を見つけたという喜びだけで充分に報われているのだから。

「ホラティウス曰く……」と言って、牧師はにこにこしながら一同を見まわした。

例によって一瞬の沈黙、そして——

「わたし、ホースフォールの奥さんはシャンパンのことでなにかごまかしてるんじゃないかって気がする」ジンジャーが思案顔で言った。「だって、あの人の甥っこがあてたのよ」

きれいな目をして、人を戸惑わせるのが得意なデイン・キャルスロップ夫人が、なにやら言いたげな顔でオリヴァ夫人をじっと見ていた。と、出し抜けに訊いた。

「きょうのバザーでなにが起こると思ってらしたの？」

「そうねえ、じつを言うと、殺人事件とかそういったことかも」

デイン・キャルスロップ夫人はがぜん興味を示した。

「でも、どうしてそんなことを？」

「別に理由なんてないわ。だって、およそありそうもないことじゃないの。でもね、この前参加したバザーでは本当にそれが起こったのよ」

「そうだったの。で、あなたびっくりなさった？」

「そりゃもう」

牧師がラテン語からギリシャ語に切り替えた。

例によって沈黙のあと、ミス・マカリスターが、生きたアヒルがあたるくじ引きの公正さに関して疑問を呈した。

「〈キングズ・アームズ〉のラッグじいさんが、酒の売店にビールを気前よく十二ダースも寄付してくれたのはあっぱれだったな」デスパード大佐が言った。

「〈キングズ・アームズ〉？」ぼくはすかさず訊き返した。

「地元のパブよ、マーク」ローダが答えた。

「このあたりにはもう一軒パブがあるんじゃないんですか？　ほら——〈蒼ざめた馬〉とかいう」オリヴァ夫人のほうを向いて訊いた。

ぼくがなかば期待していたような反応はいっさいなかった。こちらに向けられたみんなの顔は、さして興味もなさそうにぼんやりとしていた。

「〈蒼ざめた馬〉はパブじゃないのよ」とローダ。「いまは、もう、ってことだけど」

「昔は古い宿屋だったんだよ」デスパード大佐が説明した。「おもに十六世紀ごろの話だよ、たしか。でも、いまはただの民家にすぎない。わたしは前から思ってるんだがね、あの人たちは家の呼び名を変えるべきだったよ」

「あら、そんなのだめよ」ジンジャーが声を張りあげた。「〈路傍亭〉とか〈見晴らし亭〉なんて呼んだら、間抜けもいいところだわ。〈蒼ざめた馬〉のほうがうんとお洒落だし、それに昔の宿屋の素敵な看板だってあるんだもの。額に入れて玄関ホールに飾ってあるのよ」

「あの人たちというのは？」ぼくは訊いた。

「いまの家主はサーザ・グレイといってね」ローダが答えた。「あなたもきょう会ってるかもしれないわ。灰色の短い髪をした背の高い女性」

「その人はオカルトに凝っているんだよ」デスパード大佐が言った。「心霊術だのトランス状態だの魔術だのに入れこんでいてね。黒ミサとまではいかないが、まあそれと似たり寄ったりだな」

ジンジャーがげらげら笑いだした。

「ごめんなさい。ちょっと想像してみたの、ミス・グレイがマダム・ド・モンテスパンみたいな格好で黒いベルベットの祭壇の上にいるところをね」

「ジンジャーったら！」ローダがたしなめた。「牧師さんの前でなんてことを」

「すみません、デイン・キャルスロップさん」

「いやいや、かまわんよ」牧師はにこにこしながら答えた。「古代人曰く――」ひとしきりギリシャ語が続いた。

礼儀正しく沈黙して拝聴したあと、ぼくは追及を再開した。

「〝あの人たち〟というのをまだみんな聞いてないんだけど――ミス・グレイと、ほかには？」

「ああ、お友だちがひとり同居してるのよ。シビル・スタンフォーディス。たしか霊媒の役をしているわ。あなたも見かけてるはずよ――甲虫《スカラベ》（古代エジプト人は甲虫を神聖なものとして護符や装身具に用いた）やら数珠玉のネックレスやらをじゃらじゃらつけてる人。ときにはサリーを着たりね――どうしてか知らないけど――インドになんか行ったこともないのに――」

「それに、ベラもいますよ」デイン・キャルスロップ夫人が言った。「あの家の料理人。その人も魔女なんです。生まれはリトル・ダニング村。向こうでも魔術の評判は相当なものだったらしいわ。一族にそういう血が流れているのね。お母さんも魔女だったそうだから」

事実を淡々と話しているような口調だった。

「魔術を信じてらっしゃるような口ぶりですね、奥さん」

「当然でしょう！　あれには別に神秘的なところも秘密めいたところもないんですから。まったくの事実。一族に代々受け継がれる遺産ですよ。子供たちはあの家の猫をいじめてはいけないと言われているし、村の人たちはときどきあの家にコテージチーズや自家製のジャムなんかを持っていくんですよ」

ぼくは信じられない思いで牧師夫人を見つめた。当人は大まじめのようだった。

「きょうはシビルも占いでバザーに協力してくれたのよ」ローダが言った。「緑のテントのなかにいた人。それがね、よくあたるらしいの」

「わたしの運勢はすごくいいんですって」とジンジャー。「金運はばっちり。色の浅黒いハンサムな外国人男性が現われる。夫がふたりに、子供が六人。なんて気前がいいんでしょ」

「カーティスさんのところの娘がくすくす笑いながらテントから出てくるのを見たわ」ローダが言った。「あの子、そのあとはボーイフレンドに急によそよそしくなっちゃってね。彼に、世の中に男が自分ひとりだなんて思わないことね、なんて言ってるのよ」

「トムも気の毒にな」大佐が言った。「なにか言い返してたかい？」

「ええ、もちろん。『あの人が言ったぼくの運勢は、きみには教えないよ。きみは絶対気分を害するだろうからね、お嬢さん！』ですって」

「よく言った、トム！」

「パーカーのおばあさんなんてぷりぷりしてたわ」ジンジャーが笑いながら言った。「『あんなのでたらめもいいとこだよ。あんたたちも信じるんじゃないよ』って。なのにクリップスさんの奥さんったら、こう言ったのよ。『でもねえ、リジー、あんたもあたしも知ってるじゃないの、スタンフォーディスさんには、ほかの人に見えないものが見えるし、グレイさんはだれかが死にそうなときにその日にちまでぴたりとあてるって。はずれたことなんかいっぺんもないんだからね、あの人は！　ほんとに、ときどきぞっとすることがあるわ』って。それを聞いてパーカーのおばあさんは、『死ぬのは──それはまた別の話だよ。それは贈り物なんだから』って。そしたらクリップスさんはこう言ってた。『ともかく、あたしだったら、あの三人が気を悪くするようなことはしたくないね、ああ、絶対に！』ってね」

「なんだかわくわくするような話じゃない。ねえ、あたしもその人たちにぜひ会ってみたいわ」オリヴァ夫人がせがむように言った。

「では、あしたご案内しましょう」デスパード大佐が約束した。「あの古い宿屋は一見の価値がありますからね。あの人たちも、昔の雰囲気をちゃんと残しながら快適に暮らすために、ずいぶん気を使ってきたようですよ」

「あしたの朝、サーザに電話しておきましょう」ローダが言った。

正直なところ、ぼくはなんだか拍子抜けした気分でベッドにはいった。

〈蒼ざめた馬〉は、なにやら不吉な未知なるものの象徴としてぼくの頭のなかに大きくのしかかっていたのだが、どうやらそういうたぐいのものではなかったようだ。

もちろん、どこかよそにもう一軒〈蒼ざめた馬〉があるのなら話は別だが。そんなことを考えているうちに、ぼくは眠りに落ちた。

2

翌日は日曜日だったこともあって、くつろいだ雰囲気になった。宴のあとのような。芝生に張られた大小のテントは、湿っぽいそよ風に力なくはためきながら、翌朝早くにケータリング業者が片づけにきてくれるのを待っていた。月曜には全員で仕事に取りかかり、会場の損害状況を調べたり、後片づけをしたりする予定になっている。ローダの賢明な判断で、きょうはできるだけ外に出かけようということになった。みんなで連れ立って教会へ行き、デイン・キャルスロップ牧師がイザヤ書から引用してきた、宗教というよりペルシャの歴史を教わっているような学者らしい説教を拝聴した。

説教が終わると、ローダがみんなに説明した。「お昼はヴェナブルズさんのところでいただくことになってますから。あなたの気に入りそうな人よ、マーク。とにかくあんなに愉快な人はいないわ。行っていない土地はないし、経験してないことはないくらい。おかしな出来事なんかもそれはたくさんご存じでね。三年ほど前に〈プライアーズ・コート〉を買い取ったのよ。あそこまで手をかけるにはひと財産かかったでしょうね。ご本人はポリオの後遺症で身体が少し不自由だから、出かけるときはいつも車椅子なの。それまでは旅行家だったから、きっとおつらいでしょうね。そりゃあ、お金に不自由はしてないし、いま言ったように、家も改装してすばらしいものになさったけれどね――元々はいまにも崩れそうなあばら家だったのよ。それがいまや豪華な調度品でいっぱい。近ごろはオークションに参加するのがいちばんの楽しみらしいわ」

〈プライアーズ・コート〉までは、ほんの数キロの距離だった。車で乗りつけると、屋敷の主がみずから車椅子を動かして、玄関ホールまで迎えに出てきた。

「みなさん、おそろいでようこそ」と心をこめて言った。「きのうのきょうだから、さぞかしお疲れでしょう。なにもかも大成功だったたね、ローダ」

ヴェナブルズ氏は、歳は五十前後、鷹を思わせる細い顔に、尊大に突き出た鉤鼻をしていた。襟の角の折れ曲がったウィングカラーのせいで、やや古風な印象があった。

ローダが一同を紹介した。

ヴェナブルズはオリヴァ夫人に笑みを向けた。

「こちらのご婦人には、きのう作家としてお仕事ちゅうのところをお目にかかりましたよ。サイン入りの著書が六冊。これでクリスマス・プレゼントが六つ用意できた。オリヴァさん、あなたのお書きになるものはじつにおもしろい。もっと書いていただきたいですね。いくら読んでも飽きるということがない」次はジンジャーににっこり笑いかけた。「生きたアヒルをあやうくわたしにくれそうになったのは、たしかきみだったね、お嬢さん」それからぼくに顔を向けた。「先月の《レヴュー》に載ったきみの論文、楽しく読ませてもらったよ」

「ヴェナブルズさん、わざわざバザーに来てくださって本当にありがとうございます」ローダが言った。「あんな多額の小切手を頂戴したうえに、ご本人にお越しいただけるなんて」

「いやいや、こちらも楽しませてもらってますよ。これもイギリスの田舎暮らしの一部ですからね。きのうは、輪投げの景品の世にも不気味なキューピー人形と、およそ現実にはありそうもない薔薇色の未来を手に帰宅しました。きらきらしたターバンと一トンはありそうなまがいもののエジプトの数珠玉のネックレスを胸に垂らしたみごとな衣裳の、われらがシビルがそう予言してくれたのでね」

「さすがシビルだ」デスパード大佐が言った。「きょうの午後はサーザのところでお茶を呼ばれることになっているのです。あの古い家はじつに興味深い」

「〈蒼ざめた馬〉ですか？　まったくです。むしろ宿屋のまま残しておいてほしかったですね。あそこにはなにか怪しげな、ひどく後ろ暗い過去があるんじゃないかと前からにらんでいるんですよ。密輸とは考えにくいな、海から遠すぎますから。追いはぎどものたまり場だったとか。でなければ、金持ちの旅行者があそこにひと晩泊まると、それきり姿を消してしまうとかね。いずれにしろ、いまはなんとなく毒気が抜けたような感じですね、三人の老嬢の快適な老後の住まいにされてしまっては」

「あら――老嬢だなんてとんでもない！」ローダが叫んだ。「シビル・スタンフォーディスは、まあたしかに――サリーやスカラベの装身具なんか身につけて、みんなの頭のまわりのオーラが見えるだなんて――少々滑稽かもしれませんけどね。でも、サーザにはまちがいなく畏敬の念を起こさせるようなところがあると思いません？　こちらの考えを見透かされているような感じ。透視力があるなんて、本人はひとことも口にはしませんが――でもみんなそう言ってます」

「それにベラ、あの人は老嬢どころか、ご亭主をふたりも亡くしてますよ」デスパード大佐も言い添えた。

「これはこれは、たいへん失礼なことを言ってしまったようだ」ヴェナブルズは笑いながら答えた。

「近所の連中の話では、ふたりのご亭主の死にはどうも不吉な解釈があるらしくて」大佐がなおも言った。「つまりこういうことです。そのご亭主たちは女房を怒らせるようなことをした、それで女房にじっとにらまれた、するとじわじわと病気になって痩せ衰えていった！」

「そうそう、思いだしましたよ、あの女性はこの村の魔女でしたね」

「牧師の奥さんはそう言ってます」

「なんとも興味深い話ですね、魔術とは」ヴェナブルズは感慨深げに言った。「世界の各地に行くと、じつにさまざまな種類の魔術に出会いますよ――あれはたしか東アフリカにいたときでしたか――」

ヴェナブルズはその手の話を苦もなくおもしろおかしく聞かせてくれた。アフリカの呪医の話、ボルネオの知られざる異教の話。昼食のあとで西アフリカの魔術師の仮面をお見せしましょうと約束した。

「この家には世界じゅうのありとあらゆるものがそろってますね」ローダが笑いながら言った。

「まあねえ――」ヴェナブルズは肩をすくめ――「こちらからあらゆるものに会いに行

けないとなれば——あらゆるものにこちらへ来てもらうしかないでしょう」

一瞬、その声のなかに思いがけず苦々しい響きがまじった。視線がちらりと麻痺した両脚に向けられた。

「〝この世は数えきれぬほどのものに満ちあふれている〟」と引用した。「それがわたしの破滅のもとだったんでしょうね。知りたいことが——見たいものが、あまりに多すぎる！　まあたしかに、これまでの人生はそう捨てたものでもなかった。いまだって——人生にはそれなりの慰めがありますよ」

「どうして、ここなの？」オリヴァ夫人が唐突に訊いた。

悲劇的な気配があたりに漂いはじめるとだれでもそうなるように、ほかの者たちはいささか落ち着かない気分になりかけていた。ところが、オリヴァ夫人だけは少しも動じていなかった。質問したのは、単純に知りたかったから。夫人のその率直な好奇心のおかげで、またくつろいだ雰囲気がもどってきた。

ヴェナブルズが問いかけるようなまなざしを返した。

「つまりね」オリヴァ夫人は説明した。「どうしてここで、この土地で暮らそうとお思いになったのかってこと。世の中の動きからはかけ離れた場所だわ。こちらにお友だちでもいらしたとか？」

「いや。それを言うなら、この土地を選んだのは、ここには友だちがひとりもいなかったからですよ」

かすかに皮肉めいた笑みがヴェナブルズの口元をよぎった。

身体の不自由なことが、この人にはどれほど深くこたえていることだろう、とぼくは思った。思いどおりに動くことも、世界を気ままに探検することもできなくなって、彼の魂は深く蝕まれてしまったのではないだろうか。それとも、なかば運命に甘んじて、変わってしまった境遇になんとかして自分を適応させたのだろうか——この上なく偉大な精神をもって。

ぼくの考えを見透かしたように、ヴェナブルズが言った。「きみは論文のなかで、〝偉大〟という言葉の意味を問題にしていたね。その言葉から連想される異なった意味を比較していた——西洋と東洋におけるちがいを。だが、このイギリスで、われわれが〝偉大な人〟という言い方をするとき、近ごろではどういうことを意味しているんだい？」

「知性の偉大さ、でしょうね」ぼくは答えた。「それに、正義感も含まれるかな」

ヴェナブルズは目を輝かせてぼくを見た。

「では、偉大と称される悪人は存在しない、ということになるのかな」

「ちゃんといるじゃありませんか」ローダが口をはさんだ。「ナポレオンに、ヒトラー、いくらでもいます。みんな偉大だったわ」

「彼らが影響力を持っていたからか？」デスパード大佐が問いかけた。「しかしね、そういう人たちが、もしも個人的な知り合いだったら――はたしてそれほど感銘を受けただろうか」

ジンジャーが身を乗りだし、人参色のモップのような髪を指でかきあげた。

「それっておもしろい発想だわ。個人的な知り合いだったら、たぶんあの人たちもただの哀れな小男に見えたんじゃないかしら。いばりくさって、もったいぶって、身の丈に合わないと感じながらも、ひとかどの人間になろうとがんばってる人間に。たとえ世界を道連れに破滅したとしてもね」

「あら、そんなことはありえないわ」ローダが猛然と言い返した。「あの人たちがそんなふうだったら、とてもあんな成果をあげることはできなかったはずよ」

「それはどうかしら」とオリヴァ夫人。「どんなばかな子供にだって、家に火をつけるくらい簡単にできるわ」

「まあまあ」ヴェナブルズがとりなした。「悪を実在しないものとして軽視する昨今の風潮にはどうもついていけませんよ。悪は現に存在する。そして、悪には力がある。ときには善よりも大きな力がね。悪はそこにあるんです。その存在を認めて――そして戦わなければ。さもないと――」両手を広げた。「われわれは闇の世界にひれ伏すことになる」

「たしかに、あたしは悪魔をめしの種にしてきたわよ」オリヴァ夫人が弁解がましく言った。「つまり、悪魔を信じてるってことね。でも、じつは悪魔ってすごくばかなんじゃないかって、前から思ってるの。蹄《ひづめ》だの尻尾だのをくっつけてるしね。へたな役者みたいにやたら飛び跳ねたり。そりゃあ、小説のなかでしょっちゅう凶悪犯を登場させてはいるわよ――読者が喜ぶから――だけど、実際のところ、犯罪者はどんどんやりにくくなってきてるわ。正体がばれてないうちは、犯人を魅力的な人間にしておける――でも、いったんすべてが明るみに出たら――どういうわけか、急につまらない人間になってしまう。拍子抜けっていうのかしら。それよりは、銀行のお金を使いこんだ支店長とか、奥さんを始末して子供の家庭教師と再婚したがってる夫なんかのほうが、よっぽど書きやすいわね。そのほうがはるかに自然だもの――この意味がわかってもらえればだけど」

全員が声をあげて笑うと、オリヴァ夫人は弁解するように言った。

「あんまりうまい表現じゃないけど――言いたいことわかってもらえた？」

言いたいことははっきりわかった、と全員が答えた。

第六章

マーク・イースターブルックの物語

〈プライアーズ・コート〉を出たときには、すでに四時をまわっていた。とびきりおいしい昼食のあと、ヴェナブルズが家のなかをひととおり案内してくれたのだ。うれしくてたまらない様子で、さまざまな所蔵品を披露した。まさに宝庫と呼ぶにふさわしい家だった。

「有り余るほど金があるようだね」ようやく暇《いとま》を告げたあと、ぼくは言った。「あれだけの翡翠《ひすい》――それにアフリカの彫刻品――マイセンとボウのコレクションは言うに及ばず。あんなお隣さんがいるなんて運がいいよ」

「ええ、わかってるわよ」ローダが言った。「ここの人たちはみんないい人ばかり――でもねえ、はっきり言っておもしろみに欠けるのよ。その点、ヴェナブルズさんは断然、異彩を放っているわ」

「あの方、どうやって財をなしたの？」オリヴァ夫人が訊いた。「それとも、もともとお金持ちだったの？」

デスパード大佐が、いまどき莫大な相続遺産を維持できる者などいない、と顔をしかめて言った。相続税やらなにやらでごっそり持っていかれてしまうのだ、と。

「もとは沖仲仕だったという話を聞いたことがありますが、それはちがうでしょう。本人は子供時代のことも家族のこともいっさい口にしないし——」オリヴァ夫人のほうを向いて、「あなた向きの〝謎めいた男〟というわけで——」

オリヴァ夫人は答えた。だれもかれもが頼みもしない小説のネタを提供してくれるんだから——

〈蒼ざめた馬〉は、イギリス中世のハーフティンバー様式（ハーフティンバー風ではなく正真正銘の本物）の家で、村の通りから少し奥まった場所に建てられていた。裏手には塀に囲まれた庭園がちらりと見え、それが昔なつかしいのどかな風情を添えていた。

ぼくはその光景に失望し、それを口に出した。

「あんまり不吉という感じでもないなあ」と文句を言った。「ぜんぜんそんな雰囲気じゃない」

「まあ、なかにはいってごらんなさいよ」ジンジャーが言った。

みんなで車から降り、玄関に向かって歩いていくと、途中でドアが開いた。ミス・サーザ・グレイが戸口に立った。背が高く、身体つきはややいかつい感じで、ツイードの上着にスカートという格好だった。頭のてっぺんから噴き出すように垂れさがった白髪まじりのぼさぼさの髪、大きな鉤鼻に、鋭い眼光を放つ薄青色の目。

「やっといらしたのね」温かみのある低い声だった。「みんなで迷子になってしまったかと思いましたよ」

ツイードに包まれたサーザの肩の向こうで、薄暗い玄関ホールからだれかの顔がのぞいているのが見えた。彫刻家のアトリエに迷いこんだ子供がふざけてパテでこしらえたような、妙に形の定まらない顔だった。イタリアやフランドル地方の素朴な絵画に描かれた群集のなかにときおり見られるような、そんな顔だとぼくは思った。

ローダがぼくたちを紹介し、〈プライアーズ・コート〉でヴェナブルズ氏に昼食をごちそうになっていたのだと説明した。

「あら、そう！」サーザ・グレイは言った。「だったら無理もないわね！　まさに贅沢三昧。あそこのイタリア人コックの腕のすばらしいこと！　それにあの宝庫の宝物の数々。ええ、本当にお気の毒なこと――なにか元気が出るようなものがなくてはね。さあ、とにかくはいって――はいって。わたしたちもこのささやかな我が家が自慢でしてね。十五世紀――十四世紀に建てられた部分もあるんですよ」

　玄関ホールは天井が低くて薄暗く、螺旋状の階段が二階に通じていた。大きな暖炉があり、炉棚には額に入れた絵が一枚飾られている。

「古い宿屋の看板ですよ」サーザ・グレイがぼくの視線に気づいて言った。「こんなに暗くてはよく見えないでしょう。〈蒼ざめた馬〉と書いてあるの」

「わたしがきれいに洗ってあげるわよ」ジンジャーが言った。「そう言ってるでしょ。わたしに任せてくれたら、見ちがえるようになるのに」

「どうだかねえ」サーザ・グレイは答え、ずけずけと言い添えた。「台無しにしてしまうんじゃないの？」

「台無しにするわけないでしょ」ジンジャーは憤慨した。「こっちはプロなのよ」

「わたしね、ロンドン・ギャラリーに勤めてるの」とぼくに解説した。「すごく楽しい仕事よ」

「いまどきの絵の修復のやり方にはどうもなじめなくてねえ」とサーザ。「近ごろじゃ、ナショナル・ギャラリーに行くたびにぎょっとしてしまうわ。どの絵もまるで最新の強力な洗浄剤に浸けたみたい」

「まさかあの絵が全部、煤けて黄ばんだままのほうがいいって言うんじゃないでしょうね」ジンジャーは反論し、宿屋の看板をじっくりと眺めた。「洗えばもっといろんなものが見えてくるはずよ。この馬だって、ひょっとしたら人を乗せているのかもしれないわ」

ぼくもいっしょになって絵を観察した。雑に描かれた絵で、歳月を経て埃をかぶった怪しげな絵という以外、ほとんど取り柄はなかった。なんだかよくわからない黒っぽい背景に、牡馬の蒼白い姿がぼうっと浮かんでいる。

「ちょっと、シビル」サーザが声を張りあげた。「このお客さんたち、うちの馬にけちをつけてるのよ、大きなお世話よねえ!」

ミス・シビル・スタンフォーディスが戸口からはいってきて仲間に加わった。やや脂じみた濃い色の髪をした、長身のすらりとした女性で、魚のような口元に愛想笑いを浮かべていた。

エメラルド・グリーンのサリーをまとっているが、それで外見が引き立てられている様子はまったくなかった。消え入りそうなかぼそい声をしていた。

「うちの大事な大事な馬なのよ。わたしたち、この古い宿屋の看板にひと目惚れしてしまったの。この看板に魅せられてこの家を買ったと言ってもいいわ。そうよね、サーザ？ まあ、とにかくはいって――はいって」

シビルが案内してくれたのは狭苦しい正方形の部屋で、おそらく当時はバーだったと思われた。いまはチンツの布やチッペンデール様式の家具で飾りつけられ、どこから見てもカントリー・スタイルの女性らしい居間になっている。そこここに菊の花を活けた花瓶があった。

それから、夏にはさぞかしみごとな眺めだろうと思われる庭を案内してもらって、家のなかにもどってみると、お茶の支度が整っていた。サンドイッチと自家製のケーキが用意されており、腰をおろすと、先ほどホールでちらりと顔を見かけた年配の女性が、銀のティーポットを持ってはいってきた。地味な深緑色のエプロンをつけている。子供が粘土でいい加減にこしらえた顔という印象は、間近で観察しても変わらなかった。どことなく頭の鈍そうな素朴な顔なのに、なぜさっきは不吉に思えたのかよくわからない。

不意にぼくは、自分に対して無性に腹が立った。ただの改装された宿屋と三人の中年女性、たかがそれだけのことじゃないか！

「ありがとう、ベラ」サーザが声をかけた。

「全部そろってますかね」

ロのなかでつぶやくような言い方だった。

「ええ。ご苦労さま」

ベラは戸口へ引きさがった。最後まで客のほうは見なかったが、部屋を出しなにちらりと顔をあげ、素早くぼくを一瞥した。その顔に、ぼくはなぜかぎょっとさせられた――なぜなのかうまく説明はできないが。そこには敵意と、そして妙に親しげな理解の色があった。なんの苦もなく、別に好奇心などなくとも、ベラにはぼくの頭のなかの考えが正確に読み取れるのではないかという気がした。

サーザ・グレイはぼくの反応に気づいていた。

「ベラには人を困惑させるようなところがあるでしょう、イースターブルックさん？」と小声で訊いてきた。「ベラがあなたをちらっと見たのはわかってますよ」

「この村の人だそうですね」ぼくは努めて、いちおう礼儀だから訊くだけだというふりをした。

「そう。ベラはこの村の魔女だって、だれかからお聞きになったようね」

シビル・スタンフォーディスが、数珠玉のネックレスをじゃらじゃら鳴らした。

「さあ、白状なさい、ミスター――ミスター――」

「イースターブルック」

「イースターブルックさん。わたしたち三人が魔術を使っているという話をあなたも耳にしたはずよ。白状なさいな。わたしたちのこと、ずいぶん評判になっているんでしょう、だって——」

「たぶん評判どおりだと思いますよ」サーザが言った。おもしろがっているような顔だ。「このシビルにはすばらしい才能がありますからね」

シビルがうれしそうにため息をもらす。

「昔からオカルトに興味があったのよ」とつぶやくように話しだした。「小さいときからもうわかっていたわ、わたしには普通の人にない力があるんだって。ごく自然に、自分でも意識せずに文字を書くようになっていたの。自分がなにをしているのか、それさえもわかっていなかったというのにね！　手に鉛筆を握ってただすわっていただけ——そこで起こってることなんかなにひとつ知らずに。もちろん、昔から感受性は人一倍強かったわ。いつかお茶に呼ばれてお友だちの家に行ったら、気を失ってしまったことがあってね。その部屋でなにか恐ろしいことが起こった……それがわたしにはわかったのよ！　あとになって事情を聞いたら、殺人があったそうなの——二十五年前に。まさしくその部屋のなかで！」

シビルはこくりとうなずき、いかにも満足げに一同を見まわした。

「それはすごい」デスパード大佐が礼を失しない程度に不快感をこめて言った。

「不気味なことはこの家のなかでも起こったわ」シビルが陰気な声で言った。「でも、わたしたちが必要な処置をとった。地上に縛りつけられていた霊たちを解放してあげたのよ」

「言うなれば、魂の大掃除みたいなものですね」ぼくは言った。

シビルが不機嫌そうな顔でぼくを見た。

「そのサリーの色、なんて素敵なんでしょう」ローダが言った。

シビルの顔がぱっと明るくなった。

「ええ、インドにいたときに買ったものよ。あそこは本当に楽しかったわ。ヨガを研究したりしてね。でも、ああいうものはなんだか洗練されすぎているような――自然なものや原始的なものからかけ離れているような気がしてならなかったわ。人は、ものごとのはじめに、最初の原始の力に立ち返るべきなのよ。ハイチに行ったことのある女性はそうそういないと思うけど、わたしはそのひとりよ。あそこに行くと、本当にオカルトの源泉に触れることができるの。もちろん、ある程度は堕落したり歪曲されたりしている。それでも、オカルトの神髄はやはりあそこにあるわね。

いろんなものを見せてもらったわ。特に、わたしに少し年上の双子の姉たちがいるとわかってからはね。あそこでは、双子の次に生まれた子供には特殊な能力があると言われているそうよ。おもしろいでしょう？　彼らの死の踊りはすばらしいわ。死の道具立てがまたすごいのよ、頭蓋骨と二本の骨を組み合わせたどくろのマーク、墓掘り人の道具の鋤《すき》やつるはしや鍬《くわ》。みんなお葬式のお供の格好をしてね、シルクハットに黒服で——。

神々の長はバロン・サムディといって、彼が祈りを捧げる神はレグバ、これは〝門を開ける〟神よ。そうして死者を送りこむ——死を引き起こすために。不思議な考え方でしょう？

そしてこれが」シビルは立ちあがり、窓枠に置かれていたものをつかんだ。「これが、わたしのアッソン（ヴードゥーの儀式で用いられるマラカス）。瓢簞《ひょうたん》を乾かしたものに数珠玉を巻きつけて、それから——ここについているものが見えるかしら——乾燥させた蛇の骨なのよ」

あまり気乗りはしなかったが、みんなでしかたなくそちらに目を向けた。

シビルは愛しそうにその恐ろしげなおもちゃをシャカシャカと鳴らした。

「じつにおもしろい」デスパード大佐が気を使って言った。

「こういう話ならまだまだほかにもたくさん——」

このあたりでぼくの注意力は散漫になった。シビルは引き続き魔術だのヴードゥー教だのについて知識を披露していたが、言葉は靄に包まれてぼくの耳に届いた——マイトレ・カルフール、コア、ギドゥ一族――

ふと横を向くと、サーザがからかうような顔でぼくを見ていた。

「あなたはこういうものをいっさい信じてないんでしょう」と小声で言った。「でもね、それはまちがいですよ。迷信とか畏怖とか盲信といった言葉では説明のつかないこともあるのです。厳然たる真実、厳然たる力は、現に存在する。古来。そして未来永劫」

「それに異論を唱えるつもりはありませんよ」ぼくは答えた。

「なかなか抜け目のない方ね。いらっしゃい、わたしの書斎を見せてあげましょう」

ぼくはサーザのあとについてフレンチドアから庭に出ると、家の横手をまわっていった。

「昔は厩舎だった建物よ」とサーザが説明した。

いくつかの厩舎と離れ家が改築されてひとつの大きな部屋になっていた。長いほうの壁一面がそっくり書棚になっている。そばに行ってみて、ぼくは思わず感嘆の声をあげた。

「ずいぶんめずらしい本がいろいろありますね、グレイさん。これは『魔女の鉄槌』の初版本ですか？　驚いたな、あなたはすばらしい宝物をお持ちですよ」

「でしょう？」

「あの『魔術の指南書』なんか――まさしく稀覯本だ」ぼくは棚の本を次から次へと手に取ってみた。サーザはじっと見守っている――ぼくにはよくわからない静かな満足感のようなものを漂わせて。

ぼくが『サドカイ派の勝利』を棚にもどしたところで、サーザが言った。

「自分の宝物の価値をわかってくれる人に会えるなんてうれしいこと。たいていの人は、あくびをするか、あきれかえるだけですからね」

「魔術や魔法関係の実践についてはもう知らないことなんてなにひとつなさそうですね。そもそも、どうしてこういうことに興味を持ったんです？」

「いまさらなんと説明すればいいのか……なにしろ大昔の話ですからねえ……ある事柄についてなんとなく調べていて――気がついてみたら――すっかりはまりこんでいたようなわけ。とにかくおもしろい研究なのよ。世間の人がどんなことを信じたか――そしてどんなばかなことをやらかしたか！」

ぼくは笑った。

「それを聞いてすっとしましたよ。あなたが、読んだものを全部信じているわけじゃなくてよかった」

「あのシビルを見てわたしを判断してもらっては困りますね。ええ、もちろん知ってますよ、あなたがばかばかしいって顔をしてたことは。でもね、それはまちがい。シビルはいろいろな意味で愚かしい女ですよ。ヴードゥーだの、悪霊だの、黒魔術だの、いろんなものを練り合わせて、たいそうなオカルト・パイをこしらえている――でもね、シビルにその力があることはたしかです」

「その力？」

「それ以外に呼びようがないでしょう……この世界と、超自然的な不思議な世界とをつなぐ、生きた懸け橋になれる人間は、現に存在するのです。シビルもそのひとり。彼女は一流の霊媒ですよ。お金のためにその力を使ったことは一度もない。でも、彼女にはずば抜けた能力がある。シビルとわたしとベラが――」

「ベラ？」

「ええ、そう。ベラはベラで、独自の力を持っています。わたしたちは三人ともそう、それぞれ程度の差こそあれ。三人で組めば――」

そこで言葉が途切れた。

「魔法株式会社ができる？」ぼくはにやりと笑ってあとを引き継いだ。

「まあ、そういう言い方もできますね」

ぼくは手に持っていた本にちらりと目を落とした。

「ノストラダムスですか」

「ノストラダムスよ」

ぼくは静かに言った。「本気で信じているようですね」

「信じているのではないわ。知っているの」

勝ち誇ったような口調——ぼくはサーザをじっと見た。

「でも、どうやって？　どんなふうに？　どういう理由で？」

サーザは書棚のほうへ手をひと振りして——

「あんなものがなんだと言うの！　どれもこれもたわごと！　突拍子もないばかげた言葉の羅列にすぎないわ！　でも、それぞれの時代の迷信や偏見を取り払ったら——その核心の部分には真実がある！　ただそれを飾りたてているだけ——昔からそうやって飾りたててきたんです——世間の人々を感心させるために」

「どうも話についていけないんですが」

「考えてもごらんなさい、人がいつの時代にも、占い師だの——魔術師だの——呪医だのに頼ってきたのは、いったいなぜだと思う？　はっきり言えば、理由はたったふたつしかない。そのために地獄に堕ちてもいいから手に入れたい、そういうものはたったふたつしかない。媚薬か、毒薬」

「なるほど」

「単純な話でしょう？　愛──そして死。媚薬は──ほしい相手を手に入れるため。悪魔のミサは──恋人をつなぎとめるため。満月の夜に一服飲ませる。悪魔か聖霊の名を唱える。床か壁に決められた図案を描く。そんなものは全部ただの飾りでしかない。真実はその一服のなかの催淫剤にあるのです！」

「死のほうは？」

「死？」サーザは笑った。その怪しげな低い笑い声はぼくをいやな気分にさせた。「あなたは死のほうにそんなに興味があるの？」

「だれだってそうじゃありませんか？」ぼくは軽い調子で答えた。

「そうかしらねえ」サーザが探るような鋭い視線を投げてきた。ぼくは思わずたじろいだ。

「死。たしかに、昔から媚薬よりはそちらの取引のほうが繁盛していました。とはいえ──昔のやり方のなんと幼稚だったこと！　ボルジア家とその有名な秘密の毒薬。本当はなにを使っていたかご存じ？　なんとありふれた三酸化砒素！　裏通りのけちな女房殺しが使うのと同じものですよ。それに比べたら、わたしたちも格段の進歩を遂げたものだわ。科学が限界を広げてくれたおかげで」

「検出不可能な毒物ができたから？」ぼくの声には疑念がこもっていた。

「毒物なんて！　そんなのはもう時代遅れですよ。幼稚なやり方。いまは新しい分野があるのです」

「たとえば？」

「心。心とはなにかを理解すること――心にはなにができるのか――なにをさせることができるのかを」

「もっと詳しく教えてください。じつに興味深い話ですね」

「原理はよく知られています。何世紀にもわたって、呪医たちは未開の社会のなかでその原理を利用してきた。殺したい相手を本当に殺す必要はない。ただ――おまえは死ぬと相手に言えばいいだけ」

「暗示ですか。でも、相手が暗示にかからなければ効果はないでしょう」

「つまりヨーロッパ人には効かないと言いたいのですね」サーザはぼくの言葉を言い直した。「効くこともあるのです。でも、問題はそういうことじゃない。わたしたちは、呪医にはできなかったところまで到達している。心理学者たちが道を示してくれたから。死への願望！　それは存在する――だれのなかにも。そこに働きかける！　死にたいという気持ちに働きかけるのです」

「おもしろい発想ですね」ぼくはひそかに科学的な興味を覚えていた。「狙った相手が自殺するように誘導する？　そういうことですか？」

「あなたはまだまだ遅れていますね。精神的外傷《トラウマ》という病気のことはご存じでしょう？」

「もちろん」

「仕事にもどりたくないという無意識の願望のせいで、本当に病気になってしまう人たちがいる。仮病とはちがいますよ――本物の病気で、症状もあるし、実際に痛みも伴う。医者にとっては長いあいだ謎でした」

「あなたの言ってることがだんだんわかってきましたよ」ぼくはゆっくりと言った。「狙った相手を崩壊させるには、その人の内なる潜在意識の自我に働きかけなければならない。だれの心のなかにも存在する死への願望を、刺激して、いっそう強めなくてはならないのです」サーザの興奮も次第に高まってきた。「わからない？　死を求める自我によって、本物の病気が誘発され、引き起こされる。病気になりたい、死にたいと願う――そうすれば――病気になって、死ぬのです」

サーザはいまや勝ち誇ったように頭をつんとあげていた。ぼくは不意に寒気を覚えた。もちろん、すべてはたわごとだ。この女性は少々頭がいかれている……だとしても――

サーザ・グレイが出し抜けに声をあげて笑った。

「わたしの言うことを信じてないんでしょう」

「おもしろい理論だとは思いますよ、グレイさん——近代思想とも一致している、それは認めましょう。しかし、そのだれもが持っているという死への願望を、どうやって刺激するんです？」

「それはわたしだけの秘密。その方法も！　手段もね！　接触しない伝達方法というのもあるでしょう。無線とか、レーダーとか、テレビみたいなものと思えばいい。超能力の実験は世間が期待したほど進んではいないけれど、それは単純な第一原則がわかってないからですよ。実験がたまたま成功することもなくはない——でも、それがどんなふうに働くか、いったんわかってしまえば、毎回できるようになる……」

「あなたもできるんですか？」

サーザはすぐには答えず——やがて歩きだしながら言った。

「わたしの秘密を全部明かせというのは無理な相談ですよ、イースターブルックさん」

ぼくはサーザのあとから庭に通じるドアに向かった——

「どうしてぼくにこんな話をしてくれるんですか？」

「わたしの蔵書を理解してくださったから。ときには必要なのです——その——つまり

——だれかに話すことがね。それに——」

「それに？」

「予感がしたから——ベラもそう——あなたには——わたしたちが必要になるかもしれないという」

「必要になる？」

「ベラはこう思っています、あなたがここへいらしたのは——わたしたちを見つけるためだと。ベラがまちがえることはめったにないわ」

「どうしてぼくがそんなことをしなくてはならないんですか——あなたの言葉を借りれば、〝あなたがたを見つける〟ことを」

「それは」サーザ・グレイは穏やかな声で答えた。「わたしにもわかりません——いまはまだ」

第七章

マーク・イースターブルックの物語

1

「こんなところにいたのね！　どこへ行ったのかと思ってたわ」ローダが開いたドアからはいってくると、ほかのみんなもぞろぞろとついてきた。ローダは書斎のなかを見まわした。「ここで降霊会なんかをするのね」

「よくご存じだこと」サーザ・グレイは軽やかに笑った。「ほんとに、小さな村ではだれもが本人以上にその人のことをよく知ってるんですからね。わたしたちも相当に不吉な噂をされていると聞いてますよ。百年前なら、生き埋めか水責めか火葬の薪にでもされているところでしょう。わたしの二代前のおばさんなど——いえ、もう一、二代前だったかしら――アイルランドで魔女として火あぶりにされたそうですよ。なんという時代かしらね！」

「あなたはスコットランド系の方じゃなかったの？」

「父方はね――それで透視力があるの。母方はアイルランド系。シビルはわたしたちの巫女で、祖先はギリシャ系。ベラは古代イングランド系の代表」

「なんだか不気味な人間カクテルですね」デスパード大佐が評した。

「おっしゃるとおり」

「おもしろーい！」とジンジャー。

サーザが一瞬ジンジャーのほうに鋭い視線を向けた。

「ええ、ある意味ではね」それからオリヴァ夫人のほうを向いて、「今度はぜひ黒魔術で人を殺すというご本をお書きになってはいかが。情報ならいくらでも提供してさしあげますよ」

オリヴァ夫人は困ったような顔で目をしばたたいた。

「あたしが書くのはごくありふれた殺人だけなのよ」と弁解するように言った。

〝あたしが作るのはありふれた料理だけなのよ〟とでも言ったような口ぶりだった。

「じゃまな人間をなるべく巧妙に消してしまいたい、という人たちのことをね」とオリヴァ夫人は言い添えた。

「巧妙すぎて、わたしには犯人がわかったためしがないよ」デスパード大佐が言った。それから腕時計にちらと目をやった。「ローダ、そろそろ――」

「そうね、そろそろお暇《いとま》しなくては。思ったよりだいぶ長居をしてしまったわ」

お礼の言葉とあいさつが交わされた。家のなかにはもどらず、そのまま全員で横手の門のほうへまわった。

「鶏がずいぶんいるね」デスパード大佐が金網の囲いをのぞきこんで言った。

「わたし、雌鶏って苦手」ジンジャーが言った。「あのコッコッっていう鳴き声がうるさいんだもの」

「ここにいるのはほとんど若い雄鶏だよ」と言ったのはベラだった。勝手口から外に出てきていたのだ。

「白い雄鶏ですね」ぼくは言った。

「これは食用？」大佐が訊いた。

ベラが答えた。「あたしらの役に立ってくれるんだ」

ぽちゃぽちゃした形の定まらない顔のなかで、口が横に伸びて長い曲線を描いた。その目にはなにもかも心得ていると言いたげな狡猾な表情があった。

「鶏はベラの担当でしてね」サーザ・グレイがさらりと言った。

ぼくたちが別れのあいさつをすると、シビル・スタンフォーディスも玄関から出てきて客を見送ってくれた。

「あの人、なんだか好きになれないわ」車が走りだすとオリヴァ夫人が言った。「絶対に好きになれない」

「サーザばあさんの言うことなど、あまり真に受けないほうがいいですよ」大佐が鷹揚に言った。「得意げにあんな話をして、相手がどんな反応を示すか、それを見て楽しんでいるだけだ」

「彼女じゃないわ。あの人は曲者《くせもの》よ、好機は絶対に見逃さない女だわね。でも、それより危険なのはもうひとりのほうよ」

「ベラのこと？　まあ、たしかにちょっとばかり気味が悪いがね」

「その人のことでもないわ。あたしが言ってるのはシビル。見かけはただのばかな女よ。あの数珠玉のネックレスといい、布を巻きつけた衣裳といい。それにヴードゥー教だとか生まれ変わりだとかいう突拍子もない話なんかして（だいたい台所の下働きやしょぼくれた小作人のじいさんなんかは絶対に生まれ変われそうにもないのはどうしてよ。いつだってエジプトの王女さまだのバビロニアの美しい奴隷だのに決まってるんだから。

うさんくさいったらないわ)。それでもね、いくらばかみたいとは言っても、あの人には実際になにかができそうな——奇妙な出来事を起こせそうな気がするのよ。例によってうまく言えないんだけど——ああいう人は利用されるんじゃないかっていう気がする——なにかに——なんらかの方法でね。だって救いようのないばかなんだもの。こう言っても、たぶんだれにもわかってもらえないわよね」最後に哀れっぽくそう言った。

「わかりますとも」ジンジャーが言った。「それに、あなたがそうおっしゃるのも無理ないと思います」

「わたしたちもあそこの降霊会とやらに参加してみるべきじゃないかしら」ローダは本当に行きたそうな口ぶりだった。「案外おもしろいかもしれないわ」

「おいおい、冗談じゃないぞ」大佐がきっぱりと言った。「きみにはああいうことにかかわってもらいたくないね」

　ふたりは楽しそうに議論に突入した。オリヴァ夫人が翌朝の列車のことを尋ねている声が聞こえて、ぼくははっと我に返った。

「よかったら、ぼくが車で送りますよ」

　オリヴァ夫人はどうしようか悩んでいるようだった。

「やっぱり列車で帰ったほうがよさそう——」

「いやいや、だいじょうぶ。前にもぼくの車に乗ったじゃありませんか。これほど信頼できる運転手はいませんよ」

「ちがうのよ、マーク。あしたはお葬式に参列しなくちゃならないの。だから街にもどるのが遅れると困るわけ」ため息をついた。「お葬式なんて考えただけで気が滅入るわ」

「失礼したらどうです？」

「今回はそうもいかないのよ。メアリー・デラフォンテインは古いお友だちだし——彼女もあたしが行けば喜ぶと思うの。そういう人だったから」

「わかったぞ」ぼくは思わず声を張りあげた。「デラフォンテイン——そうかそうか」

みんなが驚いてぼくのほうを見た。

「失礼。いまのは——つまり——えーと、最近どこかでデラフォンテインという名前を耳にしたと思ったんだ。あれはあなただったんですね」オリヴァ夫人のほうを向いた。

「その人のお見舞いに行ったというような話をしてましたよね——療養所に」

「そうだったかしら。まあ、したかもしれないけど」

「その人、どうして亡くなったんです？」

オリヴァ夫人は眉間にしわを寄せた。

「中毒性多発性神経炎——とかなんとか」

ジンジャーが興味津々の顔でぼくを見ていた。突き刺すような視線で。

車から降りると、ぼくは唐突に言った。

「ちょっと散歩でもしてきます。食べすぎたから。豪勢な昼食を食べてお茶まで呼ばれてしまった。腹ごなしをしないとね」

だれかが散歩につきあうと言いださないうちに、きびきびと歩きだした。どうしてもひとりになって考えをまとめたかったのだ。

これはいったいどういうことなのか。とりあえず自分の頭のなかではっきりさせておきたい。そもそものはじまりは、ポピーのなにげない、だが驚くような言葉——〝だれかを消したい〟と思ったら〈蒼ざめた馬〉に行けばいい、という言葉だった。

その後、ジム・コリガンと再会し、〝名前〟のリストを見せられた——ゴーマン神父の事件と関連のあるものとして。そのリストには、ヘスケス‐デュボイスの名と、タッカートンの名があり、そこからぼくは〈ルイジの店〉で見た出来事を思いだした。リストにはデラフォンテインというどこかで聞いた覚えのある名前もあった。その名前を口にしたのはオリヴァ夫人で、病気の友だちの話をしたときだった。その病気の友だちは亡くなった。

それから、自分でも理由がよくわからないまま、ぼくは花屋にいるポピーを直撃した。するとポピーは、〈蒼ざめた馬〉などという場所のことはなにも知らないと言下に否定した。それよりもっと意味深長だったのは、彼女が怯えていたことだ。

そして、きょう――サーザ・グレイのことがあった。

だがどう考えても、〈蒼ざめた馬〉やそこの住人たちとあの名前のリストとは別々のもので、なんのつながりもなさそうだ。どうしてぼくは頭のなかでそのふたつを結びつけていたのだろう。

両者のあいだになんらかのつながりがあると、どうしてとっさに考えたりしたのだろう。

デラフォンテイン夫人はおそらくロンドンに住んでいたと思われる。トマシーナ・タッカートンの実家はサリー州のどこかだった。リストに載っていたなかに、このマッチ・ディーピングの小さな村とつながりのある者はひとりもいない。ただし――

気がつくと〈キングズ・アームズ〉にさしかかっていた。〈キングズ・アームズ〉は堂々たるたたずまいの本物のパブで、《ランチ、ディナー、ティー》とペンキで書き直したばかりの看板が出ていた。

ぼくはドアを押し開けてなかにはいった。左手にあるバーはまだ開店前で、右手には煙草のにおいの漂うちょっとしたラウンジがあった。階段の横に《オフィス》の表示がある。オフィスのガラス窓は閉まっていて、《ベルを押してください》と印刷されたカードがついていた。この時間帯のパブには、どこかうら淋しい雰囲気が漂っている。オフィスの窓口の横の棚に、ぼろぼろになった宿帳が一冊あった。開いて、ぱらぱらとめくってみた。客の数は多くない。一週間にせいぜい五、六人で、ほとんどが一泊だけの客だった。名前を目で追いながら、ページを繰っていった。

ほどなく宿帳を読み終えた。依然として人けはまるでない。いまの段階で特に質問したいことがあるわけでもなかった。ぼくはふたたび靄のかかったけだるい午後のなかへ出ていった。

ただの偶然だろうか。サンドフォードという名の人物と、パーキンソンという名の人物が、去年この〈キングズ・アームズ〉に泊まっているのは。どちらもコリガンが持っていたリストに載っていた名前だ。たしかにそうだが、どちらもとりたててめずらしい名前というわけではない。そしてもうひとつ、目にとまった名前があった——マーティン・ディグビー。あれがぼくの知っているマーティン・ディグビーだとすれば、ぼくが昔からミンおばさんと呼んでいた女性——つまりレイディ・ヘスケス゠デュボイス——の甥の息子ということになる。

どこへ向かうというあてもなく、ぼくはひたすら歩き続けた。だれかに話したくてたまらなかった。ジム・コリガンに。あるいはデイヴィッド・アーディングリーに。あるいは冷静な判断力のあるハーミアに。ひとりで考えていても頭のなかは混乱するばかりだし、ひとりでいたくなかった。はっきり言うと、ぼくの考えていることを論破してくれる相手がほしかったのだ。

ぬかるんだ小道を三十分ばかり歩きまわったあと、ぼくは道を折れて牧師館の門のなかにはいり、荒れ放題の私道を歩いていって、玄関ドアの横にある錆ついたような呼び鈴の紐を引いた。

2

「それ、壊れてるんですよ」デイン・キャルスロップ夫人が、精霊よろしく、降って湧いたように戸口に現われた。

おおかたそんなことだろうと思った。

「二度も修理したんですけどね。すぐにまた壊れてしまうの。だから、いつも気をつけるようにしてるんですよ。大事な用だといけませんからね。あなたも大事なご用なんでしょう?」

「ええ——まあ——はい、大事な用なんです——ぼくにとっては、という意味ですが」

「わたしもそういう意味で言ったんですけど……」夫人は思案顔でぼくを見つめた。「そうね、なにかよくないことだわ、見ればわかりますよ。だれがいいかしらね。主人のほう?」

「あの——それがよくわからなくて——」

ぼくが会いにきたのは牧師のはずだった——が、ここへきて、どうしたものか確信がなくなった。なぜだかわからない。すかさずデイン・キャルスロップ夫人がこう言ってくれた。

「うちの人は本当に善良な人でね。牧師であるのみならず。そして、善良であるがゆえに、事態をむずかしくしてしまうこともときどきあるんですよ。だってほら、善良な人たちって、悪というものをちゃんとは理解してないでしょう」少し間をおいてから、手っ取り早い口調で言った。「たぶんわたしのほうが適任だと思いますよ」

思わず口元が少しゆるんだ。「悪のほうはあなたの担当というわけですね」

「ええ、そういうことです。教区内で行なわれているいろんな——なんと言いましょうか――罪をすべて把握しておくことは大事ですからね」

「それは牧師さんの領分じゃないんですか？　いわゆる公務というやつでしょう」

「ええ、罪を赦すことはね」夫人はぼくの言葉を訂正した。「主人は免罪を与えることができます。それはわたしにはできない。でもね」と、見るからにうれしそうに言った。「主人のために罪を整理して分類することならできますよ。罪のことを知っていれば、それでだれかが被害にあうのを食いとめる手助けもできますしね。人間そのものを救うことはできませんよ。わたしには。悔悛を求めることができるのは神さまだけですからね、ご存じのように――いいえ、ご存じないかもしれないわね。近ごろは、そういうことを知らない人も多いから」

「専門知識ではあなたにかないませんが、でも、ぼくは食いとめたいんです、だれかが――被害にあうのを」

夫人はぼくに鋭い一瞥をくれた。

「やはりそういうことだったのね。とにかくおはいりなさいな、そのほうがじっくりお話もできますから」

牧師館の居間は広くてみすぼらしかった。だれも剪定する気力がなかったのか、鬱蒼と茂っている巨大な植え込みのせいで、室内はほとんど陰になっている。だがどういうわけか、その薄暗さは陰気ではなかった。むしろ安らぎを与えてくれた。古ぼけた大きな椅子のどれを見ても、長年にわたって大勢の人がそこで身体を休めてきた痕跡がしっかりと残っている。炉棚の上のどっしりした時計が、重たげな心地よい規則正しさでチクタクと時を刻む。ここには、語り合い、本音でしゃべり、外のまぶしい日差しがもたらすさまざまな雑念を忘れてゆったりくつろぐ、そのための時間がたっぷりありそうだった。

おそらくこの居間では、自分が母親になるとわかって嘆き悲しむ少女たちが、デイン・キャルスロップ夫人に悩みを打ち明け、しかるべき助言を、あるいは月並みな助言を受けてきたことだろう。嫁や婿に腹を立てた親たちが不満をぶちまけ、あるいは母親たちが、うちのボブは決して悪い子ではなく、ちょっと元気がよすぎるだけなのに、教護院に入れるなんてあんまりだと訴えてきたのだろう。夫や妻たちはそれぞれの結婚生活の問題を打ち明けてきたのだろう。

そして、今度はぼくが、学者であり作家であり俗物でもある、このマーク・イースターブルックが、澄んだ目をした白髪まじりの経験豊かな女性を前にして、自分のかかえる悩みを相手に委ねてしまおうとしている。なぜだろう。わからない。ただ、この人こそふさわしい相談相手だという妙な確信があるだけだ。

「じつは、つい先ほど、サーザ・グレイの家でお茶を呼ばれてきたんですが」と話を切りだした。

デイン・キャルスロップ夫人にものごとを説明するのはいたって簡単だった。こちらの言いたいことをすぐに察してくれるのだ。

「ああ、そういうこと。それで困惑していらっしゃるのね？　あの三人には少々理解に苦しむところがある、ええ、わかりますよ。じつはわたしも前から気にはなっていました……なにしろ自慢たらたらでしょう。わたしの経験からすると、本当の悪人というのはそもそも自慢なんかしないものですよ。自分の悪行には口をつぐんでいられるんです。逆に言えば、罪がたいしたものでなければ、つい人に話したくなってしまう。罪というのは、哀れで、下品で、卑しいもの。だからこそ、さも立派で重要なことのように見せずにはいられないんですよ。村の魔女たちも、たいていは愚かな心のひねくれたおばあさんで、人を怖がらせて、ちゃっかりいろんなものをもらったりしたいだけ。ええ、そんなのは造作もないことですよ。ブラウンさんのところの雌鶏が死んだら、こっくりうなずいて、暗い声でこう言えばいいんですから。『ああ、あそこのビリーは先週の火曜にうちのプッシーをいじめたからねえ』って。ベラ・ウェッブも、単なるその手の魔女かもしれない。とは言っても、もしかしたら、あくまでも、もしかしたらですけど、それ以上のもの……大昔からずっと続いてきたもの、田舎の村にときたまひょっこり出現するものかもしれません。だとしたら、これは恐ろしいことだわね、そこには本物の悪意があるから――人を感心させたいという欲求だけではなくて。シビル・スタンフォーディスもね、あれほど愚かしい人には会ったことがありませんよ――でも、霊媒にはちがいないでしょう――霊媒というのがどんなものだかよく知りませんけど。サーザは――よくわからないわ……あの人になにを言われたんですか？　あなたが困惑しているのは、あの人になにか言われたからなんでしょう？」

「あなたは世間のことをよくご存じですよね、デイン・キャルスロップさん。これまでに見聞きしてきたことから判断して、どうでしょう。たとえばある人間が、相手と実際に接触することなく、遠く離れた場所から、別の人間を消すなんてことができるでしょうか」

デイン・キャルスロップ夫人の目が心もち大きくなった。

「消すというのは、つまり、殺すという意味でしょう？　単純に肉体的な事実として」

「はい」

「たわごととしか言いようがありませんね」夫人は断言した。

「やっぱり！」ぼくはほっとした。

「とは言っても、もちろんわたしがまちがっていないとは言いきれませんよ。うちの父は、飛行船なんてたわごとだと言っていたし、曾祖父なら、汽車なんてたわごとだと言ったでしょうね。ふたりの言うことは少しもまちがっていなかった。当時はどちらも不可能なことだったんですから。でも、いまはもう不可能なことではないわ。サーザはなにをしているの、殺人光線かなにか放射しているとか？　それとも、三人で五芒星《ペンタグラム》でも描いて願をかけるとか？」

ぼくはにっこり笑った。

「おかげさまでだんだん目が覚めてきましたよ。ぼくはあの人に催眠術をかけられたにちがいない」

「まさか。そんなことはないでしょう。あなたは暗示にかかりやすいタイプには見えませんよ。きっとなにか別のことがあったはずです。最初に起こったことが。この話の前に」

「じつはそのとおりなんです」ぼくはできるだけ少ない言葉で簡潔に、ゴーマン神父が殺されたこと、ナイトクラブでの雑談のなかに〈蒼ざめた馬〉が出てきたことを話した。それから、コリガン医師が見せてくれた紙から書き写しておいた名前のリストを、ポケットから取りだした。

デイン・キャルスロップ夫人は、眉をひそめながらリストを見おろしていた。

「なるほどねえ。で、この人たちは？　なにか共通点でもあるのですか？」

「それがまだなんとも。恐喝か――あるいは麻薬か――」

「たわごとね」夫人は言った。「あなたを悩ませているのはそんなことではないはずです。本当はこう考えているんでしょう――この人たちは全員死んでいる」

ぼくは大きなため息をついた。

「そうなんです。ぼくはそう考えてます。でも、事実として知っているわけではない。そのうち三人はすでに亡くなっています。ミニー・ヘスケス゠デュボイス、トマシーナ・タッカートン、メアリー・デラフォンテイン。三人ともベッドで死亡して、死因に不審な点はありません。そういうふうになるだろうと、サーザ・グレイは主張しているんですよ」

「自分がそれを引き起こしたと主張しているのですか？」

「いえ、そうではなくて。現実の人間のことはいっさい口にしなかった。科学的に可能だと自分が信じていることを説明しただけです」

「それはたしかに、一見たわごとのように思えますね」夫人は思案顔で言った。

「そうなんです。ぼくだって普通ならそんな話はさらりと聞き流して腹のなかで笑っていたでしょう、〈蒼ざめた馬〉のあんな妙な話さえ耳にしていなかったら」

「そうねえ」夫人は物思いにふけっていた。「〈蒼ざめた馬〉。名前からして暗示的ですよ（聖書に出てくる死神は蒼ざめた馬に乗っている）」

夫人はひとしきり沈黙し、それから顔をあげた。

「よくないわ。非常によくない。裏になにが隠されているにしろ、それを阻止しなくてはなりません。あなたにはいまさら言うまでもないでしょうけど」

「ええ、それは……しかし、ぼくたちにできることがあるでしょうか」

「それをあなたが見つけだすんです。だけど、ぐずぐずしている暇はありませんよ」夫人は唐突に立ちあがり、活動態勢にはいった。「さっそく取りかかってもらわなくてはね——ただちに」ふと考えて、「手伝ってくれそうなお友だちかだれかいらっしゃる？」

ぼくは考えた。ジム・コリガンは？　忙しくて暇がないし、彼なりにできることはもうすべてしてしまっただろう。デイヴィッド・アーディングリー——いや、あのデイヴィッドがこんな話を信じるものか。ハーミアは？　そうだ、ハーミアがいる。明晰な頭脳、みごとな論理。うまく説得して味方になってもらえたら、百人力だ。なんといっても、ハーミアとぼくは——そこまでにしておいた。ハーミアはぼくの恋人——彼女ならぴったりだ。

「どなたか心あたりがあるようね。よかったこと」

デイン・キャルスロップ夫人の態度はきびきびとして実務的だった。

「わたしもあの三人の魔女たちから目を離さないようにしましょう。まだ、あの人たちは——なんと言うか——本当の意味での答えではないような気がするんですけどね。あのシビル・スタンフォーディスという女性は、エジプトの秘儀だのピラミッド文書に書かれた預言だのと、わけのわからないことをしゃべり散らしている、あれと同じことですよ。言ってることは全部でたらめもいいところだけど、ピラミッドや文書や神殿の秘儀は現に存在していますからね。わたしにはこんなふうに思えてならないわ。サーザ・グレイはなにかをつかんだか、探りあてたか、話を聞いたかして、それを、野蛮なごった煮料理のようなもののなかに混ぜこんで、自分をますます偉そうに見せたり、オカルト・パワーの支配力を高めたりするために利用しているのではないか、とね。人は悪行を自慢したがるものです。おかしなものね、善人は決して自慢などしないというのに。キリスト教徒の謙虚さがそこに表われているのでしょう。善人は自分が善人だということさえ知らないのですから」

しばらく黙りこんだあと、夫人は言った。

「とにかく必要なのは、なんらかのつながりです。ここに書かれた名前のどれかと〈蒼ざめた馬〉とのつながり。なにか実体のあるもの」

第八章

外の廊下から聞き覚えのある〝オフリン神父〟の口笛が近づいてきたので、ルジューン警部が顔をあげると、ちょうどコリガン医師が部屋にはいってきたところだった。

「みなさんのご期待に添えなくて申しわけないんですがね」コリガンは言った。「あのジャガーの運転手はアルコールを一滴も飲んでません……エリス巡査があの男の息に嗅ぎつけたにおいは、おそらく想像の産物か、口臭でしょう」

だが、そのときのルジューンは、車の運転手の軽犯罪といった日常茶飯事などどうでもよかった。

「ちょっとこれを見てくれ」ルジューンは言った。

コリガンは差しだされた手紙を受け取った。それはちまちました几帳面な筆跡で書かれていた。差出人の住所は《ボーンマス、グレンダウアー小路、エヴェレスト》となっている。

ルジューン警部殿

ご記憶のことと存じますが、小生は、ゴーマン神父が殺された夜にあの方を尾行していた男を万一見かけた場合は、すぐに知らせるようにと言われた者です。その後も、自宅の周辺で目を光らせておりましたが、あの男を見かけることはついぞありませんでした。

ところが昨日、ここから三十キロほど離れた村の慈善バザーに出かけた折のことです。なぜ行ったかと申しますと、著名な推理作家のオリヴァ夫人がいらしてご著書にサインをしてくださるというお話だったからです。推理小説の熱心な愛読者である小生としては、ぜひともオリヴァ夫人にお目にかかりたいと思ったわけです。なんとも驚いたことに、その会場で、ゴーマン神父が殺された夜に私どもの店の前を通過したということで警部に詳しく人相をお話ししました、あの男を見かけたのです。あのあと事故にでもあったと見え、今回は車椅子に乗っておりました。何者なのかひそかに探りを入れたところ、どうやらヴェナブルズという名の地元の住民のようです。住まいは、マッチ・ディーピング村の〈プライアーズ・コート〉という屋敷で、相当の資産家らしいという話でした。

この情報が警部のお役に立てば幸いです。

ザカライア・オズボーン拝

「どう思う？」ルジューンは訊いた。

「ありえない話ですね」コリガンはにべもなく答えた。

「ああ、普通ならな。だが、そう断定していいものかどうか――」

「このオズボーンという男――そもそもあんな霧の夜に、だれの顔だろうと、そこまではっきり見えたはずがないんです。他人の空似ですよ。よくあるでしょう。行方不明の人を見かけたと言って全国から電話がかかってくる――十件のうち九件までは、人相書きとは似ても似つかないときてる！」

「オズボーンはそういう連中とはちがうんだ」

「どういう男なんです？」

「身なりのきちんとした小柄な薬剤師、昔かたぎで、変わり者で、人の顔を覚えるのが得意。生涯の夢のひとつは、法廷に立って、自分の店で砒素を買っていった女房殺しはこいつだと証言することだそうだ」

コリガンは声をあげて笑った。

「だったら、これはあきらかに希望的観測のいい例だ」

「そうかもしれない」

コリガンはいぶかしげに警部を見た。

「なにか裏がありそうだと思ってるようですね。どうしようっていうんです?」

「いずれにしろ、内偵してみても損はないだろう、この」——手紙を参照して——「マッチ・ディーピング村の〈プライアーズ・コート〉に住むヴェナブルズ氏とやらを」

第九章

マーク・イースターブルックの物語

1

「田舎ではなんて刺激的なことが起こってるのかしらねえ！」ハーミアが楽しそうに言った。

ふたりで夕食を終えたところだった。目の前にはブラックコーヒーのはいったポット——

ぼくはハーミアを見返した。それは、期待していたような返事ではなかった。十五分ばかりかけて、ぼくは一部始終を話して聞かせた。ハーミアはものわかりよく、かつ興味を持って耳を傾けてくれた。でも、その反応はぼくの期待に沿うものではなかった。

彼女の口調は鷹揚で――衝撃を受けた様子も、興奮した様子もなさそうだ。

「田舎は退屈で、都会は刺激に満ちている、そんなふうに言う人たちは実態がわかってないのよ」ハーミアは続けた。「魔女の生き残りが崩れかけた田舎家に隠遁し、人里離れたマナーハウスで退廃的な若者たちが黒ミサを執り行なう。孤立した小さな村には迷信が根強くはびこっている。独身の中年女性たちはまがいもののスカラベの装身具をじゃらじゃら鳴らしながら降霊会を開き、占い板が白紙の上に不気味な文字を綴っていく。そういうのをネタにしたらすごくおもしろい記事が書けそう。ねえ、あなたが自分で書いてみたらどう?」

「ぼくの話したことがよくわかってないみたいだね、ハーミア」

「あら、ちゃんとわかってるわよ、マーク。ものすごく興味深い話だと思うわ。それは、歴史のひとこま、人知れずいまなお残る中世の伝説そのものだもの」

「ぼくは歴史的に興味があるわけじゃないんだよ」いらだちが募った。「事実に興味があるんだ。紙に書かれた名前のリストに。このうちの何人かの身になにが起こったか、ぼくは知ってるんだよ。残りの人たちはどうなるんだ? それとも、もうどうにかなってしまったのか?」

「ねえ、あなた自分を見失ってるんじゃない?」

「いいや」ぼくは意固地になった。「そうは思わないね。この脅威は現に存在すると思う。そう思ってるのはぼくだけじゃない。牧師夫人も同じ意見だ」

「へえ、牧師夫人がねえ！」こばかにしたような言い方だった。

「『牧師夫人がねえ』なんて、そういう言い方はやめてくれないか！　あの人はまれにみる人なんだ。とにかくこの一連の出来事は現実なんだよ、ハーミア」

ハーミアは肩をすくめた。

「ひょっとしたらね」

「でも、きみはそう思ってないんだね」

「わたしが思ってるのは、あなたの想像力が少しばかり暴走してるんじゃないかってことよ、マーク。あなたの言うそのおばさまたちも、そりゃあ当人たちは純粋にそう信じてるんでしょうよ。まったく、どうしようもなくたちの悪いばあさんたちだわね！」

「別に邪悪な存在ではないっていうのかい？」

「そうよ、マーク、そんなことあるわけないでしょ？」

ぼくはしばらく口をつぐんだ。心が揺れ動いた——光と闇のあいだを交互に。〈蒼ざめた馬〉の闇、ハーミアに代表される光。善良で良識的な日常の光——暗闇の隅々までを照らしてくれる、ソケットにきちんとはめこまれた電球の光。そこにはなにもない——

——なにひとつ——あるのは部屋のなかで見慣れた日常の品々ばかり。だがそれでも——それでも——ハーミアの光は、ものごとをはっきり見せてくれるかもしれないが、しょせん人工の光ではないか……

ぼくの心は闇のほうへもどった。執拗に、断固として……

「ぼくはこの件を調べてみたいんだ、ハーミア。なにが起こっているのか、真相を突きとめたい」

「賛成よ。そうするのがいいと思うわ。けっこうおもしろいかもしれない。いいえ、きっと楽しいわよ」

「楽しいわけないだろう！」ぼくはぴしゃりと言った。

それからこう続けた。

「じつはきみに手伝いを頼むつもりだったんだ、ハーミア」

「手伝う？　どうやって？」

「ぼくの調査を手伝うんだよ。事件の真相を突きとめるために」

「でもねえ、マーク、わたし、いま猛烈に忙しいのよ。《ジャーナル》の記事を書かなくちゃならないでしょう。例のビザンティウムの件もある。それから、ふたりの学生との約束もあるし——」

ハーミアはなおも筋の通った――分別のある――話を続けていたが、ぼくはほとんど聞いていなかった。

「わかったよ。とにかく、きみはそれでなくても多忙をきわめているわけだね」

「そういうこと」ぼくの暗黙の了解に、ハーミアはあきらかにほっとしたらしい。にっこり微笑みかけてきた。その鷹揚な表情に、ぼくはまたしてもショックを受けた。新しいおもちゃに夢中になっている幼い息子に対して母親が見せるような鷹揚さ。

いまいましい、こっちは子供じゃないんだぞ。母親を求めているわけでもない――少なくともそういう種類の母親は。ぼくの母親は、魅力的だが、ひとりではなにもできず、息子も含めて周囲にいるだれもが、進んで面倒をみてあげたくなるような人だった。

ぼくはテーブルの向こうにいるハーミアのことを客観的に判断してみた。

すこぶる美人で、すこぶる分別があって、すこぶる知的で、すこぶる読書家ときている！　そしてすこぶる――どう言えばいいのだろう。すこぶる――そう、すこぶる退屈なのだ！

2

翌朝、ジム・コリガンに連絡をとろうとして——失敗に終わった。それでも、六時から七時のあいだは部屋にいるから一杯飲みに来てくれないか、という伝言を残しておいた。忙しい男であることは承知していたので、こんな急な誘いに応じてくれるかどうか心もとなかったが、あと十分で七時というころになって、コリガンは姿を現わした。ぼくがウィスキーを用意しているあいだ、コリガンは部屋にある絵や書物を見てまわっていた。そして最後に、重労働で実入りの少ない警察医なんかじゃなくて、ムガールの皇帝にでもなればよかった、と言った。

「でも、そうなったら」と椅子に腰をおろしながら話を続けた。「きっと女性問題で苦労が絶えなかっただろうな。まあ少なくとも、いまはその心配はいらないか」

「ということは、結婚してないんだね？」

「当然さ。きみもしてないようだな、この気持ちよく散らかった暮らしぶりから察するに。女房ってやつはなんでもかんでもすぐに片づけたがるから」

女というのはきみが思うほど悪いものでもないよ、とぼくは言ってやった。

それから自分の酒を持って向かいの椅子にすわり、話を切りだした。

「こんなふうに急に呼びだしたりして、なにごとかと思っているだろうけど、じつはほかでもない、この前ふたりで話し合ったことと関係がありそうな出来事があってね」

「なんの話をしたっけ――ああ、そうかそうか。ゴーマン神父の件だ」

「それだよ――でもその前に、〈蒼ざめた馬〉という言葉に心あたりはないだろうか」

「〈蒼ざめた馬〉……〈蒼ざめた馬〉ねえ――いや、心あたりはないと思うが――どうしてだい?」

「もしかしたら、きみが見せてくれた名前のリストと関係があるんじゃないかと思うんだ。じつは田舎の知り合いのところに行っていたんだよ――マッチ・ディーピングという村に。そこの古いパブに、というか、昔パブだった家に連れていかれて、その名前が〈蒼ざめた馬〉というんだ」

「ちょっと待った! マッチ・ディーピング? マッチ・ディーピングって……ボーンマスの近くか?」

「ボーンマスから二十五キロかそこらだ」

「まさか、その村でヴェナブルズというやつに出くわしたりしてないだろうな」

「そのまさかだよ」

「ほんとに?」コリガンは興奮ぎみに身を起こした。「きみは行き先を選ぶこつを心得てるらしいな! で、どんな男だった?」

「きわめて特異な人物だね」

「やっぱりそうか。どんなふうに特異なんだい？」

「第一に、個性が強い。脚が完全に不自由なんだけどね、ポリオのせいで――」

コリガンが鋭くさえぎった。

「なんだって？」

「何年か前にポリオにかかったそうだ。そのせいで下半身が麻痺してしまった」

コリガンは不機嫌な顔で椅子の背に身体をもどした。

「これでぶち壊しだ！　どうも話がうますぎると思ったよ」

「なんの話かよくわからないな」

「うちの署のルジューン警部に会うといい。きみの話に興味を持ってくれるはずだから。警部は、ゴーマン神父が殺された夜に神父を見かけた者は名乗り出るようにというお触れを出したんだ。寄せられた情報の大半は役立たずだったよ、例によって。ところが、なかにひとり、現場の近くで薬局を経営しているオズボーンという薬剤師がいた。あの夜、店の前を通りかかった神父を見たと報告してきたんだ。おまけに神父のあとをつけていた男まで見たという――当然、そのときは深く考えもしなかった。そのわりに、男の人相をじつに詳しく描写してみせた――もう一度会えば絶対にその男だとわかると言いきったらしい。そのオズボーンが、二、三日前、ルジューン警部のところに手紙を送ってきた。いまは引退してボーンマスに住んでいるんだが、近くの村のバザーに出かけたら、その会場で例の男を見かけたというんだ。その男は車椅子に乗ってバザーに来ていた。オズボーンが男の正体をこっそり人に尋ねたところ、名前はヴェナブルズだという返事だったそうだ」

コリガンは問いかけるようなまなざしを向けてきた。ぼくはうなずいた。

「ああ、まちがいない。それはヴェナブルズだよ。彼はバザーに来ていた。でも、パディントンの通りでゴーマン神父をつけていた男がヴェナブルズだったということはありえないね。物理的に不可能だ。オズボーンの見まちがいだよ」

「オズボーンはその男のことをかなり詳しく描写したんだ。背丈は百八十センチぐらい、極端な鉤鼻で、喉仏が目立つ。合ってるかい？」

「ああ。ヴェナブルズにぴったりだ。だけど――」

「ああ、わかってる。オズボーンだって自分で思ってるほど人の顔を見分けるのが得意とはかぎらないしな。たぶん他人の空似ってやつにうっかりだまされたんだろう。それにしても、きみがさっき口にしたのがまさしく同じ村の話だったというのが、どうもひっかかるな――〈蒼ざめた馬〉とかなんとかいう話。その〈蒼ざめた馬〉というのはなんなんだ？　詳しく聞かせてくれ」

「きみはきっと信じないよ」ぼくはあらかじめ警告しておいた。「ぼく自身、信じられないほどなんだから」

「いいから。とにかく聞こうじゃないか」

ぼくはサーザ・グレイとの会話の内容を話して聞かせた。コリガンは即座に反応した。

「なんという突拍子もないたわごと！」

「やっぱりそうか」

「そうに決まってるだろう！　きみはどうかしてるんじゃないか、マーク？　白い雄鶏ねえ。おおかた生贄《いけにえ》だろうよ！　霊媒に、村の魔女に、人を確実に死なせる殺人光線を放つことができる田舎の独身中年女。どうかしてるよ、まったく――正気の沙汰じゃない！」

「そうなんだ、これは正気の沙汰じゃない」ぼくはおごそかに言った。

「おいおい！　同意してどうするんだ、マーク。きみがそんなことをすると、これにはなにか裏があるんじゃないかって気がしてくるよ。これにはなにか裏があると、きみは思ってるんだな？」

「その前にひとつ質問させてくれ。人はだれでも死に対してひそかな衝動というか願望を抱いているという話。この話には科学的な真実が少しは含まれているんだろうか」

コリガンは一瞬口ごもり、それから答えた。

「ぼくは精神科医じゃないからなあ。ここだけの話、精神科医という人種からして少々頭がおかしいんじゃないかという気がしなくもないね。連中は理論に陶酔している。しかもそれが度を越している。警察が精神科医の証人を毛嫌いしてるのはたしかだよ。法廷で弁護側の証人になって、キャッシュ・レジスターの金目当てにかよわいばあさんを殺した犯人を釈明してやるようなやつはね」

「きみの腺理論のほうがまだましだって？」

コリガンはにやりと笑った。

「わかった、わかった。ぼくだって理論家だよ。それは認めよう。でも、ぼくの理論にはたしかな物理的根拠がある――まあ、それが突きとめられればの話だけどね。それに比べたら、潜在意識が云々といういまの話なんか！　はんっ！」

「信じられないというんだな？」

「もちろん信じてるさ。でも、その女たちの場合は極端に走りすぎだ。無意識の〝死への願望〟だかなんだかは、たしかに完全に否定することはできないけど、その連中が主張してるようなものとはほど遠いね」

「でも、そういうものが存在することはたしかなんだね」ぼくは食いさがった。

「自分で心理学の本を買ってきて、そのあたりのことを読んでみるといい」

「サーザ・グレイは、必要な知識はすべて持っていると豪語しているんだ」

「サーザ・グレイがねえ！」コリガンは鼻で笑った。「田舎の村の生半可な中年独身女に心理学の知識があるって？」

「本人の話では膨大な知識がね」

「何度も言うように、そりゃまったくのたわごとだ！」

「既存の概念と一致しない発見があると、昔から世間は決まってそんなふうに言ってきた。蛙がレールの上で脚をぴくぴく動かすのは――」

コリガンが途中でさえぎった。

「じゃあ、きみはなにもかも鵜呑みにしてるのか？」

「まさか。ただ、科学的根拠が少しでもあるのかどうか知りたいだけだよ」

コリガンはまた鼻で笑った。

「科学的根拠なんかあってたまるか！」

「わかったよ。ちょっと知りたかっただけだ」

「次は、あれこそ〝箱を持った女〟だなんて言いだすんじゃないか」

「〝箱を持った女〟って？」

「ときどき出現する突飛な話のひとつだよ――ノストラダムスがマザー・シプトン（十五世紀の英国の伝説上の予言者）から引用した。世の中にはなんでもかんでも鵜呑みにする人間がいるからな」

「だったら、せめてきみたちがあの名前のリストをどう解釈しているのか教えてくれないか」

「警察でも懸命に捜査してはいるけど、こういうことには時間も手間もかかるんだよ。住所もファーストネームもわからない人間を調べて身元を突きとめるのは容易じゃない」

「じゃあ、別の角度から考えてみようじゃないか。ぼくが断言してもいいと思うことがひとつある。いずれ近いうちに――そう、ここ一年か一年半のうちに――あのリストに載っている名前はひとつ残らず、死亡証明書に書かれることになる。そうだろう？」

コリガンは不快げな顔で見返した。

「きみの言うとおりだろうな――それがなにを意味するかはともかく」

「それが、あのリストに書かれた全員の共通点なんだよ――死ぬことが」

「ああ、でも、そう言うとたいそうなことに聞こえるが、実際はそうでもないのかもしれないぞ、マーク。このイギリス諸島全体で毎日どれだけの人間が死んでいると思う？　しかも、あのリストのなかにはごくありふれた名前もいくつかある——それじゃ役に立たないね」

「デラフォンテインはどうだ」ぼくは言った。「メアリー・デラフォンテイン。別にありふれた名前じゃないだろう？　たしかこの前の火曜日に葬儀が行なわれた」

コリガンがはっとしてこちらを見返した。

「どうして知ってるんだ？　新聞で見たのか。まあ、そんなところだろう」

「故人の友だちから聞いたんだよ」

「彼女の死に不審な点はひとつもなかった。それははっきり言えるよ。実際、警察がこれまで捜査してきたどの死にも、疑わしい点はひとつもなかったんだ。〝不慮の事故〟で死んだのなら、疑念の余地はあったかもしれない。でも、全員そろって普通の病死なんだ。肺炎、脳出血、脳腫瘍、胆石、ポリオも一件——疑念の余地はこれっぽっちもない」

ぼくはうなずいた。

「事故でもなく、毒でもない。死に至るありふれた病気。サーザ・グレイの言ったとおりだ」

「その女は、会ったこともない遠くにいる相手を肺炎にかからせて死なせることができると、きみは暗にそう言ってるのか？」

「暗にそう言っているのは、ぼくじゃない。本人だ。そんなのは幻想にすぎないとぼくは思っているし、そんなことはありえないと思いたい。だけど、腑に落ちない点が現にいくつもあるんだよ。雑談のなかに〈蒼ざめた馬〉という言葉が出てきた――じゃまな人間を消すという話に関連してね。その〈蒼ざめた馬〉と呼ばれる家は実在していて――そこに住む女性は、そういうことが実現可能だと豪語している。その近所には、ゴーマン神父の殺された夜に神父のあとをつけているところを目撃された男にまちがいないとされている人物が住んでいる。その夜、神父が呼ばれて訪ねていった危篤状態の女性は、〝邪悪なこと〟という言葉を口にしたとされている。偶然もこれだけ重なると、多すぎるとは思わないか？」

「その男がヴェナブルズだったはずはないよ、きみの話によると、何年も前から脚が麻痺しているんだから」

「医学的見地からして、あの麻痺は偽装かもしれないとは考えられないだろうか」

「まず無理だね。脚が萎縮するはずだから」

「だとしたら、疑問の余地はなさそうだ」ぼくは認めた。そしてため息をついた。「残念だなあ。もしも――なんと呼んだらいいのかな――〝人間駆除〟を専門にする組織があったとしたら、さしずめヴェナブルズなんかそこのブレーンになって運営するのにぴったりの人物なのに。自宅の所蔵品を見るかぎり、莫大な財産を持っているのはまちがいないんだ。あの金はいったいどこからくるんだろう」

ぼくはふと考え――それから言った。

「その人たち、あれやこれやの原因で――すっきりと――ベッドで亡くなった人たち――その人たちが死亡して得をした人間はいたのかな」

「だれかが死ねば、かならず得をする人間はいるさ――程度の差こそあれ。あきらかに疑わしい状況というのはひとつもなかったよ――そういう意味で訊いたのなら」

「そういう意味でもないけど」

「きみも知ってると思うけど、レイディ・ヘスケス-デュボイスは約五万ポンドの遺産を残した。それは姪と甥が相続した。甥はカナダに住んでいる。姪は結婚してイングランドの北部に住んでいる。どっちもその遺産があればありがたいだろうな。トマシーナ・タッカートンは父親の莫大な遺産を相続していた。二十一歳になる前に未婚のまま死亡した場合、その金は継母にもどされる。継母は見たところなんの罪もなさそうな人だ。そして、きみがさっき言ったデラフォンテイン夫人の場合――遺産はいとこが相続した

――」

「そうか。で、そのいとこは？」

「ご亭主とケニヤで暮らしてる」

「全員が都合よく遠方にいるわけか」

　コリガンが困ったような視線を向けてきた。

「サンドフォードという名前ですでにあの世行きになっている者が三人。うちひとりは、えらく若い奥さんをあとに残してて、その奥さんはもう再婚していた――さっさとね。死んだサンドフォードはカトリック教徒だったから、奥さんは離婚なんかしてもらえなかっただろう。それから、シドニー・ハーモンズワースという男が脳出血で死亡してる。恐喝まがいのことをして私腹を肥やしているんじゃないかと警視庁がにらんでいた男だ。そいつが消えたことで、大いに胸をなでおろしたお偉方がいるのはまちがいない」

「要するにきみが言ってるのは、それが全部、好都合な死だったということだね。コリガンについてはどうなんだ？」

　コリガンはにやりと笑った。

「コリガンはざらにある名前だ。最近死亡したコリガンという名前の者はごまんといる――でも、調べたかぎり、だれかの死亡でだれかが特別の利益を得たというようなことはなさそうだ」

「それでわかったよ。次の犠牲者はきみだ。せいぜい気をつけたほうがいいぞ」

「そうしよう。きみの〝エンドルの魔女（旧約聖書のサムエル記に出てくる口寄せ女）〟にぼくが十二指腸潰瘍かスペイン風邪でやっつけられると思ったら大まちがいだ。筋金入りの医者にそんな手が通じるもんか！」

「なあ、ジム。ぼくはサーザ・グレイのあの主張を調べてみようと思っているんだ。手伝ってくれないか」

「いやだね、勘弁してくれ！　きみみたいに頭がよくて学もある人間が、そんなたわごとを真に受けるなんて理解できないよ」

　ぼくはため息をついた。

「ほかに言いようはないのか？　もうその言葉は聞き飽きたよ」

「たわごとがいやなら、寝言でどうだ」

「それもいやだ」

「きみも頑固なやつだな、マーク」

「ぼくに言わせれば、だれかが頑固にならなきゃだめなんだよ！」

第十章

グレンダウアー小路はできたてほやほやの道路だった。道はゆがんだ半円を描いており、先のほうはまだ建設途中にある。その道のなかほどに〈エヴェレスト〉という標示のついた門があった。

庭の縁にしゃがんで球根を植えている丸めた背中が見え、ルジューン警部には、それがザカライア・オズボーンであることがすぐにわかった。警部は門を開けてなかにはいった。オズボーンは身体を起こし、自分の領地にはいってきたのがだれかたしかめようとして振り向いた。訪問者の顔を見ると、すでに赤く上気していた顔が喜びでますます紅潮した。田舎にいるオズボーンは、ロンドンの店にいたときとほとんど変わっていなかった。田舎向きの頑丈な靴をはき、シャツ一枚になっているが、そういう普段着姿になっても、小粋でこざっぱりとした雰囲気は少しも損なわれていない。丸い頭のてっぺんの禿げた部分に汗をびっしょりかいている。ハンカチでその汗を丁寧に拭いてから、オズボーンは訪問者を迎えに歩み出てきた。

「ルジューン警部！」とうれしそうに声を張りあげた。「これはこれは、なんとも光栄なことです。いやまったく、警部さん。手紙のご返事はいただきましたが、まさかじきじきにお越しいただけるとは夢にも思いませんでしたよ。ようこそ、ささやかな我が家へ。ようこそ〈エヴェレスト〉へ。この名前には驚かれたでしょうね。じつはわたし、昔からヒマラヤに興味がありましてね。エヴェレスト遠征隊の様子は逐一見てました。まさしく我が国が成し遂げた偉業です。エドマンド・ヒラリー卿！　なんたる人物！　なんたる忍耐力！　日々の暮らしで不便など一度も味わったことのないわたしとしては、いまだ征服されていない山に挑戦したり、極地の謎を解明するために氷に閉ざされた海を航海したり、みずから進んでそういうことをする人々の勇気にはただただ敬服するのみです。まあ、ともかく、どうぞおはいりになって、軽い飲み物でもいかがです」

オズボーンは先に立って、ルジューンをこぢんまりとしたコテージのなかへ案内した。家具類はまばらだが、これ以上ないほど整然と片づいた家だった。

「まだまだ落ち着きませんで」オズボーンは説明した。「暇をみて地元のオークションなどに出かけています。なかなかいい品もありますし、店で買う四分の一ほどの値段で買えますからね。さてと、なにを差しあげましょうか。シェリー？　ビール？　紅茶？

お湯はすぐに沸かせますよ」

できればビールを、とルジューンは答えた。

ほどなく、ビールがなみなみと注がれた白目製のジョッキをふたつ持ったオズボーンがもどってきた。「さあ、どうぞ。とにかく腰をおろしてひと休みしましょう。いつも《エヴァ》ひと休み《・レスト》。はっはっは！　うちの呼び名には二重の意味があるんですよ。昔からちょっとしたジョークが好きでしてね」

ひととおりの社交辞令が終わって気がすんだのか、オズボーンは期待をこめて身を乗りだしてきた。

「わたしの情報はお役に立ちましたでしょうか」

ルジューンはできるだけあたりを柔らかくした。

「それが、どうやら期待したほどではなかったようです」

「なんと、それはがっかりですね。たしかに考えてみれば、ゴーマン神父と同じ方向に歩いていったというだけで、その人が神父を殺した犯人だと考える根拠はないわけですがね。それは話ができすぎというものでしょう。それに、あのヴェナブルズ氏は裕福な人で、地元での信頼も篤いし、上流の社交グループに属していらっしゃる」

「問題はですね」ルジューンは言った。「あなたが事件当夜に見た人物はヴェナブルズ氏ではありえない、ということなんです」

「いや、そんなはずはありませんよ。わたしは絶対にまちがいないと確信しています。人の顔を見まちがえたことなど、ただの一度もないのですから」

「残念ながら、今度ばかりはまちがっていたと言わざるをえません」ルジューンは穏やかに言った。「じつを言うと、ヴェナブルズ氏はポリオにかかったのです。三年ほど前から下半身が麻痺していて、脚が動かない」

「ポリオですって！」オズボーンは思わず叫んだ。「いやはや、そんなこととは……それでは、どうやら議論の余地はなさそうですね。しかし、それにしても——失礼ですが、ルジューン警部。どうかお気を悪くなさらないでくださいよ。なにかのまちがいということはありませんか？　つまり、その点についてたしかな医学的証拠はあるのですか？」

「ええ、オズボーンさん。証拠ならありますよ。ヴェナブルズ氏の主治医はハーレー街のウィリアム・ダグデール卿です。医学界でもっとも著名な医師の」

「ええ、ええ、知ってますとも。王立医科大学評議員。あの方の名を知らない者はいませんよ！　ああ、参ったな、とんだ失敗をやらかしたようです。絶対の自信があったのですがね。警部さんにまで無駄なお手間を取らせてしまいました」

「どうかそんなふうに思わないでください」ルジューンはすかさず言った。「あなたの情報はまだまだ価値があります。あなたの見た男がヴェナブルズ氏と非常によく似ていたことはまちがいない――そして、ヴェナブルズ氏はきわめて特異な風貌をしている、それだけでも情報としては充分に価値がありますよ。その人相にあてはまる人間がそういるとは思えませんからね」

「ええ、ええ、たしかに」オズボーンはいくらか元気を取りもどした。「ヴェナブルズ氏と外見がよく似た、犯罪者階級の人間。たしかに多くはないでしょう。ロンドン警視庁のファイルを見れば――」

オズボーンは期待をこめて警部の顔を見た。

「はたしてそう簡単にいきますかどうか」ルジューンはゆっくりと言った。「その男に前科があるとはかぎらない。いずれにしろ、さっきあなたもおっしゃったように、その男がゴーマン神父の襲撃に関与していたと考える根拠もいまのところありませんしね」

オズボーンはまたがっかりした顔になった。

「どうかお許しください。わたしの希望的観測だったようです……殺人事件の裁判で自分が証拠を提出できたらどんなにいいだろうと、そう願うあまり……もしもそうなっていたら、わたしは絶対に揺さぶりをかけられたりはしなかったでしょうね、ええ、断言してもいい。そう、わたしはどこまでも自分の主張を貫いたはずです！」

ルジューンは黙ってこの家の主のことをじっくり考えていた。無言の凝視にオズボーンが反応した。

「なにか？」

「オズボーンさん、そうやって、どこまでも自分の主張を貫くのは、いったいなぜです？」

オズボーンはひどく驚いた顔になった。

「なぜって、それだけ確信があるからですよ――ああ、そうか、警部さんのおっしゃりたいことはわかります。あれはヴェナブルズ氏ではありえなかった。だから、わたしの確信には根拠などない。それなのにわたしは――」

ルジューンは身を乗りだした。「わたしがどうしてきょうあなたに会いにきたのか、不思議に思いませんか。あなたの目撃した男はヴェナブルズ氏ではありえなかったという医学的証拠があるのに、なぜわたしはここへ来たのか」

「ええ、たしかにおっしゃるとおりです。ではお訊きしますが、ルジューン警部、なぜいらしたんです？」

「ここへ来たのは、感銘を受けたからですよ、人の顔を見分けることにかけてあなたが絶対の自信をもっていることに。その確信がなにに基づいているのか知りたかった。あの晩は、たしか霧が出ていましたね。わたしはあなたの店に行ってみました。あなたが立っていたという戸口に立って、通りの反対側を見てみた。霧の夜にあれだけ離れていたら、相手の姿はぼんやりとしか見えなかったはずだし、顔形をはっきり識別するのはほとんど不可能に近いとわたしには思えるんですが」

「もちろん、警部さんのおっしゃることにも一理ありますよ。たしかに霧が出てきていました。でもその霧は、こう言えばわかっていただけるでしょうか、少しずつ固まって出ていたのです。ときどきその合間にすっきりと晴れた場所もあったわけですよ。ゴーマン神父さんが通りの反対側の歩道を足早に歩いていくのが見えたのも、ちょうどそういう瞬間でした。それで、神父さんも、そのすぐ後ろを歩いていた男も見えたわけです。しかもふたりめの男は、わたしのちょうど正面にさしかかったときに、ライターを灯して煙草に火をつけ直したのです。その瞬間、男の横顔がはっきりと見えました——鼻、あご、大きな喉仏。なんとも特徴のある顔をした男だ、と思ったものです。一度も見かけたことのない顔でした。うちの店に来たことがあれば絶対に覚えているはずだ、と思いましたね。これでおわかりいただけるかと——」

オズボーンはそこで言葉を切った。

「ええ、わかりました」ルジューンは慎重に答えた。

「兄弟とか」オズボーンが期待をこめて提案した。「双子の兄弟では？　そうすれば謎は解けますよ」

「じつは瓜ふたつの双子だったという解決策ですか」ルジューンはにやりと笑って首を振った。「推理小説のなかでなら、じつに好都合なんですがね。現実となると――」また首を振った。「そううまくはいかないでしょう。そううまくいくはずがない」

「ええ……まあ、そうでしょうね。しかし、普通の兄弟ならありえますよ。そっくりの顔をした家族だっていますし――」オズボーンは哀願するような顔になった。

「調べがついたかぎりでは」ルジューンは用心深く言った。「ヴェナブルズ氏に兄弟はいません」

「調べがついたかぎりでは？」オズボーンは相手の言葉を繰り返した。

「国籍はイギリスだが、生まれは外国で、十一のときはじめて両親にイギリスへ連れてこられたのです」

「では、完全に把握しているわけではないのですね？　家族については」

「ええ」ルジューンは慎重に答えた。「ヴェナブルズ氏のことを完全に調べあげるのは容易ではない――本人に会って直接尋ねでもしないかぎり――かといって、そうするだけの根拠もこちらにはないし」

そう言ったのはわざとだった。本人に会って直接尋ねなくても調べる方法はあるが、それをオズボーンに話すつもりはない。

「では、仮に医学的証拠がなかったとしたら」と言いながら、ルジューンは立ちあがった。「同一人物にまちがいないと断言できますか」

「ええ、できますとも」オズボーンもつられて立ちあがった。「それがわたしの趣味ですから。つまり人の顔を覚えるのがね」含み笑いをして、「それで驚かれたお客さんも大勢いますよ。『喘息の具合はいかがですか』とあるお客さんに訊く——すると相手の女性はびっくりした顔になる。『三月にもいらしたでしょう。処方箋を持って。たしかハーグリーヴズ先生のところの』とわたしが言う。そのときのお客さんの驚いた顔といったら！　これが商売にも大いに役立ちました。顔を覚えてもらえばだれだって悪い気はしませんからね、まあ、名前のほうは顔を覚えるようなわけにはいきませんが。これを趣味にしはじめたのは、うんと若いころでした。よく自分にこう言ったものです。王族の方々にできるのなら、おまえにもきっとできるぞ、ザカライア・オズボーン！　とね。しばらくすると、ひとりでにそれができるようになったのです。なんの苦もなく」

ルジューンはため息をついた。

「証言台に立つのがあなたのような目撃者ばかりだとありがたいのですがね。目撃証言というのは常に厄介なものなんですよ。たいていの人はなにひとつはっきりしたことが言えない。たとえばこんなふうです。『えーと、背は高いほうだった、と思います。髪の色は金髪――というほどでもなくて、微妙な色ですね。顔はよくあるような顔です。目は青――いや、灰色かな――茶色だったかも。灰色のゴム引きのレインコートを着て――いや、紺色だったかな』」

オズボーンは声をあげて笑った。

「ほとんど役に立たないでしょう、そんな証言では」

「正直なところ、あなたのような証人は天の賜物と言っていい」

オズボーンはうれしそうだった。

「もともと素質はあったのでしょうね」オズボーンは控えめに言った。「もっとも、自分でその素質を伸ばすように努力もしてきましたが。子供たちがパーティーなんかでよくやるゲームがあるでしょう――お盆の上にいろいろな品物を置いて、二、三分でそれを覚えるゲームです。わたしは毎回百パーセントの成功率を誇っていました。みんなあっけにとられましたよ。驚くべきことだ、と言ってね。別に驚くようなことではありません。こつがあるのです。練習の賜物ですよ」含み笑いをした。「じつはわたし、手品師でもありましてね。クリスマスにはちょっとした手品で子供たちを楽しませたりしています。ちょっと失礼、ルジューンさん、その胸ポケットにあるものはなんですか？」

オズボーンは前かがみになって、小さな灰皿を抜き取った。

「おやおや、警察の人がなんということを！」

オズボーンは楽しそうに笑い、ルジューンもいっしょになって笑った。やがてオズボーンはため息をついた。

「わたしはこうしてこぢんまりした快適な住まいを手に入れました、警部さん。ご近所もみな気持ちのいい親切な人たちのようです。こういう暮らしが昔からの夢だったはずなのに、ルジューンさん、白状すると、じつは商売をしていたころの刺激が恋しいのです。年じゅう人が出たりはいったり。それにほら、いろいろなタイプの人間が観察できましたしね。たしかに念願のささやかな庭も持てたし、いろいろなことに興味もあります。いつかお話ししたように、蝶を集めたり、ときにはバード・ウォッチングをしたり。でもね、人間的な要素とでも言いますか、そうしたものがこれほど恋しくなろうとは思いもしませんでしたよ。

ちょっとした外国旅行もしてみたいとずっと思っていました。一度だけ週末にフランスへ行きましたがね。正直、それはそれでなかなかに楽しかった――ですが、つくづく感じたのは、わたしはイギリスにいるだけで充分に満足だということです。ひとつには、外国の料理が苦手ということもあります。わたしに言わせれば、彼らには卵とベーコンの食べ方がまるでわかっちゃいない」

またため息をついた。

「これが人間の性《さが》というものなんでしょう。引退する日を心待ちにしてきて、それが実現した。なのに今度は――ここのボーンマスの薬局に少し投資してみようかなどと考えたりする始末です――利権はあって、一日じゅう店に縛られる必要はない程度にね。それでも、もう一度、自分が世の中の動きにかかわっているという気分を味わうことはできる。警部さんもきっとそうなりますよ。将来の計画を立てたはいいが、いざそのときがくると、いまの刺激に満ちた暮らしが恋しくなるのです」

ルジューンは苦笑した。

「警察官の暮らしは、あなたが思うほど、小説みたいに刺激的なわけじゃありませんよ、オズボーンさん。素人の目から見れば犯罪捜査はそう見えるでしょう。ですが、ほとんどは決まりきった日常業務です。いつもいつも犯人を追跡したり謎の手がかりを追いかけたりしているわけじゃありません。じつのところ、いたって退屈な仕事なんです」

オズボーンは納得していないようだった。

「まあ、警部さんがいちばんご存じでしょうがね。では、お気をつけて、ルジューンさん。お役に立てなくて本当に申しわけありません。万一なにかありましたら——いつでも——」

「連絡させてもらいます」ルジューンは約束した。

「あの日バザーの会場で、チャンス到来と思ったんですがねえ」オズボーンが未練がましくつぶやいた。

「わかりますよ。医学的に動かぬ証拠があるのは残念ですが、これぱかりはどうしようもありませんからね、そうでしょう？」

「それはまあ——」オズボーンは語尾を濁したが、ルジューンは気づかなかった。すでにきびきびとした足取りで歩いていた。オズボーンは門のそばに立って見送った。

「医学的証拠か」オズボーンは言った。「医者がなんだ！　警部がこっちの半分でも医者のことをわかっていれば——無知、それがあの連中の実態ではないか！　医者がなんだ！」

第十一章

マーク・イースターブルックの物語

1

最初はハーミア。次はコリガン。

それならそれでけっこう、どうせぼくはいい笑いものだよ！

ぼくはたわごとを動かぬ真実として受け入れていた。サーザ・グレイといういかさま女の催眠術にかかって、でたらめの寄せ集めを受け入れていたのだ。なんという迷信深いお人よしだったのか。

ぼくは、このろくでもない出来事のいっさいを、きれいさっぱり忘れることにした。そもそもぼくにはなんの関係もないことではないか。

幻滅という名の霧の向こうから、デイン・キャルスロップ夫人の切迫した声がこだまになって聞こえてくる。

〝あなたがなんとかしなくてはならないわ！〟

そりゃあ簡単でしょう――口で言うだけなら。

〝あなたに必要なのは手伝ってくれる人……〟

ぼくにはハーミアが必要だった。コリガンが必要だった。なのに、どちらも茶化すばかり。ほかにはだれもいない。

待てよ――

腰をおろして――その思いつきをじっくり検討した。

ぼくは衝動的に電話のところへ行き、オリヴァ夫人にかけた。

「もしもし。マーク・イースターブルックです」

「なあに？」

「この前の慈善バザーのとき、あの家に泊まっていた女性の名前はわかりますか？」

「たぶんわかると思うけど。えーと……そうそう、たしかジンジャーよ。そういう名前だった」

「それはわかってます。知りたいのはもうひとつの名前のほう」

「もうひとつの名前って？」

「本名がジンジャーってことはないでしょう。それに名字だってあるはずです」

「そりゃそうよね。だけど、名字なんか見当もつかないわ。近ごろの人は名字なんか口にしないみたいだから。彼女とはあのときが初対面だったし」少し間をおいてから、

「ローダに電話して訊くしかないわね」

できることなら、それはしたくなかった。なんとなく気恥ずかしい。

「いや、それはちょっと」

「それがいちばん手っ取り早いじゃないの」オリヴァ夫人は励ますように言った。「こう言えばいいのよ。彼女の住所をなくして名前が思いだせないんだけど、著書を送ってあげると約束しちゃったんだ、って。じゃなかったら、キャヴィアが安く買える店の名前を教えてあげたいとか、鼻血を出したときにハンカチを借りたからそれを返したいとか、絵を修復したがってるお金持ちの友人の住所を教えたいとか。どれか使えそうなのはない？ なんならもっと考えてあげてもいいわよ」

「いや、そのうちのどれかで間に合うと思います」

電話を切り、一〇〇にかけて、ほどなくローダと電話がつながった。

「ジンジャー？」ローダは言った。「ああ、あの人ならミューズに住んでるわ。カルガ

リー・プレイス。四十五番地。ちょっと待ってね。いま電話番号を教えるから」電話機のそばを離れ、少したってもどってきた。「カプリコーン三五九八七よ、書きとめた？」

「ああ、ありがとう。でも、まだ名前を聞いてない。そういえば一度も聞いた覚えがないな」

「彼女の名前？　ああ、名字のことね。コリガンよ。キャサリン・コリガン。いまなにか言った？」

「なんでもない。助かったよ、ローダ」

奇妙な偶然もあるものだと思った。コリガン。ふたりのコリガン。これはなにかの予兆だろうか。

ぼくはカプリコーン三五九八七に電話をかけた。

2

ふたりで一杯やろうと待ち合わせをした〈白いオウム〉という店で、ジンジャーはテーブルをはさんでぼくの向かいに腰をおろした。マッチ・ディーピングで会ったときのまま、元気潑剌といった感じだった——赤毛のモップ頭、愛敬たっぷりのそばかす顔、表情豊かな緑の瞳。ロンドンの芸術家御用達のぴったりしたパンツに、だぶだぶのセーター、ウールの黒い靴下という格好——だが、それ以外はあのときと同じジンジャーだった。ぼくは彼女にかなり好感をもった。

「きみをつかまえるのがひと苦労だったよ」ぼくは言った。「名字も、住所も、電話番号も、なにもわからない。困り果ててしまった」

「うちの通いのお手伝いさんにもいつも同じことを言われてるわ。そのたびに、新製品の鍋磨き用洗剤だの、カーペット用ブラシだのって、つまらないものを買わされるはめになっちゃうの」

「きみになにか売りつけようっていうんじゃないからね」

ぼくは事情を説明した。〈蒼ざめた馬〉とその住人たちのことはジンジャーも知っているので、ハーミアに話したときほどの手間はかからなかった。話し終えると、ぼくは目をそらした。ジンジャーの反応を見るのが怖かった。鷹揚にかまえた茶化すような顔も、あきらかな不信のこもった顔も、見たくなかった。この事件そのものが、いままで以上にばかげて聞こえた。この件についてぼくと同じ感想を持ってくれる人など（ディン・キャルスロップ夫人を除けば）だれもいないような気がした。ぼくは手近にあったフォークで、プラスティックのテーブルの表面に模様を描いた。

　ジンジャーの元気のいい声がした。

「それで話は終わりね？」

「これで終わりだけど」

「で、あなたはどうするつもりなの？」

「きみ――ぼくがなにかすべきだと思ってるのかい？」

「そりゃそうよ！　だれかがなんとかしなくちゃ！　あちこちで人を殺してまわってる組織があるっていうのに、見過ごすわけにはいかないわ」

　できることなら、ジンジャーの首にかじりついて抱き締めたい気分だった。

「だけど、ぼくになにができる？」

　ジンジャーはペルノを飲みながらむずかしい顔になった。ぼくのなかに温かいものが広がった。もうひとりぼっちではないのだ。

　やがてジンジャーが思案にふけりながら言った。

「なにがどうなっているのか、まずはそれを突きとめなくちゃね」

「そうだね。でも、どうやって？」

「手がかりがひとつふたつありそうな気がするわ。たぶんわたしもお手伝いできると思う」

「本当に？　でも、きみだって仕事があるだろう」

「仕事が終わってからできることだってたくさんあるわよ」またむずかしい顔をして考えこんだ。

「例の彼女よ」ようやく口を開いた。「芝居のあと夕食の席で会った女性。ポピーとかいう。その人なら知ってるわ——たぶん知ってるはずよ——そんな話をしたくらいだから」

「ああ、でも怯えていたし、ぼくが質問しようとしたら必死にごまかそうとした。ひどく怖がっているんだ。彼女から聞きだすのは無理だと思うよ」

「そこなのよ、わたしが手伝えると言ったのは」ジンジャーは自信たっぷりだった。「あなたには話せないことでも、わたしになら話してくれるわ。その人と会えるように段取りをつけてもらえる？　あなたのお友だちと彼女、それにあなたとわたしとで。ショーでも、食事でも、なんでもいいわ」そこで困ったような顔になった。「それだとお金がかかりすぎるかしら」

費用のことは心配いらないとぼくは請け合った。

「あなたのほうは――」ジンジャーはしばらく考えて、「そうねえ」とゆっくりと言った。「トマシーナ・タッカートンの線をあたってみるのがいちばん確実じゃないかしら」

「でも、どうやって？　本人はもう亡くなってるんだよ」

「ということは、あなたの説が正しいとすれば、彼女の死を望んでた人間がいるっていうことじゃないの！　その人が〈蒼ざめた馬〉と相談して手はずを整えたんだわ。可能性がありそうなのはふたりね。継母か、もしくは、トマシーナが〈ルイジの店〉で喧嘩をした相手の女、その子の彼氏を横取りしたとかいう。トマシーナはたぶんその男と結婚するつもりだったのよ。継母としてはおもしろくないでしょうね――元彼女にしても――もしトマシーナがその男にそこまで夢中だったとしたら。ふたりのうちどちらかが〈蒼ざめた馬〉に行ったのかもしれない。そのあたりで手がかりが得られるかもしれないわね。その喧嘩相手の女の人、名前はなんと言うの？　それともわかってないの？」

「たしかルーだったと思う」

「灰色がかったブロンドの長い髪で、背は中くらいで、胸の大きな子？」

そのとおりだとぼくは答えた。

「あのあたりで会ったことがあるような気がするわ。ルー・エリス。ちょっとしたお金持ちで――」

「金持ちには見えなかった」

「見かけはね――でも、まちがいなくお金は持ってる。とにかく〈蒼ざめた馬〉に報酬を払えるだけの余裕はあるわ。あの人たちだって、ただではやってないでしょうから」

「ああ、それはちょっと考えられないね」

「あなたは継母のほうをあたってみて。わたしよりあなたのほうが打ってつけだと思う。その母親に会いにいって――」

「住所もなにもわからないんだよ」

「ルイジに訊けば、トマシーナの実家のことも少しはわかるんじゃない。母親の住んでる州の名前ぐらいは知ってるでしょう。あとは資料をいくつかあたればいいわ。ちょっと待って、わたしたちったらなんてうっかり者なの！　あなたは《タイムズ》の死亡広告を見たんだったわね。新聞社に行ってファイルを調べればすむ話じゃないの」

「その継母をあたるにしても、なにか口実が必要になるだろうね」ぼくは慎重に言った。

それなら簡単だとジンジャーは答えた。

「だって、あなたは名の通った人だし、歴史学者だし、講義もしてるし、著述業という肩書きもある。タッカートン夫人は感激して大喜びで会ってくれるはずよ」

「で、口実は？」

「お屋敷の建築に興味があることにしたら？」ジンジャーが適当に提案した。「古い建物なら、なにかあるでしょ」

「ぼくの専門の時代とはなんの関係もなさそうだけど」ぼくは異を唱えた。

「そんなのばれっこないわよ。百年以上前のものなら、歴史学者や考古学者はなんだって興味を持つはずだってみんな思ってるから。じゃなかったら、絵画はどう？　きっと古い絵も何枚かあるはずだわ。とにかく、面会の約束を取りつけて家を訪ねたら、その母親をおだててうまく丸めこんで、こう言うの、おたくのお嬢さん――義理の娘さん――に会ったことがあるんです、このたびはまことにご愁傷さまでした、とかなんとか……そのあとで、いきなり切りだすのよ、〈蒼ざめた馬〉のことを。なんならちょっぴり意地の悪い言い方でね」

「それから？」

「それから、相手の反応を観察するの。あなたの口から突然〈蒼ざめた馬〉という言葉が出てきて、もし彼女にやましい気持ちがあるのなら、なんらかのそぶりを見せることはまちがいないわ」

「なんらかのそぶりが見えたとして――次はどうする？」

「肝心なのは、わたしたちの解釈がまちがっていないのを確認すること。それさえ確認できたら、あとは流れに任せて進めばいいのよ」

ジンジャーは神妙にうなずいた。

「ほかにも気になることがあるわ。サーザ・グレイはなぜあなたにそんな話をしたんだと思う? なぜそこまでぺらぺらしゃべったりしたの?」

「普通に考えたら、答えは彼女の頭がおかしいから」

「そういう意味じゃなくて。つまり――なぜあなたなのかということ。ほかの人ではなく。ひょっとしてなにかつながりがあるんじゃないかとふと思ったの」

「つながりって?」

「ちょっと待ってね――いま考えを整理するから」

ぼくは待った。ジンジャーは力強く二回うなずいて、口を開いた。

「たとえば――あくまでもたとえばよ――こういうことは考えられないかしら。そのポピーという女性は、漠然とながら〈蒼ざめた馬〉がなにをしてるか知っている――直接だれかから聞いて知ってるわけじゃなくて、人が話しているのを小耳にはさんでね。話を聞くかぎり、ポピーの前ではみんな深く考えずにいろんなことを話してしまうようだから――ところが、じつはみんなが思っているよりもずっと多くのことを彼女は理解している。ぼんやりして見える人って、意外にそういうことがあるのよ。その晩、ポピーはあなたと話しているところをだれかに聞かれて、その人に叱られる。次の日、あなたが話を聞きにいくと、彼女は怯えてなにも話そうとしない。でも、あなたがポピーに話を聞きにいったことは噂で広まってしまう。いったいどんな理由があってポピーに話を聞きにいったりしたのか。あなたは警察の人間じゃない。とすれば、ほかに考えられる理由はひとつ、あなたは依頼人になるつもりかもしれない」

「いや、それは――」

「それで筋は通るわ、そうでしょ。あなたはある噂を耳にした――それについて詳しく知りたいと思っている――自分なりの目的があって。やがて、あなたはマッチ・ディーピングの慈善バザーに姿を見せる。そして〈蒼ざめた馬〉に連れていかれる――おそらく自分から連れていってほしいと頼んだから――そしたらどう？　サーザ・グレイはさっそく商売の売りこみをはじめた」

「それもひとつの可能性だとは思うよ」ぼくは考えこんだ……「サーザ・グレイは本当に自分で言っているようなことができるんだろうか、きみはどう思う、ジンジャー？」

「わたしとしては、そんなことできるはずないでしょ！　と言いたいところよ。だけど、現におかしな出来事も世の中にはあるから。特に催眠術やなんかに関してはね。だれかにあしたの午後四時に蠟燭をかじりなさいって言うと、その人はなんの疑問も抱かずに言われたとおりにしたりする。そういう種類のことってあるのよ。それから、電気の箱に血を一滴たらすと、その人が二年以内に癌にかかるかどうか教えてくれたり。そういうのってたしかにいんちきくさい――だけど、もしかしたら全部いんちきとはかぎらないのかもしれない。サーザの場合も――本当にできるとは思わないわ――だけど、ひょっとしたらっていう気がしてならないのよ！」

「ああ」ぼくは陰気な声で言った。「その気持ちはすごくよくわかるよ」

「ルーのほうも探ってみようかしら」ジンジャーは考えながら言った。「ひょっこり会えそうな場所をいろいろ知ってるから。ルイジも少しはなにか知ってるかもしれない。でも、その前に」と言い添えた。「まずはポピーと話をしてみなくてはね」

そちらのほうは、あっさりと段取りがついた。デイヴィッドは三日後の夜なら空いているというので、四人でミュージカルを観にいくことになり、彼はポピーを連れてやってきた。みんなで〈ファンタジー〉へ食事をしにいき、ぼくは、ジンジャーとポピーが化粧直しのために長々と席をはずしたあと、お互いすっかり打ち解けた様子でもどってきたことに気がついた。ジンジャーの指示で、食事のあいだ、議論になるような話題はいっさい持ちださないことになっていた。ようやくお開きとなり、ぼくはジンジャーを車で送っていった。

「報告することはたいしてないのよ」ジンジャーは楽しそうに言った。「ルーのほうをあたってみたわ。ちなみに、ふたりが取り合っていた男はジーン・プライドンというの。わたしに言わせれば、たちの悪いろくでなしね。ただの女たらし。女の子はみんな熱をあげてるわ。彼がルーにしきりと言い寄ってたところへ、トミーが現われたの。ルーに言わせると、彼はトミーのことなんかなんとも思ってなくて、目当ては彼女のお金だったそうよ——そりゃあ、ルーとしてはそう思いたいところよね。とにかく、ルーはあっさり放りだされて、当然ながら頭にきた。ルーが言うには、別にたいした喧嘩じゃなかったそうよ——女の子のちょっとした意地だって」

「あれが女の子のちょっとした意地だって？　トミーの髪を引っこ抜いたくせに」

「わたしはルーから聞いたとおりに言ってるだけよ」

「ルーはずいぶん協力的だったようだね」

「そう、ああいう子たちって自分の恋愛のことをしゃべりたくてしょうがないのよ。相手かまわずしゃべってる。どっちにしても、ルーにはもう新しいボーイフレンドがいるの——わたしから見れば、今度のもろくな男じゃないけど、彼女はその男に夢中みたい。だから、ルーが〈蒼ざめた馬〉の依頼人だったとは考えにくいわね。〈蒼ざめた馬〉という言葉を口にしてみたけど、なんの反応もなかった。ルーは除外していいと思うわ。ルイジも、あの喧嘩にはたいした意味なんかないと思ってるみたいだし。トミーのほうはジーンに対して本気だったらしいわ。ジーンもトミーにはかなり熱をあげていたんですって。それはそうと、継母のほうはどうなってる？」

「いま外国にいるそうだ。あした帰国するらしい。面会を求める手紙を出しておいたよ――というか、秘書に書かせた」

「いいわ。滑りだしは順調ね。手がかりが全部消えてしまうなんてことはないでしょう」

「取っかかりが見つかるといいなあ！」

「きっと見つかるわよ」ジンジャーは熱っぽく言った。「それで思いだした。この事件の発端に話をもどすと、ゴーマン神父は瀕死の女性のもとに呼ばれて、そのあと殺された。そして神父さんが殺されたのは、その女性が話した、もしくは告解した内容が原因だった、そういう話だったわよね。その瀕死の女性はどうなったの？　亡くなったの？　どういう人だったの？　そこにもなにか手がかりがあるはずよ」

「その女性は亡くなったよ。ぼくもその人のことはあまり知らないんだ。名前はたしかデイヴィスだ」

「ねえ、もっと詳しく探りだせない？」

「できるだけやってみるよ」

「その女性の背景がわかれば、彼女がどうやってそのことを知ったのか、わかるかもしれないでしょ」

「なるほど」

翌朝早く、ジム・コリガンを電話でつかまえて、質問をぶつけた。

「えーと、ちょっと待ってくれよ。こっちもあれから少しは調べが進んではいるけど、たいしたことはわかってない。デイヴィスは本名じゃなかった、それで身元を調べるのに手間取ったんだ。ちょっと待ってくれよ、たしか書きとめておいたはず……ああ、あったあった。本名はアーチャーといって、亭主はけちな悪党だった。彼女はその亭主と別れて旧姓にもどってたんだ」

「そのアーチャーというのはどういう悪党だったんだい？　いまはどこにいる？」

「ああ、たいした野郎じゃない。デパートで万引きをしたり、あちこちでけちな盗みを働いたり。何度か有罪になった。いまどこにいるかっていうと、もう死んでる」

「お手あげだな」

「ああ、お手あげだよ。デイヴィスの奥さんが死んだとき勤めていた〈C・R・C〉という会社のほうでも、本人やその経歴のことはほとんど知らないらしいんだ」

ぼくは礼を言って、電話を切った。

第十二章

マーク・イースターブルックの物語

三日後、ジンジャーから電話がかかってきた。

「情報をつかんだわ。名前と住所。書きとめてね」

ぼくは手帳を取りだした。

「どうぞ」

「名前はブラッドリー、住所はバーミンガム、ミュニシパル・スクエア・ビル、七十八号室」

「で、これはいったいなんだい？」

「さあね。よくわからないの。ポピーにだってわかってるかどうか怪しいものだわ」

「ポピー？　じゃあ、これは――」

「そう。ポピーを相手にいままで奮闘してたのよ。言ったでしょ、わたしならきっと聞きだせるって。いったん心を開かせたら、あとはなんということもなかったわ」

「いったいどんな手を使って？」ぼくは興味を覚えて訊いた。

ジンジャーは笑った。

「女は女同士、ってね。言ってもあなたにはわからないわよ。要するに、女同士の話にたいした意味はないってこと。ポピーだって気にもとめてないと思うわ」

「すべては仲間内の話というわけか」

「まあ、そんなところね。とにかく、ふたりでお昼を食べながら、わたしの恋愛の悩みをちらっと打ち明けたりしたわけ——いろいろ障害があることとか。相手は家庭のある男性で、彼の厄介な奥さんは——カトリックのね——離婚に応じようとせず、おかげで彼は地獄のような生活を強いられている。奥さんは病弱で、絶えず苦痛に見舞われているんだけど、まだまだ当分死にそうにもない。いっそ死ねたら、本人にとってもそのほうがうんと楽なのに、って。それからこう言ってみたの。〈蒼ざめた馬〉にお願いしてみようかと思うんだけど、段取りがよくわからないし——費用も相当かかるんでしょう？　そしたらポピーは、ええ、かかると思うわ、って。なんでもものすごい金額を請求されるらしいの。だからね、『だいじょうぶ、遺産のはいるあてがあるから』と言ったの。じつはほんとにあるのよ――大おじさん――とってもいい人で、できれば長生きしてほしいんだけど、事実が思わぬところで役に立ったわ。それからこう言ったの、たぶん内金のようなものがいるんでしょう？　でも、どうやって話をつけたらいいの？そしたら、ポピーがさっきの名前と住所を教えてくれたわけ。まずその人を訪ねて、実務的なことを決めなくちゃならないんですって」

「なんだか夢みたいな話だな！」

「ええ、ほんとに」

ふたりともしばらく黙りこんだ。

ぼくは不思議に思って訊いた。「ポピーはそんなことを人前で話したのかい？　怯えた様子はなかった？」

ジンジャーはじれったそうに答えた。「だから言ってるでしょ。わたしたちの話にはたいした意味なんかないって。それにね、マーク、結局のところ、わたしたちの考えてることが事実だとしたら、その商売にだって多少の宣伝が必要だと思わない？　常に新しい〝依頼人〟を獲得しなくちゃならないんだもの」

「そんなことを信じるなんて、ぼくたちもどうかしてるな」

「まったくだわ。わたしたちってどうかしてる。ねえ、バーミンガムのブラッドリー氏に会いにいくんでしょう？」

「ああ、会いにいくつもりだ。そのブラッドリー氏が実在するならね」

実在するとはほとんど思っていなかった。でも、それはまちがいだった。ブラッドリー氏は実在した。

ミュニシパル・スクエア・ビルは、蜂の巣さながらに小さなオフィスがぎっしり詰まったビルだった。七十八号室は三階にあった。すりガラスのドアには黒いきちんとした文字で《仲買人　C・R・ブラッドリー》と書かれていた。その下には小さな文字で《おはいりください》
ぼくははいった。

こぢんまりとした表のオフィスの奥に《私室》と書かれた半開きのドアがあった。そのドアのなかから声がした。

「どうぞ、こちらです」

奥のオフィスのほうが広かった。机と、すわり心地のよさそうな椅子が一、二脚、電話機、それにファイルがひと山あり、机の向こうにブラッドリー氏がすわっていた。

浅黒い顔に眼光の鋭い黒い目をした小柄な男だった。ダークスーツを着ており、どこから見てもまっとうな人物のようだ。

「ドアを閉めていただけますか」と男は愛想よく言った。「どうぞ、おかけください。そちらの椅子ならゆったりできますよ。煙草でもいかがです？　お吸いにならない？そうですか、では、きょうはどういったご用件で？」

ぼくは相手をじっと見返した。どう切りだしたらいいのかわからなかった。言うべき言葉がひとつも思い浮かばない。いきなりこんな乱暴な台詞をぶつけたのは、よほど苦しまぎれのことだったのだろう。それとも、きらきら光るビーズのような目のせいか。

「いくらですか」とぼくは言った。

男はいささか驚いたようで、ぼくは気をよくしたが、それは当然予想されるはずの驚きとは少しちがっていた。ぼくが彼の立場なら、頭のおかしなやつがオフィスにやってきたと思うところだが、そうは思っていないようだ。

相手の眉が吊りあがった。

「これはこれは、じつに単刀直入な方のようですね」

ぼくはその線で押し進めた。

「まだ答えを聞いてませんが」

ブラッドリーは多少の非難をこめて静かに首を振った。

「そういう切りだし方はいかがなものでしょう。お話を進めるにはしかるべき手順を踏んでいただかないと」

　ぼくは肩をすくめた。

「ご自由にどうぞ。しかるべき手順というと？」

「お互い自己紹介もまだすんでませんよ、そうでしょう？　あなたのお名前も存じませんし」

「いまはまだ名乗る気になれませんね」

「慎重ですね」

「慎重です」

「いい心がけですよ――いつでも通用するとはかぎらないが。では、だれのご紹介でここへお見えになったんです？　われわれの共通の友人はだれなんでしょうね」

「それもお話しできません。ぼくの友人の友人が、あなたのご友人と知り合いなんです」

　ブラッドリーはこくりとうなずいた。

「わたしの依頼人はそういうつてでいらっしゃる方が多い。なかにはいささか――微妙な問題もありますからね。わたしの職業はご存じとお見受けしますが」

　こちらの返事を待つ気などないようだった。すぐさま自分から答えた。

「私設の馬券屋です。ご興味があるのは、おそらく――馬ですね？」

最後の単語の前に、わずかながら間があった。

「競馬に興味はありませんが」ぼくは曖昧に答えた。

「馬といってもいろいろな分野がありますよ。競馬、狩猟、乗馬。わたしが惹かれるのは博打的な分野です。つまり賭けごと」一瞬、間をおいたあと、さりげなく――必要以上にさりげなく――訊いてきた。

「あなたが考えていらっしゃるのは、なにか特別な馬でしょうか」

ぼくは肩をすくめ、覚悟を決めた。

「蒼ざめた馬《ペイル・ホース》……」

「なるほど、それはけっこう、大いにけっこう。こう言ってはなんですが、あなたご自身はむしろダーク・ホースといったところですね。はっはっは！　神経質になる必要はありませんよ。ええ、そんな必要はまったくありませんから」

「人ごとだと思って」ぼくはややぶっきらぼうに答えた。

ブラッドリーはますます愛想のいいなだめるような口調になった。

「お気持ちはよくわかりますとも。ですが、わたしが保証しますよ、ご心配なさる必要はございません。これでもわたし、弁護士ですから――もちろん資格は剝奪されていますがね」とおまけのようにつけ足したその言い方が、いかにも愛敬があって憎めなかった。「そうでなかったら、こんなところにはいませんよ。とにかく、法律に通じていることはたしかですから、ご安心を。わたしがお勧めすることはすべて、完全に合法的、かつ公明正大なことです。ただの賭けなんですから。人はなにで賭けをしようと自由なのです。あした雨が降るかどうか、ロシアは人間を月へ送ることができるかどうか、奥さんに双子が生まれるかどうか、といった具合にね。なんなら、B夫人がクリスマスまでに亡くなるかどうか、C夫人が百歳まで生きられるかどうか、という賭けをしたっていい。自分の判断なり、直感なり、なんと呼んでもかまいませんが、そういうものに賭けるのです。いたって単純なことですよ」

手術を前にして外科医からだいじょうぶだと念を押されているような、まさにそんな気分だった。ブラッドリーの診察室における態度は非の打ちどころがない。

ぼくはおそるおそる言った。

「じつは、その〈蒼ざめた馬〉というのがよくわからないのですが」

「それで心配なさっているわけですね。ええ、心配なさる方は多いですよ。〝この天と地のあいだには思いもよらぬことがあるのだ、ホレイショー〟……といったところでしょうか。早い話が、わたしにもよくわかっていないのです。しかし、結果はちゃんと出ています。それはもう驚くばかりの結果が出ているのです」

「できれば、もう少し詳しく話してもらえると——」

いまやぼくも自分の役柄になりきっていた——用心深くて、熱心で——でも怯えている。ブラッドリーは、こういう人間の対処には慣れているはずだった。

「その場所のことはご存じですか」

ぼくはとっさに判断した。嘘をつくのは得策ではないだろう。

「ええ——まあ——はい——友人たちといっしょにいたときに、そこへ連れていかれて——」

「風情のある昔ながらのパブです。歴史的興味にあふれている。あの人たちはあそこをそれはみごとに修復してきました。では、あの女性にお会いになったのですね。我が友人のミス・グレイに」

「ええ——はい、もちろん。並はずれた女性ですね」

「でしょう？　いやまったく、おっしゃるとおりです。まさしくぴったりの表現ですよ。並はずれた女性。そして、並はずれた力を持っている」

「あの人の主張ときたら！　あれはどう考えても——まったく——そう——不可能なのではありませんか？」

「そのとおり。そこが肝心なのです。あの人が予知できる、実行できる、と主張しているようなことは、不可能なのです！　だれだってそう言うでしょう。たとえば、法廷でも――」

ビーズのような黒い瞳が、ぼくの目を射抜くように見すえた。ブラッドリーはわざと強調するように同じ言葉を繰り返した。

「たとえば、法廷でも――笑いものにされるのが落ちです。たとえあの人が法廷に立って殺人を告白したところで、しかも本人が好んで口にする〝遠隔操作〟だの〝意志の力〟だの、そんなばかばかしいもので人を殺したなどと白状したところで、そんな自白が有効であるわけがない！　仮に彼女の供述が真実だとしてもですよ（むろん、あなたやわたしのような良識のある人間はそんなことを端から信じちゃいませんがね！）、法的には認められないのです。遠隔操作による殺人など、法律の観点から見れば、殺人にはあたらない。まったくのたわごとです。そこがなによりの利点なのですよ――ちょっと考えてみれば、そのありがたみがよくわかるでしょう」

だいじょうぶだと念を押されているのはわかっていた。オカルト・パワーによる殺人は、このイギリスの法廷では殺人罪にあたらないのだ、と。ギャングを雇って棍棒なりナイフなりで人を殺させたりすれば、犯人と共謀していたとして、自分も罪に問われる

――事前従犯者として。ところが、サーザ・グレイに委託して魔術を使ってもらえば――魔術など証拠としては認められていない。そこが、ブラッドリーに言わせれば、なによりの利点というわけだ。

ぼくの生来の懐疑心が頭をもたげて異議を唱えた。つい声を荒らげて叫んだ。

「でも、ばかげてます、現実離れした話ですよ。ぼくは信じませんね。そんなことできるわけがない」

「わたしも同感ですよ。まったくもって。サーザ・グレイは並はずれた女性で、並はずれた力を持っているのはたしかですが、あの人がみずから主張しているようなことは、とうてい信じられるものではありません。あなたのおっしゃるように、あまりにも現実離れしています。この時代にですよ、イギリスのコテージのなかにすわったままで、みずからか、あるいは霊媒を通じてか、思念の波動だかなんだかを送って、カプリだかどこだかにいる人間を弱らせ、都合よく病気で死なせることができる、そんな話をいったいだれが信じるものですか」

「でも、あの人が主張しているのは、そういうことでしょう」

「ええ、そうですよ。もちろん、あの人にはたしかに力があるのです――スコットランド系ですし、あの民族には透視力があると言われてますからね。それは現に存在します。

わたしも、そのことは本当に信じていますよ、なんの疑いもなく。つまりね」身を乗りだし、効果を狙って人さし指を振り動かした。「サーザ・グレイにはちゃんとわかる、ということです。事前に、人が死にそうだということが。生まれ持った才能ですね。それがあの人にはあるのです」

身体をもどして、こちらをじっと見返した。ぼくは待った。

「仮定の話として、ひとつ例をあげてみましょう。あなたご自身でもだれでもいい、だれかが、ある人の——仮にイライザ大おばさんとしましょう——その大おばさんの亡くなる時期をぜひとも知りたがっているとします。そういったことがわかれば便利ですからね、はっきり言って。それ自体は、別に薄情なことでも悪いことでもない——なにかと都合がいいというだけの話です。将来の計画などもありますからね。そう、たとえば、十一月にまとまったお金がはいってくるとわかっていたら？ もしそれがはっきりとわかっていれば、いろいろと貴重な選択をすることもできるでしょう。死というのは気まぐれなものです。愛すべきイライザ大おばさんは、医者のおかげで元気になって、あとまだ十年は生きられるかもしれない。もちろん、大おばさんのことが大好きなあなたにとっては喜ばしいかぎりでしょうが、しかしいずれにしても、知っていれば便利ではありませんか」

ブラッドリーは少し間をおき、また心もち身を乗りだしてきた。

「さて、そこでいよいよわたしの登場となるわけです。わたしは賭け屋です。どんなものにでも賭けますよ――もちろんこちらの決めた条件でね。なにしろあなたのほうからわたしに会いにいらしたのですから。当然、あなたとしては、大おばさんの亡くなるほうに賭けたいとは思わないでしょう。そんなことはあなたの繊細な神経が許さない。そこで、わたしたちはこんなふうにするわけです。あなたは、イライザ大おばさんが次のクリスマスまで元気でぴんぴんしているほうに一定の金額を賭け、わたしはそうならないほうに賭ける」

ビーズのような目が、じっとこちらの顔をうかがっている……

「なにも不都合はないでしょう？　単純明快。あなたとわたしはその件で議論をする。わたしが、Ｅおばさんはもう長くないと言い、あなたが、そんなことはないと言う。わたしたちは契約書を作成し、それに署名をする。わたしはあなたにある日付を伝える。そして、その日付の前後二週間以内に、Ｅおばさんの葬儀の知らせが新聞に載るはずだと言う。あなたは、そんなことにはならないと言う。あなたの予想があたったら――わたしが、あなたに賭け金を払います。あなたの予想がはずれた場合は、あなたが――わたしに賭け金を払うのです！」

ぼくは相手の顔をじっと見た。金持ちの大おばさんを亡き者にしたがっている男の気持ちになろうと努力した。それから、大おばさんを恐喝者に置き換えてみた。そのほうが役になりきるのが楽だった。どこかの男に何年ものあいだ金をしぼり取られてきた。もうこれ以上耐えられない。あんなやつは死ねばいい。自分の手で殺すほどの度胸はないが、なんとかしてあいつを——なんとかして——

ぼくは口を開いた——声がしわがれていた。少しは自信をもってその役が演じられそうだった。

「条件は？」

ブラッドリーの態度がころりと変わった。見ていて楽しく、滑稽とも言えるほどだった。

「ここでようやくわたしたちふたりが登場したわけですね。というか、あなたが登場した場面にもどったのかな、はっはっは。『いくらですか』とあなたはおっしゃった。いやはや、あれには面食らいましたね。あんなふうにいきなり本題にはいった人ははじめてですよ」

「条件は？」

「場合によりけりですね。いくつかの要素によって決まります。大ざっぱに言うと、危険の度合いによるということです。依頼人の資金力による場合もある。たとえば、厄介者の亭主――恐喝者やそれに類する者――の場合は、依頼人がどれぐらい払えるかによります。わたしは――この点ははっきり申しあげておきますが――貧乏な依頼人とは賭けをしません――ただし、先ほどから例としてご説明してきたような場合は別ですよ。あのような場合は、イライザ大おばさんの資産の総額にもよるでしょう。条件は双方の合意によって決まります。お互いそれによって得をしたいわけですからね、そうでしょう？　ただし、賭け金の比率は、通常、五百対一ということになっています」

「五百対一？　それはまたえらく厳しいですね」

「わたしにとってもえらく厳しい賭けなんですよ。イライザ大おばさんが棺おけに片足を突っこんでいるような状態なら、あなたにはもうわかっているわけだから、わたしを訪ねて来たりはしないでしょう。だれかの死を前後二週間の誤差の範囲内で予言するなどということ自体、ほとんど勝ち目のない賭けなんですから。五千ポンド対十ポンドなら、ちっとも法外とは言えませんよ」

「あなたが負けた場合は？」

ブラッドリーは肩をすくめた。

「その場合は、しかたがありません。こちらが賭け金を払います」

「そして、ぼくが負けた場合は、ぼくが賭け金を払うのですね。もしもその金を払わなかったら？」

ブラッドリーは椅子に背中を預けた。目が半眼になる。

「それはお勧めしませんね」と穏やかに答えた。「絶対にお勧めしません」

その穏やかな口調にもかかわらず、ぼくの全身にはかすかな震えが走った。直接的な脅し文句はいっさい口にされていない。だが、それはあきらかな脅しだった。

ぼくは立ちあがった。そして言った。

「あの——よく考えてみないと」

ブラッドリーはふたたび人あたりのよい洗練された姿にもどっていた。

「そう、よくお考えになったほうがいいですよ。なにごともあせって飛びつくのはよくない。契約を交わす決心がついたら、もう一度いらしてください。ふたりで問題をじっくり話し合うとしましょう。どうぞごゆっくり。急ぐ必要はまったくありませんから。どうぞごゆっくり」

外に出るまでのあいだ、その言葉が耳のなかでこだましていた。

〝どうぞごゆっくり……〟

第十三章

マーク・イースターブルックの物語

タッカートン夫人と面会するという仕事に取りかかったものの、どうにも気が進まなかった。ジンジャーに尻を叩かれて重い腰をあげはしたが、いまだにこれが賢明な案だとは思っていなかった。そもそも、自分がこの任務の適任者だとはとうてい思えない。こちらが期待しているような反応を相手から引きだせるかどうか疑問だし、仮面をつけて芝居をするのだという意識がどうしても頭から離れなかった。

ジンジャーは、その気になったときに発揮される恐ろしいほどの有能さを見せて、電話で簡潔な指示を出してくれた。

「ちっともむずかしくなんかないわよ。そこは建築家のナッシュが建てた家でね。ナッシュと聞いてわたしたちが想像するような普通の様式じゃないの。彼がゴシック風の空想を飛躍させた建物らしいわ」

「で、ぼくがどうしてそんなものを見たがるんだい？」

「あなたは、建築家の様式に迷いを生じさせる影響力をテーマにした論文か本を書こうと思っている。そんな感じでいいわ」

「なんだかうさんくさいなあ」

「そんなことないわ」ジンジャーは言いきった。「学究的なテーマや芸術的なテーマとなると、全然それらしくない人が、全然ありそうもない理論を、これ以上ないくらい大まじめに唱えたり書いたりするものなの。なんなら、ばかばかしい例をいくつかあげてもいいわよ」

「やっぱりこの任務にはぼくよりきみのほうがふさわしいと思うけど」

「それはちがうわ。T夫人は名士録であなたの名前を調べようと思えばできるし、そうなったらまちがいなく感激するはずよ。わたしじゃ調べようがないもの」

その場はいったん引きさがったが、ぼくにはまだ納得できなかった。

ブラッドリー氏との信じがたいような面会を終えたその足で、ぼくはジンジャーと会ってじっくり相談していた。ぼくにとっては信じがたいことが、ジンジャーにとってはそうでもないようだった。それどころか、ぼくの報告に彼女はいたく満足していた。

「わたしたちの想像の産物なのか、そうでないのか、これではっきりしたわね。じゃまな人間を消してくれる組織が現実に存在することがわかったんだもの」

「しかも超自然的な方法でね！」

「あなたってほんとに頭が固いわねえ。そう思うのは、シビルのあのひらひらした衣裳とまがいもののスカラベのせいよ。あれに目をくらまされたの。もしも、そのブラッドリー氏が山師とか偽の占い師だったというのなら、たしかにまだ納得できないでしょうね。だけど、実際にはいかがわしいけちな弁護士もどきの男だったとわかった以上——あなたの話を聞いた印象ではね——」

「かなり近いよ」

「だったら、これで全体像がなんとなく見えてきたわね。一見いんちきくさく見えるかもしれないけど、〈蒼ざめた馬〉の三人組の女たちはなにかをつかんでいて、それが効いているのよ」

「そこまで確信があるのなら、どうしてわざわざタッカートン夫人に会うんだい？」

「念のため。サーザ・グレイが自慢してる能力をわたしたちは知ってる。会計がどういう仕組みになっているかも知ってる。犠牲者のうち三人についても多少は知ってる。だから、今度は依頼人の角度からもう少し知りたいのよ」

「タッカートン夫人が、依頼人だったことを示すそぶりをまったく見せなかったら？」

「そのときはほかをあたるしかないわ」

「もちろん、こっちがしくじる可能性もあるけどね」ぼくはむっつりと言った。

もっと自信を持たなくちゃだめ、とジンジャーは言った。

そんなわけで、ぼくはこうして〈キャリントン・パーク〉の玄関ドアの前にやってきた。たしかに、それはぼくの考えるナッシュの家とはちがっていた。多くの点で、質素な造りの城といった雰囲気だった。ジンジャーがナッシュ建築に関する最新の本を送ってくれるはずだったが、それが間に合わなかったので、ぼくはろくな準備もないままここへ来るはめになった。

呼び鈴を鳴らすと、アルパカの上着を着た、なんとなくわびしい感じの男がドアを開けてくれた。

「イースターブルックさまですね。タッカートン夫人がお待ちです」

ぼくは凝った内装の客間に通された。どことなくちぐはぐな感じのする部屋だった。

室内にあるものはどれも高級品だが、趣味が悪い。いっそなにもなければ、なかなか気持ちのよい調和のとれた部屋になっただろう。趣味のよい絵が一、二枚と、そうでもない絵が無数にあった。黄色のブロケード張りの家具がやたらに置かれている。さらなる観察は、当のタッカートン夫人のお出ましで中断された。派手な黄色のブロケード張りのソファに沈みこんでいたぼくは、立ちあがるのにひと苦労した。

なにを予想していたのか自分でもよくわからないが、とにかくその予想を完全にくつがえされた気分だった。そこには邪悪な雰囲気などかけらもなく、どこから見てもごく普通の中年にさしかかった女性がいるだけだ。とりたてて興味を惹かれるような点はなく、あまり優しそうな女性には見えない。こってりと口紅を塗っているのに唇が薄く、への字になっている。あごはやや引っこんでいる。目は薄青色で、常に値踏みしているような印象を与える。ホテルのボーイやクローク係に渡すチップをけちるタイプの女性。こういうタイプの女性は多い。たいていはこれほど金のかかった服装もしていないし、これほど念入りな化粧もしていないが。

「イースターブルックさんですね」ぼくの訪問をあきらかに喜んでいるらしかった。いくらか興奮してさえいるようだ。「お目にかかれて本当に光栄です。この家に興味を持ってくださっているそうね。もちろん、ジョン・ナッシュが建てた家だということは主人から聞いて知っておりましたが、夢にも思いませんでしたわ、まさか先生のような方が興味を持ってくださるなんて！」

「ええ、じつを言いますと、タッカートンさん、これは通常のナッシュの様式とはずいぶんかけ離れていまして、その点が興味深く――あの――」

言葉に詰まったところを、夫人が助けてくれた。

「あいにく、わたくしはそういうたぐいのことには――その建築様式やら考古学やらといったようなことにはまるで疎いものですから。どうぞわたくしの無調法はお気になさらないで――」

お気になさるどころか、そのほうがありがたい。

「もちろん、非常に興味深いお話だとは思いますが」タッカートン夫人は言った。

とんでもない、われわれ専門家が専門分野について話すことなど、たいていはおもしろくもなんともないし退屈きわまりないものだ、とぼくは言った。

タッカートン夫人は、そんなことはないと言い張り、先にお茶を飲んでから家を見るか、家を見てからお茶にするか、と訊いてきた。

お茶を呼ばれる予定ではなかったが――面会の約束は三時半だった――では先に家を見せてもらいたい、とぼくは答えた。

家のなかを見てまわるあいだ、夫人がほとんどひとりで陽気にしゃべり続けてくれたおかげで、ぼくは建築学的な意見を披露しないですんだ。

いまのうちに来てもらってよかった、と夫人は言った。この家は売りに出されており

――「わたくしには広すぎますから――主人ももう亡くなったことですし」――不動産業者が物件リストに載せてからわずか一週間あまりで、もう買い手もついているという。

「空き家になったあとではお見せする気になれなかったと思います。本当の意味で家を鑑賞するには、やはり人が住んでいませんとね、そうではありませんか、イースターブルックさん？」

　ぼくとしては、住む人も家具もなくなったこの家を見てみたかったが、まさかそんなことは言えなかった。今後もこのあたりに住むつもりですか、とぼくは訊いた。

「じつはまだ決めていないのです。その前に少し旅行でもしようかと思いまして。日光浴でもしに。こんな気の滅入るようなお天気はもううんざり。じつはエジプトで冬を過ごそうかと思っているんですよ。二年前に行ったことがありましてね。それはそれはすばらしい国です、もっとも先生のほうがお詳しいでしょうけど」

　ぼくはエジプトのことなどなにも知らないので、そう言った。

「まあ、ご謙遜を」夫人は陽気な声で適当な相槌を打った。「こちらがダイニングルーム。八角形になっています。そうですわよね？　どこにも隅がありませんから」

　ぼくはそのとおりだと答え、その広さを称賛した。

　やがて見学ツアーが終わり、ふたりで客間にもどると、タッカートン夫人はお茶の合図のベルを鳴らした。先ほどのわびしい感じの使用人がお茶を運んできた。ヴィクトリア朝風の重厚な銀のティーポットは、きちんと磨く必要がありそうだった。

使用人が立ち去ると、タッカートン夫人はため息をついた。

「主人が亡くなったあと、二十年近く主人に仕えていた夫婦者がどうしても暇をくれと言いましてね。隠居すると言っておきながら、じつは別のおたくで働いていたんですよ。とてもお給料のいいところでね。あんなに高給を払うなんておかしな話だとわたくしなどは思いますけどねえ。だって、使用人の食費やら住居費やらのことを考えますと――洗濯代なんかもかかるわけですし」

やはり意地の悪い女だ、とぼくは思った。薄青色の目、薄い唇――貪欲さがにじみ出ている。

タッカートン夫人に話をさせるのにはなんの苦労もいらなかった。もともと話し好きなのだ。とりわけ自分のことを話すのが好きらしい。熱心に耳を傾け、ときおり合いの手を入れるうちに、タッカートン夫人のことがいろいろわかってきた。本人が無意識のうちに口を滑らせたことまでも。

五年前、夫人は男やもめだったトマス・タッカートンと結婚したそうだ。夫人のほうが「主人よりもずっとずっと若かった」らしい。夫と出会ったのは海辺の大きなホテルで、夫人はそこでブリッジのディーラーとして働いていた。その事実をうっかりもらしたことに当人は気づいていなかった。夫には、そのホテルのそばの学校に通っている娘がいた――「娘を連れて出かけても、女の子の扱いなど男の人にはなかなかわかりませんものね。

かわいそうに、トマスはとても孤独だったんです……最初の奥さんを何年か前に亡くして、それはそれは悲しんでおりました」

さらに、タッカートン夫人はこんな自画像を描いてみせた。老いゆく孤独な男性に同情を寄せた思いやりある心優しい女性。健康状態の悪化した夫、献身的に尽くす妻。

「ええ、当然ながら、主人の病気の末期のころには、わたくしは自分のお友だちなんかい、いい、ひとりも持てませんでした」

トマス・タッカートンが好ましくないと考えていた男友だちでもいたのではないだろうか。夫の遺言状の内容も、あるいはそれで説明がつくかもしれない。

タッカートンの遺言状の内容は、ジンジャーが登記所のある〈サマセット・ハウス〉に行って調べてきてくれた。

長年勤めている使用人たちと、名づけ子ふたりへの遺贈、そして妻への生活費の支給――充分な額ではあるが、気前がいいとは言いがたい。一部は信託にまわされ、そこから得られる収入は妻が生涯にわたって受け取る。遺産の残り、六桁に及ぶ金額は、娘のトマシーナ・アンに遺され、本人が二十一歳になるか、その前に結婚するかした場合無条件で相続するものとする。二十一歳になるのを待たずして未婚のまま死亡した場合、そのお金は継母のものとなる。ほかに家族はいないようだった。

賞金は莫大な金額だったわけだ、とぼくは思った。そして、タッカートン夫人は金に目がない……それは一目瞭然だ。年上の男やもめと結婚するまで、自分の財産と呼べる金など持ったこともない。結婚して財産を持ったときには舞いあがったことだろう。病気の夫をかかえた生活に縛られながら、彼女はそのときを待ちわびた——まだ若いうちに、夢にも思わなかったほどの金を手にして、自由の身になれるときを。

夫の遺言状にはどれほど失望したことだろう。彼女が夢見ていたのは、そこそこの収入などではなかった。あてにしていたのは、贅沢な旅行、優雅な船旅、服に宝石——あるいはお金を持つこと自体の楽しみだったのかもしれない——銀行の預金高がどんどんふくれあがっていくという。

それなのに、そのお金が全部あの娘のものになるなんて！　あの娘が莫大な遺産の相続人になる。あきらかに継母のことを嫌っていて、若さゆえの無神経さでそれを露骨に表に出していたあの娘が。あの娘はいずれ大金持ちになる——でも万一……

でも万一……？　そんな動機で充分だろうか。退屈な話をぺらぺらとしゃべっているこのブロンドの俗悪な女に、〈蒼ざめた馬〉を探しあてて若い娘を死なせる手はずを整えるようなことが、はたしてできるだろうか。

いや、考えられない……

いずれにしても、やるべきことはやらねばならない。やや唐突な感じで、ぼくは言った。

「じつは、おたくのお嬢さんに——義理のお嬢さんに——一度会っているような気がするんですが」

夫人は少し驚いた顔で、だが、さして興味もなさそうにぼくを見返した。

「トマシーナに？　そうですか」

「ええ、チェルシーで」

「ああ、チェルシーでね！　ええ、それならきっと……」夫人はため息をついた。「いまどきの若い娘ときたら。扱いにくいったらありませんよ。もうだれの手にも負えないんですから。あの子には父親も手を焼いておりました。もちろん母親の出る幕などありませんわ。わたくしの言うことなんか聞くような子じゃありませんでしたから」またため息をついた。「ご存じのように、わたくしたちが結婚したとき、あの子はもうほとんど大人になっていました。継母というのは――」首を横に振った。

「いつだって厄介な立場ですよね」ぼくは同情をこめて言った。

「わたくしも寛大な心で――できるかぎりのことはしたつもりです」

「そうでしょうとも」

「ですが、まったく無駄でした。もちろん、わたくしに失礼な態度をとるのは主人が許しませんでしたけど、それでもあの子は奔放な振る舞いをやめようとはしませんでした。おかげでつらい毎日でしたよ。家を出ていくと言いだしたときは、内心ほっとしましたけど、でも主人の気持ちも痛いほどわかりますしね。あの子はよからぬ人たちとつきあっていたようです」

「ええ――そのようでした」

「かわいそうなトマシーナ」夫人はブロンドのほつれ髪を手で直し、それからぼくのほうを見た。「ああ、たぶん先生はご存じないのでしょうね。あの子はひと月ほど前に亡くなったんですよ。脳炎で――突然に。若い人たちがかかりやすい病気らしいですわ――本当に痛ましいこと」

「亡くなられたことは知っています」

ぼくは腰をあげた。

「では、タッカートンさん、おたくを見せてくださってどうもありがとうございました」ぼくは握手を交わした。

戸口へ行きかけて、ふと振り向いた。

「そういえば、〈蒼ざめた馬〉のことはご存じですよね」

その反応は、見まごうはずがなかった。薄青色の目に恐怖が、まぎれもない恐怖の色が浮かんだ。化粧の下の顔が怯えのあまりみるみる蒼白になった。

夫人の声はほとんど金切り声になっていた。

「〈蒼ざめた馬〉? 〈蒼ざめた馬〉ってなんのことでしょうか。〈蒼ざめた馬〉のことなんて、わたくしはなにも知りません」

ぼくは軽く驚いた目をしてみせた。

「じゃあ――ぼくの勘ちがいですね。非常に興味深い昔のパブがあるんですが――マッチ・ディーピングに。先日その村へ行った折りに、そのパブに連れていかれたんですよ。昔ながらの雰囲気をそのまま残して、いい感じに改修されていました。たしかそこであなたのお名前を耳にしたような気がしたものですから――でも、たぶんあそこへ行ったことがあるのはお嬢さんのほうでしょう――もしくは同姓の別人か」そこで言葉を切った。「じつはその家には――ちょっとした評判が立っているんですよ」

ぼくは退場の台詞を楽しんだ。壁にかかっている鏡にタッカートン夫人の顔が映っているのがわかった。食い入るような目でぼくを見送っている。その怯えきった顔に、将来の彼女の姿が見えるようで……気持ちのよい眺めではなかった。

第十四章

マーク・イースターブルックの物語

1

「じゃあ、これで確信が持てたわね」ジンジャーは言った。

「確信はもともとあったよ」

「ええ——理屈の上ではね。でも、これで確定だわ」

ぼくはしばらく黙想した。タッカートン夫人がバーミンガムへ行くところを思い描いてみた。ミュニシパル・スクエア・ビルにはいっていき——ブラッドリーに会っているところを。不安でそわそわする夫人……愛想よく説得にあたるブラッドリー。危険はないと言葉巧みに強調するブラッドリー（タッカートン夫人が相手では、特別に念を入れてその点を強調する必要があっただろう）。夫人が言質を与えることなく立ち去る姿が目に浮かぶ。その考えが夫人の頭のなかにゆっくりと根をおろすところが。おそらく、夫人が義理の娘に会いにいったか、娘のほうが週末に実家へ帰ってきたかしたのだろう。そのとき、話の途中で結婚をほのめかす言葉が出てきたのかもしれない。そのあいだじゅう、夫人の頭のなかは〝お金〟のことでいっぱい——小銭でも、雀の涙ほどの金でもなく——多額の金、大金、望みをすべてかなえてくれるだけの財産！　その金が全部、この堕落した不良娘の手に渡る。ジーンズにだらしのないセーターを着て、ろくでもない堕落した連中といっしょにチェルシーのカフェバーにたむろしているような娘の手に。こんな娘が、いまもこの先もどうせろくな人間にはならないこんな娘が、あれだけの財産をひとり占めするなんて、そんなことがあっていいのか？

そうして——バーミンガムへの再訪とあいなる。さらなる警戒、さらなる説得。そしてようやく、条件の協議。ぼくは思わずにやりとした。ブラッドリーの思いどおりにことは運ばなかっただろう。夫人は手ごわい交渉相手だったにちがいない。それでも最後には条件の折り合いがつき、契約書への署名も無事にすんで、さてそれから？

想像はそこでぷつりと途切れた。その先は、まだぼくたちにはわかっていなかった。

黙想から覚めると、ジンジャーがぼくをじっと見ていた。

「おさらいはすんだ？」

「ぼくがなにをしていたか、どうしてわかるんだい？」

「あなたの思考回路が読めるようになってきたのよ。話をおさらいしてたんでしょ？彼女の行動を追って――バーミンガムへ行ってからあとのことを」

「そうなんだ。でも、行き詰まってしまった。彼女がバーミンガムで話をつけたところまではいい――それから先は？」

ふたりで顔を見合わせた。

「いずれは」とジンジャー。「だれかが〈蒼ざめた馬〉で実際に起こってることを突きとめなくちゃならないのよ」

「どうやって？」

「わからない……簡単にはいかないでしょうね。実際にあそこへ行った人たちや、実際にやり遂げた人たちが話してくれるとは思えない。かといって、その人たち以外に事情を話せる人なんていないだろうし。むずかしいわね……どうしたらいいのか……」

「警察に行くという手は？」ぼくは提案した。

「そうね。こうして確証も得られたことだし。これって証拠として使えると思う？」

ぼくは疑わしげに首を振った。

「犯意があるという証拠にはなる。でも、それだけで充分だろうか。なにしろ死への願望なんてたわごとだ。いや」ジンジャーが口をはさもうとするのを制して、「たわごととは言いきれないかもしれない――だけど、法廷ではそんなふうに思われるのが落ちだ。実際の手順がどうなっているのか、それさえ見当もつかないんだから」

「そうね、じゃあ、それを突きとめなくちゃ。でもどうやって？」

「実際に見るとか――あるいは聞くとか――しないとだめだろうね、自分の目や耳で。だけど、あのがらんとした納屋みたいな部屋には身を隠すところなんてありそうもないし――たぶんそれが――〝それ〟がなんにしろ――行なわれる場所はあそこにちがいないと思うんだ」

ジンジャーが背筋をすっと伸ばし、元気いっぱいのテリアみたいに頭をぴんとあげた。

「実際になにが起こるのか突きとめる方法は、ひとつしかない。本物の依頼人になるのよ」

ぼくはジンジャーの顔を見つめた。

「本物の依頼人に？」

「そう。あなたかわたし、どちらでもいいけど、だれかを始末したがってることにするの。どっちかがブラッドリーのところへ行って、話をまとめてくるのよ」

「それはだめだ」ぼくは即座に言った。

「どうして？」

「だって――そんなことをしたら、危険が及ぶかもしれないだろう」

「わたしたちに？」

「それもある。でも、ぼくが心配なのは、つまり――犠牲者のほうだよ。それをやるなら犠牲者が必要になる――その人の名前を教えなくちゃならない。適当にでっちあげるわけにはいかないよ。向こうは調べるかもしれないし――いや、まちがいなく調べるはずだ、そうだろう？」

しばらく考えて、ジンジャーはうなずいた。

「そうね。実在の住所に住んでる実在の人間でなくちゃ」

「だから、だめだと言ったんだよ」

「それに、どうしてその人を始末したいのか、もっともらしい理由もいるわね」

ふたりでしばらく黙りこみ、その点についてじっくり考えた。

「だれにするにしろ、本人の承諾だって得なくてはならないだろう」ぼくはゆっくりと言った。「とてもじゃないけど、そんなことは頼めないよ」

「計画を立てるなら、用意周到にしなくちゃね」ジンジャーが思案の末に言った。「でも、ひとつだけわかってることがあるわ。あなたがこの前言ってたとおりよ。向こうの弱点は、言うなれば、痛しかゆしの状態だっていうこと。商売は秘密にしなくちゃならない――だけど、秘密にしすぎてもいけない。依頼人候補の耳にはちゃんと届くようにしなくちゃならない」

「不思議なのは、あの連中のことが警察の耳に届いていないらしいことだよ。だって、どういう犯罪行為が行なわれているか、普通だったら警察が気づきそうなものじゃないか」

「そうね、でも警察が気づかないのは、どこから見ても素人の犯罪だからじゃないかしら。プロの仕事じゃないわ。プロの殺し屋が雇われたり、かかわったりしてるわけじゃない。ギャングを雇って人を手荒に片づけるのとはわけがちがう。いっさいが――秘密、裏だもの」

それは一理あると思う、とぼくは答えた。

ジンジャーはさらに言った。

「じゃあ今度は、あなたかわたしに（両方の場合を考えてみたほうがいいわね）、どうしても始末したい人がいると仮定してみましょ。わたしたちが消したがるとしたら、どんな相手が考えられる？　わたしには大好きなマーヴィンおじさんがいるわ――おじさんがぽっくり逝けば、わたしにはまとまった遺産がころがりこむはずよ。親族で残ってるのは、オーストラリアにいるいとことわたしだけだから。動機はあるわね。でも、おじさんは七十を過ぎててちょっと耄碌してるから、本来なら自然死を待つほうが賢明だと思われるでしょうし——わたしがよっぽどお金に困ってるのならともかくね——この線でいくのはむずかしそう。第一、おじさんはとってもいい人で、わたしは大好きだし、たとえ耄碌してても本人は人生を楽しんでるんだから、その時間を一分だって取りあげるのはいやだわ——その危険があるというだけでもだめ！　あなたのほうはどう？　遺産を残してくれそうな親族はいないの？」

ぼくは首を振った。

「そんな人はいないな」

「困ったわね。じゃあ、恐喝という線は考えられない？　そうなるとあれこれお膳立てが必要だわね。あなたには人につつかれる弱みなんてなさそうだし。国会議員とか、外務省の役人とか、やり手の大臣とかいうのなら話は別だけど。まあ、その点はわたしも同じね。これが五十年前なら、どうとでもなるのに。秘密の手紙かヌード写真の一枚でもあれば充分だもの、だけど、いまどきそんなことだれも気にしやしないわよ。ウェリントン公みたいに、『公表したきゃ勝手にしろ！』ってね。となると、ほかにはなにがある？　重婚はどう？」非難がましい目がぼくに向けられた。「あなたが一度くらい結婚しててくれたらね。そしたら適当な話をでっちあげられたのに」

　ぼくはつい顔に出してしまったらしい。ジンジャーは見逃さなかった。

「ごめんなさい」とあやまった。「わたし、もしかして古傷に触れちゃった？」

「いや。古傷というほどのことでもないよ。もう大昔の話だし、いまじゃ知ってる人もいないんじゃないかな」

「結婚してたの？」

「そう。学生時代にね。でも公表はしなかった。彼女はちょっと――まあ、うちの家族はきっと反対しただろうから。ぼくはまだ成人してもいなかったし。ふたりとも歳をごまかして結婚したんだ」

　ぼくはしばらく沈黙し、昔のことを思い返した。

「どのみち長続きはしなかったと思うよ」とゆっくり言った。「いまならそれがわかる。彼女はきれいで、とても優しいところもあるんだけど……でも……」

「なにがあったの？」

「長い休暇にふたりでイタリアへ行ったんだ。そこで事故が起こった――交通事故。彼女は即死だった」

「あなたのほうは？」

「ぼくはその車には乗ってなかった。彼女は——友だちの車に乗っていたんだ」

　ジンジャーはちらりとぼくを見た。事情を察したのだろう。自分の結婚した相手が、貞淑な妻になれるような女性ではなかったとわかったときのぼくのショックを。

　ジンジャーは現実的な問題に話をもどした。

「結婚したのは、イギリスで？」

「ああ。ピーターバラの登記所で」

「でも、奥さんはイタリアで亡くなったのね？」

「ああ」

「つまり、奥さんの死亡記録はイギリスにはないということ？」

「そう」

「じゃあ、願ったりかなったりじゃないの。それこそわたしたちが求めていた答えよ！　これ以上わかりやすい話ってないわ！　あなたには心から愛してる人がいて、その人と結婚したいと思ってる——ところが、妻がまだ生きているのかどうかわからない。何年も前に別れたきり音信不通になっているから。思いきっていまの恋人と結婚してしまおうか。悩んでいるところへ、なんとその妻が舞いもどってくる！　いきなりふらりと現われて、離婚を拒んだうえに、あなたの若い恋人のところへ行ってなにもかもぶちまけると脅す始末」

「若い恋人って？」ぼくはいささか困惑しながら尋ねた。「きみのこと？」

ジンジャーはびっくりした顔になった。

「まさか。わたしはそんなタイプじゃないもの――わたしなら同棲で満足するわね。だれのことを言ってるか、わかってるくせに――あの人こそふさわしいタイプだと思うわ。あなたがつきあってるあの優雅な黒髪の女性。とっても知的でまじめそうな人」

「ハーミア・レッドクリフのこと？」

「そうよ。あなたの恋人」

「そんな話、だれに聞いたんだい？」

「ポピーに決まってるでしょ。おまけにその人、お金持ちなんですってね」

「かなり裕福ではあるよ。でもそんなことは――」

「いいのいいの。あなたがお金目当てに結婚するつもりだなんて、わたしは思ってないわよ。あなたはそんな人じゃないもの。だけど、ブラッドリーみたいな腹黒い連中は真っ先にそう考える……そうなったら好都合だわ。つまりこういう状況になるわけ。あなたがハーミアに結婚を申しこもうと思った矢先、もうお呼びでない妻が過去からひょっこり現われる。その妻がロンドンに押しかけてきて、あなたはのっぴきならない事態に陥る。あなたは離婚を迫る——彼女は応じない。執念深い女だから。そんなとき——あなたは〈蒼ざめた馬〉の噂を耳にする。賭けてもいいけど、サーザもあののろまなベラおばさんも、あなたがあの日やってきた理由はそれだと考えたにちがいないわ。つまり偵察に来たと思ったのね、だからこそサーザも愛想よくいろいろ話してくれた。あれはあなたに対する売りこみだったのよ」

「ああ、その可能性はあると思う」頭のなかであの日のことを思い返してみた。「あの直後にあなたがブラッドリーを訪ねたことも、その予想を裏づけた。あなたはまんまと餌に食いついた！　これであなたは依頼人の有力候補——」

ジンジャーは勝ち誇ったようにそこで言葉を切った。彼女の言うことにも一理ある——が、ぼくはまだどうも……

「その線でいくにしても、やっぱりあの連中はとことん調べると思うよ」

「でしょうね」ジンジャーも認めた。

「架空の妻をでっちあげて過去からよみがえらせるのはいいけど——向こうは具体的なことを知りたがるだろう——妻の住所やなんかを。適当にごまかしたところで——」

「ごまかす必要はないわ。辻褄を合わせるためには、妻がその住所にいなくちゃならない——そして、彼女はちゃんとそこにいるのよ！——しっかりしてちょうだい」ジンジャーは言った。「わたしがあなたの奥さんになるのよ！」

2

ぼくはジンジャーを見返した。目をぱちくりさせて、と言ったほうがいいだろう。彼女がげらげら笑いださなかったのが不思議なくらいだ。ショックから立ち直りかけたところへ、ジンジャーがふたたび言った。

「そんなにあわてふためくことはないでしょ。なにもプロポーズしてるわけじゃないんだから」

ぼくはようやく口がきけるようになった。

「きみは自分がなにを言ってるかわかってないんだ」

「もちろんわかってるわよ。わたしの案は完璧に実行可能だわ——しかも、これなら罪もない人を巻きこんで危険にさらす心配がないという利点もある」

「きみ自身が危険にさらされる」

「それはわたしの問題よ」

「いいや、そうはいかない。どっちにしても、すぐにばれてしまう」

「あら、そんなことないわ。その点ももう考えてあるのよ。わたしは外国のラベルのついたスーツケースをひとつふたつ持って、家具つきのフラットに移る。ミセス・イースターブルックの名前で部屋を借りるの――わたしがイースターブルック夫人じゃないなんてだれにもわからないわ」

「きみのことを知ってる人ならだれにでもわかる」

「わたしのことを知ってる人はだれも、わたしには会わないの。仕事はしばらく休むわ、病気ってことにして。髪もちょっぴり染めて――ちなみに奥さんの髪は黒っぽい色？　ブロンド？――ほんとはそんなことどうだっていいんだけど」

「黒っぽい色」ぼくは機械的に答えた。

「よかった、それなら漂白しなくてすむわ。いつもとちがう格好をして厚化粧をすれば、いちばんの親友だってわたしだとは気づかないから！　それに、この十五年近く、あなたが奥さんといるのを見た人はだれもいないわけだから――わたしがその人じゃないなんてだれにもわかりっこない。〈蒼ざめた馬〉の人たちだって、わたしが自称してるとおりの人間かどうか疑う理由なんてないんだし。あなたは、期限がきてもわたしが生きているほうに大金を賭ける契約を交わせばいい、そうすれば、わたしが正真正銘の本物だってことを疑う人なんかいなくなるでしょう。あなたは警察とはいっさいかかわりのない人間——純然たる依頼人よ。お役所の記録を調べれば、結婚してることだって証明される。ハーミアとの関係やなんかも、調べればちゃんとわかる——これだけそろっていれば疑いようがないでしょ？」

「きみにはわかってないんだ、これがどんなにたいへんなことか——危険なことか」

「危険がなによ！　たとえ十ポンドだろうとなんだろうと、あなたがあの欲張りブラッドリーからしぼり取ってやるのに協力できたら、こんな愉快なことってないわ」

ぼくはジンジャーを見つめた。彼女のことがますます好きになった……赤い髪も、そばかすも、勇ましい性格も。とはいえ、いくら本人の望みでも、そんな危険な真似をさせるわけにはいかない。

「ぼくは反対だよ、ジンジャー。もしも——なにかあったら」

「わたしの身に？」

「そうだ」

「それはわたしの問題でしょ？」

「ちがうよ。きみをこんなことに巻きこんだのはぼくなんだから」

ジンジャーは思案顔でうなずいた。

「ええ、たしかにそうかもしれない。だけど、どっちが最初に言いだしたかなんて、このさい関係ないわ。いまはわたしたちふたりの問題なんだから――ふたりでなんとかしなくちゃ。わたしは本気よ、マーク。おもしろがって言ってるんじゃないの。わたしたちが事実だと思ってることが本当に事実なら、こんなおぞましい残酷なことってないわ。なんとしてでもやめさせなくちゃ！　だって、これは憎しみや嫉妬による発作的な殺人でもなければ、欲に駆られた殺人でもない、危険を冒してでもなにかを手に入れようとする人間の弱さから出た殺人ですらない。商売としての殺人――犠牲者がどこのだれだろうとおかまいなしの無差別殺人なのよ。

そういうことでしょう」と最後に言った。「もしすべてが事実だとしたら」

ジンジャーは一瞬、自信のなさそうな顔でぼくを見た。

「まちがいなく事実だよ」ぼくは答えた。「だからこそ、きみの身を案じているんだ」

ジンジャーはテーブルに両肘をつき、説得に乗りだした。

堂々めぐりをしながら、ああだこうだと議論を続けるうちに、ぼくの部屋の炉棚に置かれた時計の針はゆっくりとまわっていった。

最後にジンジャーが自分の意見をまとめた。

「つまりこういうことよ。わたしは警告も受けているし、心の準備もできている。だれかがなにかを仕掛けてくることも、最初からわかってる。そもそもわたしは、サーザにそんな力があるなんて端っから思ってないわ！　〝死への願望〟がだれの心にもあるものだとしても、わたしのなかではそんなものは育ってないのよ！　こんなに健康なんだもの。胆石がたまるとか、髄膜炎になるとか、そんなことってまず考えられないわ――」

「サーザが床にペンタグラムを描いたり、シビルがトランス状態に陥ったり、なんだか知らないけど、とにかくあの人たちがなにかしたぐらいじゃね」

「たぶんベラは白い雄鶏を生贄にしてるんだろう」ぼくは考えこみながら言った。

「そんなの全部いんちきだっていい加減に認めなさいよ！」

「実際になにが起こるか、ぼくらにはわからないんだよ」

「そうよ。だからそれを突きとめる必要があるんじゃないの。それにしても、あなた本当に、本気で信じてるの？　〈蒼ざめた馬〉の納屋であの三人の女がなにかして、そのせいでわたしが、ロンドンのフラットにいるわたしが、致命的な病気にかかったりするって？　そんなの信じられるわけないじゃない！」

「ああ。信じられない」

「だけど」ぼくは続けて言った。「現に……」

ぼくたちは顔を見合わせた。

「そうよ。そこがわたしたちの弱点ね」

「じゃあ、こうしよう。お互いの役割を交換するんだ。ぼくがロンドンに残るほうになる。きみは依頼人になる。ふたりでなにか適当な口実を考えれば――」

だが、ジンジャーは断固として首を振った。

「だめよ、マーク。そうはいかないわ。理由はいくつかある。いちばんの問題はね、わたしがもう〈蒼ざめた馬〉ではよく知られてるってこと――根っからのお気楽者としてね。あの人たちがローダに探りを入れたら、わたしの私生活なんかすぐにばれるわよ――怪しい点なんかひとつもないってね。でもあなたなら、もうすでに理想的な立場にいる――なかなか決心がつかなくてあちこち嗅ぎまわってる神経質な依頼人ってことになってるんだもの。ええ、やっぱりあなたじゃなきゃだめよ」

「気に入らないな。きみが偽名を使ってどこかにひとりきりでいるかと思うと――だれかがそばで見守っててくれるわけでもないし。やっぱり、行動を起こす前に警察へ行ったほうがいいと思う――いまのうちに――ぼくたちがこれ以上なにかしようなんて気を起こさないうちに」

「そうね、わたしもそうするのがいいと思う」ジンジャーはゆっくりと言った。「というより、あなたにはそうする義務があると思うわ。捜査の役に立つ情報を持っているんだもの。どこの警察に行く？　警視庁？」

「いや。地区警察のルジューン警部がいちばん確実だろう」

第十五章

マーク・イースターブルックの物語

ぼくはひと目でルジューン警部に好感をもった。秘められた才能を感じさせる人だった。加えて、想像力も豊かな感じがした――常識では計れないようなことでもきちんと考慮に入れてくれそうな。

警部は言った。

「コリガン医師から、きみと会って話したことは聞いているよ。彼は今回の事件に最初からえらく興味を持っていた。言うまでもなく、ゴーマン神父は教区内でよく知られた信望の篤い人だったからね。それで、きみはなにか特別な情報を持ってきてくれたそうだね」

「〈蒼ざめた馬〉という家に関することなんです」

「たしかマッチ・ディーピングという村にあるんだったね」

「はい」

「話を聞かせてくれないか」

ぼくは〈ファンタジー〉で最初に〈蒼ざめた馬〉が話題にのぼったときのことを話した。ローダを訪問し、〝三人の魔女〟に紹介されたことも詳しく語った。その日の午後にサーザ・グレイと交わした会話についても、できるかぎり正確に伝えた。

「で、きみはその女性の言葉に感銘を受けたわけだ」

ぼくはまごついた。

「いえ、そういうわけじゃなくて。つまり、真に受けたわけじゃ――」

「そうかな、イースターブルックくん？　きみは真に受けたんじゃないかという気がするんだがね」

「ええ、そうかもしれません。自分がだまされやすい人間だなんて、できれば認めたくありませんからね」

ルジューンは笑みを浮かべた。

「だが、ひとつ忘れてやしないかな。マッチ・ディーピングに行った時点で、きみはすでに興味を持っていた――それはどうして？」

「彼女がひどく怯えているように見えたからだと思います」

「花屋に勤めている娘さんのことだね」

「ええ。彼女は〈蒼ざめた馬〉のことをついうっかり口にしてしまったんです。あれほど怯えていたのは、裏になにかあるからにちがいない——なにか、彼女を怯えさせるようなことが。そのあとコリガンに出会って、例の名前のリストのことを聞かされたんです。そのうちのふたりはぼくの知ってる人でした。どちらもすでに亡くなっている。もうひとつ、見覚えがあるような気がする名前がありました。あとでわかったんですが、その女性も亡くなっていました」

「デラフォンテイン夫人のことだね」

「ええ」

「それで」

「この件についてもう少し詳しく調べてみようと思い立ったんです」

「そして、きみは仕事に取りかかった。具体的に言うと？」

ぼくはタッカートン夫人を訪ねたことを話した。最後には、バーミンガムのミュニシパル・スクエア・ビルにいるブラッドリー氏に会いにいったことも。

警部はがぜん興味を示し、その名前を復唱した。

「ブラッドリーか。ということは、あいつもこの件に一枚かんでいるということだね」

「あの男をご存じなんですか」

「ああ、知っているとも、ブラッドリーのことはよく知っている。あの男にはわれわれもずいぶん手を焼かされてきた。口のうまい商売人だし、じつに抜け目のないやつで、警察に尻尾をつかまれるようなことは絶対にしない。法の手を巧みにすり抜ける名人だよ。常に違法すれすれの一歩手前でとどまっている。あの男なら、よくある料理本風に『法の目をくぐり抜ける百の方法』とかなんとかいう本が書けるだろうね。それにしても、殺人となると——組織的な殺人となると——やつの専門外だと言うべきだろうな。そう——専門外だが——」

「これで、ブラッドリーとの会話の内容はすっかり話しました。いまの話で警察は動けそうですか」

ルジューンはゆっくりと首を振った。

「いや、それだけで動くのは無理だろう。第一に、きみたちの会話には証人がだれもいない。あくまでもふたりのあいだの話で、その気になれば、あの男はいくらでも否定できる。そればかりか、あいつがきみに言ったことはまったくそのとおりだよ、どんなことで賭けをしようと本人の自由だからね。こっちはだれそれが死なないというほうに賭ける――そして負ける。それ自体は犯罪でもなんでもない。ブラッドリーと問題の犯罪とをなんらかの形で結びつけることができれば話は別だが――そう簡単にいくとは思えないね」

ルジューンは肩をすくめて、それきり黙ってしまった。少したってまた口を開いた。

「マッチ・ディーピングへ行ったとき、ひょっとしてヴェナブルズという男に会わなかったかね?」

「ええ。会いましたよ。一度その人の家に連れていかれて、昼食をごちそうになりました」

「そうか! ひとつ教えてくれないか、その男からどんな印象を受けた?」

「強烈な印象を受けましたね。かなりの個性派です。脚が不自由なんですが」

「そうそう。ポリオで脚が麻痺したとか」

「車椅子なしでは動けません。でも、障害があることでかえって、生きて人生を楽しもうという意欲が高まったようですね」

「その男について知ってることを全部話してくれないか」

ぼくは、ヴェナブルズの屋敷や所蔵品、広範囲に及ぶ趣味について詳しく語った。

ルジューンは言った。

「残念だな」

「なにがです？」

さらりとこう言った。「ヴェナブルズの脚が不自由なことが」

「失礼ですが、彼の脚が不自由だというのは、本当にたしかなんですか？　もしかして──つまりなんというか──なにもかも偽装とは考えられませんか」

「脚が不自由なことはまちがいないだろう。かかりつけの医者はハーレー街のウィリアム・ダグデール卿といって、どこから見ても疑いようのない人物だ。そのウィリアム卿が、彼の脚はまちがいなく萎縮していると断言しているんだよ。例のオズボーン氏は、あの晩バートン通りを歩いていた男は絶対にヴェナブルズだったと確信しているようだ。しかし、それはオズボーン氏の見まちがいだな」

「そうですか」

「つくづく残念だよ。というのも、もしも極秘の殺人を請け負う組織のようなものがあるとするなら、ヴェナブルズこそ、そういうことを画策できそうなタイプだからね」

「そうなんですよ。ぼくも同じことを考えました」

ルジューンは目の前のテーブルに、人さし指で、互いに交わるふたつの円を描いた。そして勢いよく顔をあげた。

「お互いにわかっていることをまとめてみようじゃないか。われわれがつかんでいる情報に、きみが持ってきてくれた情報を足してみるんだよ。どうやらひとつはっきりしているのは、じゃま者の排除とでも言うべき仕事を専門とする機関なり組織なりが実在するということだな。その組織は決して手荒なことをしない。普通のチンピラや殺し屋を雇うのとはちがう……犠牲者は完全な病死で、不自然な点はいっさい見あたらない。きみがさっき話していた三名の死亡者のほかにも、何人かについて、不確定ながらある程度の情報はつかんでいるんだ――いずれの場合も、死因に不自然な点は見あたらないが、それぞれの死によって得をした人間がいた。ただし、証拠はいっさいない。

じつに巧妙な、いまいましいほど巧妙なやり方なんだよ、イースターブルックくん。だれの策略にしろ――これは恐ろしく綿密に練られた策略だ――そいつは頭が切れる。警察は、互いになんのつながりもない名前をいくつかつかんだにすぎない。ほかにあと何人いるのか――事件がどこまで広がっているのか――見当もつかないよ。そもそも、われわれがつかんだ数人の名前だって、たまたまある女性が自分の死期を悟って魂の救済を求めたおかげでようやくわかったようなものだ」

ルジューンは腹立たしげに首を振り、それからまた言った。

「そのサーザ・グレイとかいう女だがね。自分の超能力をきみに自慢したとかいうその女！　臆面もなくそんなことができるのも当然だよ。殺人罪で法廷に引きずりだしたところで、神と陪審に向かって、自分は意志の力だか呪文だか――なんでもいいが――そういうものでみんなをこの世の辛苦から解放してやったのだと偉そうに吹聴するだけだろう。法的な罪に問われることはないんだ。犠牲者のそばに近づいたこともなければ、郵便やなにかで毒入りのチョコレートを送ったりした形跡もない。本人の言い分によれば、自分は部屋のなかにすわっていて、テレパシーを使うというわけだからね！　これでは法廷で一笑に付されるのが落ちだな！」

　ぼくは小声でつぶやいた。

「だが、ルーとエインガスは笑わない。天国の家の人たちはだれも」

「なんだね、それは」

「失礼。『不滅の時』からの引用です」

「なるほど、たしかにそのとおりだ。地獄の悪魔どもは笑うかもしれないが、天使たちは笑わない。これは、言うなれば――悪魔の所業だよ、イー스タープルックくん」

「ええ。近ごろじゃ、あまり使わない言葉ですが。しかし、この場合はまさにぴったりの言葉ですよ。だからこそ――」

「なんだね？」

ルジューンは問いかけるようなまなざしを向けてきた。

ぼくは勢いこんで言った。「今度の件についてもう少し情報を手に入れるチャンスが――結果を期待できそうなチャンスが――あると思うんです。ぼくと友人とである計画を立てました。ばかばかしいと思われるかもしれませんが――」

「その判断はわたしに任せてもらいたいね」

「その前に聞かせてください。いままでの話からして、警部さんは、ぼくらが議論してきたような種類の組織が実在し、それが機能していると、そう思ってらっしゃるんですね？」

「現に機能しているからね」

「でも、どうやって機能しているかはご存じない。第一段階はもう手順が決まっています。依頼人と呼ばれる人間は、この組織のことをどこかで小耳にはさみ、もっと詳しく知りたい場合は、バーミンガムのブラッドリーのところへ行かされ、そこで話を進めようと決意する。依頼人は、ブラッドリーとなんらかの契約を結んだのち、これはぼくの推測ですが、たぶん〈蒼ざめた馬〉へ行かされる。ところが、そのあとのことがまるでわからないときてる！　〈蒼ざめた馬〉では、具体的になにが行なわれるのか。これはだれかが現地に行って探りだすしかありません」

「なるほど」

「なぜなら、サーザ・グレイが実行していることを、具体的に知らないかぎり、これ以上前には進めないからです。ここの警察医のジム・コリガンは、なにもかも寝言だと言っています——でも、そうでしょうか。ルジューン警部、本当にそうでしょうか」

ルジューンはため息をついた。

「わたしがなんと答えるか——まともな人間ならなんと答えるか——きみにはわかっているだろう。『ああ、もちろんそのとおりだ！』と答えるだろうね——だが、いまわたしが話していることは非公式だ。この数百年のあいだに、とんでもない奇妙な出来事もいろいろ起こっている。七十年前ならだれがこんなことを信じただろうね。ビッグ・ベンが十二時を打つ音を小さな箱で聞いて、それが鳴り終わったあとで、今度はもう一度、実際の時計の音が窓の外から自分の耳に届く——しかもそれはごまかしでもなんでもない。そうではなくて、ビッグ・ベンが一度だけ——二度ではなく——打った鐘の音が、二種類の音波によって人間の耳に届くなんてね！　自宅の客間にいるきみが、線でつながっているわけでもないのに、ニューヨークでしゃべっている人間の声を聞くことができるなんて、信じられるか？　じゃあこれは——？　いやはや！　そんな例はいくらでもあげられるよ——いまやそういうことは子供でも口にするような常識になっているんだからね！」

「言い換えるなら、なにが起こっても不思議はない、と？」

「まあ、つまりはそういうことだね。サーザ・グレイが、目をまわしたりトランス状態に陥ったり意志を投影したりすることで、人を殺せるかと問われたら、わたしはやはり『ありえないことだ』と答えるしかない。だが——確信はないんだよ——あるわけないだろう？　あの女が偶然なにかを発見したとすれば——」

「そうなんです。超常現象というのは超常的に見える。でも、きょうの超常現象はあすの科学ですよ」

「これは非公式の発言だから、それを忘れないように」ルジューンは念を押した。

「だとしても、警部さんのおっしゃることはもっともです。だから解決策としては、実際になにが起こるのか、だれかが現地へ行ってたしかめてくるしかない。それがぼくの提案です——現地へ行ってたしかめてくること」

ルジューンはじっと見つめ返した。

「根まわしはもうしてあるんです」

そこで、ぼくは腰をすえて話をした。自分と友人の立てた計画のことを詳しく説明した。

警部は、顔をしかめて下唇を引っぱりながら聞いていた。

「イースターブルックくん、言いたいことはわかるよ。きみはいわば、なりゆきでこの捜査に参加することになったわけだ。しかし、きみが自分の計画の危険性を充分に理解しているのかどうか疑問だね——相手は危険な連中なんだよ。きみの身も危険かもしれないが——きみの友人の身にはまちがいなく危険が及ぶ」

「そうなんです。そうなんですが……その点についてはとことん話し合いました。ぼくとしては彼女にそんな役はさせたくない。しかし、本人がどうしてもやると言い張っていて——頑として聞き入れません。困ったことに、やる気満々なんですよ！」

警部が出し抜けにこう言った。

「その彼女、赤毛だと言わなかったか？」

「言いましたけど」ぼくはきょとんとして答えた。

「赤毛が相手じゃ、議論するだけ無駄だよ」とルジューン。「このわたしが言うんだからまちがいない！」

警部の奥さんも赤毛なんだろうか。

第十六章

マーク・イースターブルックの物語

　二度めにブラッドリーを訪ねたときは、なんの不安もなかった。むしろ楽しんでいた。「役になりきるのよ」とジンジャーから出がけに発破をかけられていたので、ぼくはそのことに集中した。

　ブラッドリーは歓迎の笑みを浮かべて出迎えてくれた。

「またお会いできてなによりですよ」と言いながら、ぽっちゃりした手を差しだしてきた。「では、ささやかな問題についてとくと考えてごらんになったわけですね。まあ、何度も申しあげたように、急ぐ必要はちっともありません。どうぞごゆっくり」

「それが、そうもいかないんです。じつは――あの――少々差し迫った状況になりまして……」

ブラッドリーはぼくを観察した。落ち着きのない態度、視線を避ける様子、帽子を落としたときの手のぎこちなさなどを見てとったようだ。

「それはそれは」と言った。「では、その状況についてじっくり話し合うといたしましょう。要するに、なにかでちょっとした賭けをなさりたいということですね。賭けのスリルにまさるものはありませんからねえ、その――悩みごとから気をまぎらわすのに」

「じつは、その悩みごとというのは――」とだけ言って、ぼくは口をつぐんだ。

あとはブラッドリーのお手並み拝見といくことにしよう。彼は乗ってきた。

「少々神経質になっていらっしゃるようですね。慎重な方だ。慎重なのはけっこうなことですよ。母親の耳に入れたくないことは決して言うな！　ははあ、さてはこのオフィスのなかにバグがいるかもしれないとお考えなのでは？」

ぼくにはなんのことかわからず、それが顔に出ていたらしい。

「盗聴器のことを俗にそう呼ぶんですよ」ブラッドリーが説明した。「テープ・レコーダーとか。そういったたぐいのものを。いえいえ、名誉にかけて誓いますが、ここにはその手のものはいっさいありませんよ。わたしたちの会話が、どんな形であれ、記録に残るようなことはありませんから。もしお疑いなら」いかにも好感を与えるような率直さだった――「まあ、疑うのも無理はありませんが――なんでしたら、あなたのご自宅なり、どこかのレストランなり、イギリスの鉄道のお好きな駅の待合室なりを、そちらで指定してくださってもいっこうにかまいませんよ。ここではなく、その場所で問題を話し合うということで」

この場で話すことにまったく異存はないとぼくは答えた。

「賢明です！　場所を移しても得るところはありません、はっきり申しあげて。あなたもわたしも、法律用語で言う〝不利な証拠として使われる〟かもしれない言葉を口にすることはありえないんですからね。さてと、まずはこういった感じではじめてみてはいかがでしょう。あなたはなにかで悩んでいらっしゃる。わたしなら相談に乗ってくれると聞いて、悩みを打ち明けてみようという気になっている。世情に通じたわたしなら、適当な助言をしてくれるかもしれない。つらいことも人に話せば半減する、と言いますからね。そんなふうに考えることにしてはいかがです？」

そんなふうに考えることにして、ぼくはとつとつと話しはじめた。

ブラッドリーはじつに如才なかった。話の先をうながしたり、こちらが言葉や言いまわしに困ったときは助け舟を出したりした。巧みな誘導のおかげでぼくは、若気の至りでドーリーンに夢中になったことや、まわりに内緒で結婚したことなどを、なんの苦もなくすらすらと話すことができた。

「よくあることですよ」ブラッドリーは首を振りながら言った。「よくあることです。ええ、わかりますとも！　理想に燃える青年。輝くばかりに美しい娘。あとは推して知るべし。ふたりはあっという間に夫婦となるわけです。で、その結婚はどうなりました？」

その結婚がどうなったか、ぼくは続きを話した。

このあたりは、わざと詳細をぼかしておいた。ぼくが演じている男は下世話な話などしたがらないだろうから。ただ幻想から覚めた――未熟者が、自分の未熟さに気づいた――と言うにとどめておいた。

そうして、夫婦のあいだに決定的な痴話喧嘩があったことを匂わせるような言い方をした。若い妻がほかの男に走ったか、でなければ最初からほかに男がいた、そうブラッドリーが解釈したとしても――それはそれでよかった。

「ところがですねえ」ぼくは心配そうな口ぶりで言った。「彼女は――まあ、ぼくが思っていたような女ではなかったわけですが、でも本当は優しい女だったんですよ。それがこんなふうになろうとは、夢にも思いませんでした――こんなことをしようとはね」

「具体的に言うと、奥さんはなにをしたんです？」

〝妻〟が復縁を迫ってきたのだ、とぼくは説明した。

「いったいどういう心境の変化でしょうね」

「薄情な言い方かもしれませんが――妻のことなんか考えてもみなかった。心のどこかで、彼女は死んだものと思っていたような気もします」

　ブラッドリーはやれやれというように首を振ってみせた。

「希望的観測ですよ。希望的観測。どうして死んでいるなどと思ったんです？」

「一度も便りをよこさなかったから。なんの音沙汰もなかったんですよ」

「あなたが奥さんのことをきれいさっぱり忘れたがっていたから、というのが真実でしょうね」

　ビーズみたいな目をしたこの小柄な弁護士も、それなりに心理学を学んでいるらしい。

「そうなんです」ぼくは素直に答えた。「まあ、こちらもほかの人と結婚しようなどという気はなかったものですから」

「ところが、いまはその気があるというわけですね」

「それは――」ぼくはためらってみせた。

「さあさあ、いいからパパに話してごらん」ブラッドリーがいやらしく言った。

　ぼくは恥ずかしそうに告白した。ええ、じつは最近、結婚を考えるようになって……

　しかし、肝心の結婚相手について具体的に話すことは頑として拒んだ。彼女をこの件に巻きこむつもりは毛頭ない。彼女のことはいっさい話せない、と。

このときも、ぼくの態度は正解だったようだ。ブラッドリーは追及してこなかった。その代わり、こう言った。

「ええ、当然でしょうとも。あなたは過去のつらい経験を乗り越えた。そして今度こそ本当にふさわしいお相手を見つけたわけですから。文学的趣味やライフスタイルを共有できるお相手を。真の伴侶をね」

この男はハーミアのことを知っているらしいと、そのとき気づいた。調べるのは造作もないことだろう。ぼくの身辺を少し調査すれば、親しい女友だちがひとりしかいないことはすぐにわかるはずだ。ぼくからの面会を求める手紙を受け取ったあと、ブラッドリーは、ぼくのことも、ハーミアのことも、すっかり調べあげたにちがいない。この男は徹底的に下調べをしている。

「離婚なさってはいかがです？」ブラッドリーは言った。「それが自然な解決法ではありませんか」

「離婚は論外ですよ。彼女は――妻は――耳を貸そうともしないんですから！」

「それはそれは。奥さんはあなたにどうしろと言っているんですか？　差しつかえなかったらお聞かせください」

「彼女は——えーと——ぼくとよりをもどしたがってるんです。彼女は——とにかく理屈の通じる相手じゃない。ぼくにほかの相手がいることを知っていて、それで——それで——」

「いやがらせをしている……なるほど……となると、もはや逃げ道はなさそうですねえ、とは言っても、もちろん……いや、しかし奥さんはまだ若いし……」

「まだまだ長生きしますよ」ぼくは苦々しい口調で言った。

「いやいや、それはわかりませんよ、イースターブルックさん。たしか外国で暮らしていたとおっしゃいましたね」

「本人はそう言ってます。どこにいたのかは知りませんが」

「東洋の国かもしれませんよ。ご存じのように、あちらのほうでは細菌性の病気に感染することがたまにありますから——何年も潜伏期間があるような病気にね！　そして帰国したとたんに発症したりするんです。そういう例ならわたしも二、三知ってますよ。今回だってそうならないともかぎらない。これであなたの気が晴れるなら」そこで間をおいた。「わたしはそうなるほうに少しばかり賭けてもいいですよ」

ぼくは首を振った。

「あの女はまだまだ長生きしますよ」

「ええ、たしかにその可能性のほうが高いことは認めますよ……しかしまあ、とにかくそれで賭けをしてみようではありませんか。いまからクリスマスまでのあいだに奥さんが亡くなるかどうか、千五百対一で、いかがです？」

「もっと早く！　もっと早くないと困るんです！　そんなに待てませんよ。こちらにもいろいろと事情が――」

ぼくはわざと取り乱してみせた。ブラッドリーがどんなふうに思ったかはわからない。ハーミアとぼくがのっぴきならない関係になっていて、もたもたしている暇はないと思ったか――あるいは、ぼくの〝妻〟がハーミアに直接会って騒ぎを起こしてやると脅しをかけていると思ったか。あるいは、別の男がハーミアに言い寄っていると思ったかもしれない。どう思われようとかまわなかった。とにかく切羽詰まった状況にあることが伝わればそれでいいのだ。

「そうなると賭け金の比率も少々変わりますよ」ブラッドリーは言った。「ひと月以内に奥さんが亡くなるかどうかに、千八百対一といったところでいかがでしょう。わたしにはなんとなく予感があるんですよ」

そろそろ交渉をはじめてもいい頃合だと思い――ぼくは交渉にはいった。まずそんな大金は持っていないとごねた。ブラッドリーはじつに巧みだった。どういう手を使ったものか、いざとなればぼくにどれだけの金が工面できるかを知っていた。ハーミアがお金持ちであることも知っていた。いずれ彼女と結婚したら、賭け金を失ったことなどどうでもよくなると、暗にほのめかしたのがなによりの証拠だろう。しかも、こちらが急いでいることで、向こうの立場は有利になった。ブラッドリーは譲歩しようとはしなかった。

オフィスを出ていくときには、途方もない賭けが提示され、受け入れられていた。ぼくは借用証書のようなものに署名をした。書類の文面には法律用語が多用されており、ぼくには理解できなかった。そもそも、その書類に多少なりとも法的な意義があるのかどうかもはなはだ疑わしかった。

「この書類に法的な拘束力はあるんですか」ぼくは訊いた。

「まちがっても」ブラッドリーはみごとな歯並びを見せながら答えた。「それを試すような事態にはならないと思いますよ」その笑顔は、あまり気持ちのよいものではなかった。「賭けは賭けですからね。万一、賭け金を払わないと――」

ぼくは相手の顔をじっと見た。

「それはお勧めしません」ブラッドリーは穏やかに言った。「ええ、絶対にお勧めしません。約束を破る人は嫌われますからね」

「そんなことはしませんよ」

「あなたがそんな人じゃないことはわかってますよ、イースターブルックさん。では次に──取り決めですね。イースターブルック夫人はロンドンにいらっしゃる、と。正確にはどちらに？」

「それは必要なんですか」

「必要な情報はひとつとおりいただきませんと。次はグレイさんとの面会の手配ですが──グレイさんのことは覚えていらっしゃいますね」

グレイさんのことならもちろん覚えていると答えた。

「驚くべき女性ですよ。まったくもって驚くべき女性です。まれにみる才能の持ち主ですね。グレイさんに会うときは、あなたの奥さんが身につけていたものを持っていってください──手袋でも──ハンカチでも──なんでもかまいません──」

「でも、どうして？　いったいなんのために──」

「はいはい、ごもっとも。ですが、わたしに訊かれても困るのです。見当もつかないんですから。グレイさんは秘密主義なのでね」

「でも、なにが起こるんですか？　あの人はなにをするんです？」

「ここはわたしを信用していただくしかありません、イースターブルックさん、正直に言いますが、本当に見当もつかないんですよ！　わたしはなにも知らない——もっと言うなら、知りたくないのです——この話を蒸し返すのはもうよしましょう」

いったん言葉を切ったあと、今度はまるで父親のような口調で話を続けた。

「わたしから少し助言させてください、イースターブルックさん。奥さんを訪ねておあげなさい。優しくなだめて、あなたがようやく和解する気になっていると思わせるのです。そしてこう言うといい。二、三週間、外国へ行かなければならなくなったが、もどってきたらそのときはきっと……とかなんとか……」

「それから？」

「奥さんがふだん身につけている小物をこっそり拝借したら、マッチ・ディーピングへ行くのです」そこでふと思案顔になった。「そういえば、この前ここへいらしたとき、たしかあの村にお友だちだか——ご親戚だかが——いらっしゃるようなお話でしたね」

「いとこです」

「それなら話は早い。そのいとこの方なら何日か泊めてくださるでしょう」

「普通はどうするんです？　村の宿屋に泊まるんですか」

「そういう方もあるでしょうね——あるいはボーンマスから車でいらっしゃるか。おそらくそんなところでしょう——もっとも、そのあたりのことはわたしの関知するところではありませんが」

「あの――いとこにはなんと言えばいいんでしょう」

「〈蒼ざめた馬〉の住人に興味があるのだと正直に言えばいいのです。あそこで行なわれる降霊会にぜひ参加したい、とね。これ以上簡単な話はないですよ。グレイさんとあの霊媒のお友だちはしょっちゅう降霊会を開いていますから。ああいう心霊術に入れこんでいる人たちのことはあなたもご存じでしょう。もちろんたわごとに決まっていますが、なんとなく興味があるということにしておけばいい。さて、これで全部ですよ、イースターブルックさん。ごらんのとおり、これ以上簡単な話はありません――」

「それで――それで、そのあとは?」

ブラッドリーはにっこり笑って首を振った。

「わたしからお話しできるのはここまでです。じつは、ここまでしか知らないのです。あとはサーザ・グレイさんが引き受けることになっています。手袋でもハンカチでも、なんでもかまいませんから、持っていくのを忘れないように。そのあとはしばらく外国にでもいらっしゃることです。イタリアのリヴィエラなんか、この季節は最高ですよ。なに、ほんの一、二週間のことですから」

外国には行きたくないとぼくは答えた。イギリスにいたい、と。

「それならそれでかまいませんよ。ですが、まちがってもロンドンにはいないほうがいい。ええ、これだけは厳重に言っておきますよ、ロンドンにいてはいけません」

「どうして?」

ブラッドリーは非難がましい目でぼくを見た。

「依頼人の——あー——身の安全は、完璧に保証しますよ。ただし、こちらの指示に従っているかぎりは」

「ボーンマスでは? あそこならだいじょうぶですか」

「ええ、ボーンマスなら充分でしょう。ホテルに泊まって、何人かお友だちを作って、なるべくいっしょにいるところを人に見せておくのです。一点の曇りもない生活——それがわたしどもの狙いです。ボーンマスに飽きたら、いつでもトーキーまで足を伸ばせますしね」

ブラッドリーは、旅行代理店の社員のように愛想よく言った。

ぼくはふたたび、そのぽっちゃりした手を握らされた。

第十七章　マーク・イースターブルックの物語

1

「サーザのところの降霊会に行くなんて、本気なの？」ローダが問い詰めるように言った。

「別にいいじゃないか」

「あなたがああいうことに興味を持ってたなんてちっとも知らなかったわ、マーク」

「そういうわけじゃなくて」ぼくは正直に答えた。「ただ、あの三人が妙な取り合わせだからさ。あの人たちがどんなショーをやってくれるのか、ちょっと見てみたいと思ってね」

いかにもさりげないふうを装うのはひと苦労だった。視界の片隅では、ヒュー・デスパードがなにやら言いたげな顔でこちらを見ている。鋭い洞察力があり、冒険に満ちた人生を送ってきた大佐には、危険を嗅ぎつける第六感のようなものが備わっているのだ。いまも危険を察知しているのではないかと思った――単なる好奇心以上の大事なものがかかっていることを見抜いているのではないかと。

「じゃあ、わたしもつきあってあげる」ローダがうれしそうに言った。「一度行ってみたかったのよ」

「きみまでそんなところに行ってどうするんだ、ローダ」大佐がうなるように言った。

「あら、わたしは別に霊だのなんだのを本気で信じてるわけじゃないわ、ヒュー。それはあなたも知ってるでしょう。ただ、おもしろそうだから行ってみたいだけよ！」

「あれはおもしろがってやるようなことではない。冗談ではすまないことがあるかもしれないのだぞ、ああ、おそらくそうだ。〝単なる好奇心〟で行くような人間にはきっと悪影響を及ぼす」

「だったら、マークが行くのもとめるべきだわ」

「マークはわたしの保護下にいるわけではないからな」

そう言いつつ、大佐はまた横目でちらりとこちらを見た。まちがいない、ぼくに目的があることを知っているのだ。

ローダは不満そうだったが、やがて機嫌を直した。そのあと午前中に村でサーザ・グレイとばったり出くわしたとき、サーザのほうから無造作にその話題を持ちだしてきた。

「こんにちは、イースターブルックさん、今夜はお待ちしてますよ。素敵なショーをお見せできるといいんですが。シビルはすばらしい霊媒ですけど、どんな結果が出るかはだれにもわかりませんからね。だから、がっかりしないで。わたしからあなたにお願いしたいことはひとつだけ。決して先入観を持たないこと。正直な探究者はいつでも歓迎――でも、茶化すようなふざけた態度はご法度ですよ」

「わたしも行きたかったんですけどね」ローダが横から言った。「なにしろ主人ときたら偏見のかたまりでしょう。ご存じのように、ああいう人だから」

「いずれにしても、来ていただくのは無理だったと思いますよ。外部の方はひとりで充分」

サーザはぼくのほうを向いた。

「よかったら、うちでいっしょに軽い食事でもいかが。降霊会の前はあまり食べないことにしてるんだけど。七時ごろでは？　そう、じゃあ、お待ちしてますよ」

サーザはうなずいてにっこり笑い、きびきびと歩き去った。それを見送りながら、頭のなかで推測をめぐらすのに忙しくて、ぼくはローダの言葉を完全に聞き逃してしまった。

「ごめん。いまなにか言った？」

「あなた、このごろなんだか変よ、マーク。こっちに来てからずっとそう。なにか悩みでもあるの？」

「ないよ、あるわけないだろう。どんな悩みがあるっていうんだい？」

「本を書くのに行き詰まってるとか。そういうことなの？」

「本って？」一瞬考えて、ようやくどの本の話か思いだし、あわてて言った。「ああ、例の本ね。あれはぼちぼち進んでるよ」

「あなた、好きな人がいるんでしょ」ローダはなじるように言った。「ほうら、やっぱりそうだ。恋をすると男の人ってどうしようもないわね——おつむのほうがすっかりお留守になるんだから。その点、女は正反対だわ——うきうきして、光り輝いて、いつもの倍もきれいに見える。おもしろいわよね、女にとってはいいことづくめ、でも男の人はただ病気の羊みたいに見えるだけなんて」

「お褒めの言葉をどうも！」

「あら、やつあたりしないでよ、マーク。わたしはすごくいいことだと思ってるし——

喜んでるんだから。彼女はとっても素敵な人だし」

「だれが素敵だって？」

「ハーミア・レッドクリフに決まってるでしょう。わたしがなんにも知らないと思ったら大まちがいよ。とっくの昔に気づいてたわ。あの人ならあなたにぴったりのお相手ですものね――美人で、頭がよくて、まさしくお似合い」

「なんだかこの上なく意地の悪い言い方に聞こえるんだけど」

ローダはぼくを見返した。

「そうかもね」

ローダは顔をもどし、肉屋の主人を元気づけてこなくちゃならないと言った。ぼくは牧師館に寄ってあいさつをしてくると告げた。

「言っておくけど」――ぼくは機先を制した――「牧師さんに結婚の予告をしにいくんじゃないからね！」

2

牧師館に来ると、家に帰ってきたような気分になった。

玄関のドアは迎え入れるように開いており、なかにはいると、肩の重荷が滑り落ちていくのがわかった。

ホールの裏口から家のなかにはいってきたデイン・キャルスロップ夫人は、なにに使うのかぼくには見当もつかない、鮮やかな緑色の大きなプラスティックのバケツを持っていた。

「いらっしゃい、あなただったのね。そろそろ来るんじゃないかと思ってましたよ」

夫人はバケツをぼくに持たせた。それをどうしたらいいのかわからず、ぼくはばかみたいに突っ立っていた。

「玄関の外の、階段の上」そんなこともわからないのかと言わんばかりに、夫人はじれったそうに言った。

ぼくは言われたとおりにした。それから夫人のあとについて、この前と同じ薄暗くてみすぼらしい居間へと向かった。暖炉の火は瀕死の状態だったが、夫人がつついてよみがえらせ、薪を一本放りこんだ。それからぼくに椅子を勧めて、自分もどっかりと腰をおろし、催促がましく目を輝かせながら、ぼくをひたと見すえた。

「それで？」と問い詰めるように訊いてきた。「あれからなにかなさった？」

まるで列車の出発時刻が迫ってでもいるような勢いだった。

「ぼくがなんとかすべきだとおっしゃいましたね。だから、いまなんとかしているところなんです」

「そう。どんなことを？」

ぼくは話した。一部始終を。暗黙のうちに、自分でもよくわかっていないことまで語ってしまったようだった。

「今夜なのね」夫人は思案顔になった。

「はい」

なにか考えているらしく、夫人はしばらく黙りこんだ。たまりかねて、ぼくはつい言ってしまった。

「気が進まないんですよ。どう考えても気が進まない」

「どうしてまた？」

そう訊かれると、とても答えられなかった。

「彼女のことが心配でたまらないんです」

夫人は優しいまなざしでぼくを見つめた。

「あなたはご存じないんですよ。彼女がどんなに――どんなに勇敢な女性か。万一あの連中が、なんらかの形で彼女に危害を加えるようなことにでもなったら……」

夫人はゆっくりと言った。

「よくわからないわ——わたしにはどうしてもわからない——いったいどうやったら、あの人たちがあなたの言うような形で彼女に危害を加えることができるのか」

「でも、現に危害を加えたんですよ——ほかの人たちには」

「そんなふうに見えるわねえ、たしかに……」釈然としない口調だった。

「そういう形でなければ、まずだいじょうぶでしょう。考えられるかぎりの予防措置はとってあります。肉体的な危害を加えられる心配はないはずです」

「でも、あの人たちが引き起こせると言っているのは、その肉体的な危害でしょう。精神を通じて肉体に働きかけることができると言ってるんですよ。具合を悪くさせて——病気にする。本当にそんなことができるとしたら、すごいことだわね。それにしても、なんとおぞましい！　この前ふたりで話し合ったように、やはりなんとしても阻止しなくてはね」

「でも、危険にさらされるのは彼女のほうなんですよ」ぼくはつぶやいた。

「だれかがやらなくてはならないのです」夫人は冷静に言った。「自分がその役になれないことで、あなたの自尊心は傷ついているのでしょう。このさい、それは忘れなければならないわ。あの役を演じるにはジンジャーがいちばんふさわしい。あの人には自制心もあるし、知性もあります。あなたを失望させるようなことはないでしょう」

「ぼくが心配してるのはそんなことじゃないんです！」

「とにかく、心配するのはおよしなさい。心配したって彼女の助けになるわけではないのよ。結果から目をそむけるのはよしましょう。もしもこの実験で彼女が命を落としたとしても、それは大義のために命を捧げたことになるのですから」

「なんという非情なことを！」

「そういう人も必要なんです。常に最悪の事態を想定すること。そうすれば、不思議と心が落ち着いてくるの。じきに、自分が想像しているほど悪い事態になるはずがないという確信がわいてくるものですよ」

夫人は安心させるようにうなずきかけた。

「おっしゃるとおりかもしれません」確信がないまま、ぼくは答えた。

もちろん自分の言うとおりだ、とデイン・キャルスロップ夫人は断言した。

ぼくは細かい話へと移った。

「ここには電話がありますよね」

「もちろんですよ」

ぼくは自分の意向を伝えた。

「これから――今夜のことが無事にすんだら、ジンジャーと緊密に連絡をとりたいんです。毎日電話をかけて。その電話をここからかけさせてもらってかまいませんか」

「かまいませんとも。ローダのところは人の出入りが激しいものね。あなたも人に聞かれたくないでしょうし」

「しばらくはローダの家に厄介になるつもりです。そのあとは、たぶんボーンマスへ。じつは――ロンドンへもどってはいけないと言われてるんです」

「先のことを考えてもはじまらないわ。今夜のことだけを考えましょう」

「今夜は……」ぼくは立ちあがった。そして柄にもないことを言った。「ぼくのために――ぼくたちのために、祈ってください」

「わかってますよ」そんなことは頼まれるまでもないと言わんばかりに、デイン・キャルスロップ夫人は答えた。

玄関の外に出たとたん、つい気になって、ぼくは尋ねた。

「このバケツは？　なにに使うんです？」

「バケツ？　ああ、それは学校の子供たちが使うんですよ、生垣の実や葉っぱを集めてくれるの――教会のためにね。ひどい代物でしょう？　でも便利だから」

見渡すと、そこには実り豊かな秋の世界が広がっていた。なんという平穏に満ちた美しさ……

「〝神の使者たちよ、我らを守りたまえ〟」とぼくは言った。

「アーメン」とデイン・キャルスロップ夫人も言った。

3

〈蒼ざめた馬〉でぼくが受けたもてなしは、ごくありきたりのものだった。どんな特殊効果を期待していたのかわからないが——少なくともこんなふうではなかった。

サーザ・グレイは、黒っぽいウールの地味なワンピース姿で玄関のドアを開けると、淡々とした口調で言った。「ああ、やっと来たわね。よかった。これですぐ夕食にできるわ——」

これ以上ないほど事務的で、どこから見ても日常そのもの……

羽目板張りのホールの端にテーブルがあり、簡単な食事が用意されていた。スープとオムレツとチーズ。ベラが給仕をしてくれた。黒い毛織のワンピースを着ており、前にも増して、イタリアの素朴な絵画に描かれた群集のなかのひとりみたいに見えた。シビルはますますエキゾティックな雰囲気を漂わせていた。金糸を織りこんだ孔雀色のロングドレスという装いだ。きょうは数珠玉のネックレスではなく、両の手首に重たげな金のブレスレットをはめている。オムレツをほんのひと口食べただけで、あとは手をつけなかった。口数も少なく、なにやら浮世離れした崇高なるものに包まれているような雰囲気を見せてくれた。本来ならそれで感銘を受けるところだった。が、実際にはそんな効果はなかった。やたらと芝居がかっていて嘘っぽく見えただけだった。

場の話題を提供したのはもっぱらサーザ・グレイで――村の出来事のあれこれをおもしろおかしく解説してくれた。今夜のサーザは、愛想がよく、有能で、自分の身近な世界にしか興味のない、典型的なイギリスの田舎の中年独身女性だった。

ぼくは胸の内で思った。どうかしている、ぼくは完全に頭がいかれている。この雰囲気のいったいどこが怖いというんだ？　ベラまでが、今夜はただののろまな田舎のばあさんにしか見えない――ほかにごまんといるこういうタイプの女と同じ――教育や広い視野とは無縁の女のようにしか。

振り返ってみると、デイン・キャルスロップ夫人との会話があまりにばかばかしく思われた。ふたりで勝手に盛りあがって、ありえないものを想像していたのだ。ジンジャーが――髪を染めて偽名で暮らしているジンジャーが――このごく平凡な三人の女たちの仕業によって危険にさらされていると考えるなんて、笑止千万だ！

食事が終わった。

「コーヒーはないの」サーザがすまなさそうに言った。「神経が高ぶるとよくないから」立ちあがった。「シビル？」

「ええ」シビルは答え、別世界の恍惚とした表情だと本人が考えているらしい表情を浮かべた。「わたしはそろそろ準備に取りかからないと」

ベラがテーブルを片づけはじめた。ぼくは古い宿屋の看板が飾ってあるほうへぶらぶらと歩いていった。サーザもついてきた。

「この明かりだとよく見えないでしょう」

そのとおりだった。黒く煤けた板の上にぼんやりと蒼白く浮かびあがるものは、馬だと言われればそんなふうに見えないこともない。ホールの明かりは分厚い子牛紙のシェードに覆われた頼りない電球だけだった。

「この前村に来ていたあの赤毛の女の子――なんという名前だったかしらね――ジンジャーとかなんとか――彼女が、この絵は簡単に洗って修復できると言っていたけれど、もう本人は覚えていないでしょうねえ」ふと思いだしたように言い添えた。「ロンドンの画廊かなにかにお勤めだそうね」

ジンジャーのことがなにげなく軽い調子で話題にされるのを聞くと、なんとなく妙な気分だった。

その絵を見ながら、ぼくは言った。

「それもおもしろいかもしれませんね」

「もちろん、たいした絵じゃありませんよ。ただのへたくそな絵。でもこの家にぴったりだし――なにしろ三百年以上も昔の絵ですからね」

「用意ができたよ」

ぼくたちはあわてて振り向いた。

ベラが暗がりから不意に現われて、手招きしていた。

「じゃあ、そろそろはじめるとしましょう」サーザの口調は相変わらずてきぱきとして事務的だった。

サーザのあとについて、外の改装された納屋へと向かった。

前にも言ったように、家から納屋へ行くにはいったん外に出なければならない。夜空は雲に覆われ、星ひとつなかった。ぼくたちはどんよりとした外の暗闇から明かりの灯る細長い部屋にはいった。

夜に見る納屋は、様子がちがっていた。昼間は気持ちのよい書斎に見えた。いまは単なる書斎ではない、なにか別のものになっていた。部屋にはランプがいくつかあるが、明かりは灯されていない。間接照明が室内を柔らかく、かつ冷たい光で満たしていた。部屋の中央に、ベッドか長椅子のようなものがあった。さまざまの神秘的な記号が刺繡された紫色の布がかかっている。

部屋のいちばん奥に、小さな火鉢のようなものがあり、その横には大きな銅製のたらい——見るからに古ぼけている。

反対側には、ほとんど壁ぎわまで寄せて、オークの背もたれのついた重厚な椅子が置かれていた。サーザがその椅子を指示した。

「あそこにかけて」

ぼくは素直にすわった。サーザの態度が変わっていた。奇妙なのは、どこがどう変わったのかはっきりわからないことだ。そこには、シビルの持つ見かけ倒しのオカルト的な要素はひとつもなかった。むしろ、ありふれた日常生活の幕があがったような感じだった。幕の向こうには本来の姿のサーザがいて、危険を伴う困難な手術に取りかかろうと手術台へ近づいていく外科医さながらの様相を呈していた。その印象が強まったのは、サーザが壁ぎわの戸棚のほうへ行って、長いうわっぱりのようなものを取りだしたときだった。光があたって反射したところを見ると、なにか金属製の糸を織りこんだ布で作られているのだろう。それから、細かい網目状のものがついた長手袋をはめたが、それは、いつか見せてもらったことのある〝防弾ベスト〟にどことなく似ていた。

「用心に越したことはないわ」サーザは言った。

その言葉に、なんとなく不吉な予感がした。

それから、サーザは深みのあるきっぱりした声でぼくに告げた。

「これだけはどうしても守っていただきます、イースターブルックさん、あなたはいまいるその場所でじっとしていること。なにがあっても、その椅子から動かないように。動くと危険ですから。これは子供の遊びではないの。わたしの扱う力は、その扱い方を知らない者にとってはとても危険なのです！」いったん言葉を切り、それから訊いた。「指示しておいた品物は持ってきてくださった？」

ぼくは黙ってポケットから茶色のスエードの手袋を取りだし、サーザに渡した。

サーザはそれを持って、鴈首形の金属製のランプのところまで行った。ランプのスイッチを入れて、独特の味気ない色をした光線の下に差しだすと、手袋の深みのある茶色が、なんの変哲もない灰色に変わった。

よしよしというようにうなずきながら、サーザは明かりを消した。

「こういうものがいちばんいいのです。持ち主の肉体から発散されるものがとても強く残っているから」

サーザは、部屋の端にある大型のラジオのようなものの上に手袋を置いた。それから、少し声を張りあげた。「ベラ。シビル。こっちはいいわよ」

先にはいってきたのはシビルだった。孔雀色のドレスの上に黒くて長いマントをはおっていた。そのマントを、芝居がかった仕種で横に払いのける。滑り落ちたマントは、床にたまった黒いインクのように見えた。シビルが前に進み出た。

「うまくいくことを心から祈願しているわ。結果はだれにもわからない。どうか疑念を抱かないでほしいの、イースターブルックさん。それは大きな妨げになるから」

「イースターブルックさんは冷やかしに来たわけじゃないのよ」サーザが言った。

その口調にはいくぶん凄みがあった。

シビルは紫色の布がかかった長椅子に身体を横たえた。サーザがその上にかがみこみ、ドレスを整えてやった。

「これでどう？」サーザが気づかうように訊いた。

「いいわ、ありがとう、サーザ」

サーザは明かりをいくつか消した。それから、車輪のついた天蓋のようなものを押してきた。長椅子を覆うような位置に持っていくと、仄暗い薄闇の中央の濃い影のなかにシビルが横たわるようにした。

「明るすぎると、完全なトランス状態にはいりにくいの」サーザが説明した。

「さてと、準備はできたようね。ベラ？」

ベラが暗がりから姿を現わした。女性ふたりはぼくのそばにやってきた。サーザの右手がぼくの左手を取った。左手はベラの右手を取る。ベラの左手はぼくの右手に。サーザの手は乾いていて硬く、ベラの手は冷たくて骨が感じられない――ナメクジを握ったような感触で、あまりの不快感にぼくは身震いした。

サーザがどこかにあるスイッチに触れたのだろう、天井からかすかに音楽が流れだした。メンデルスゾーンの葬送行進曲だった。

「演出《ミザン・セン》か」ぼくは小ばかにするように胸の内でつぶやいた。「まるで安っぽい飾りものだな！」ぼくは冷静で批判的だった――が、それでいて、意識の底には不本意ながら不安感が流れているのに気づいていた。

音楽がやんだ。長い待ち時間があった。聞こえるのは息づかいだけ。ベラの呼吸はどことなく苦しげで、シビルの呼吸は深くて規則正しい。

と、そのとき、シビルが唐突に口を開いた。だが、それは本人の声ではなかった。男の声で、シビルのもったいぶった話し方とは似ても似つかない。外国訛りのあるしわがれた声だった。

「わたしはここにいます」と声が言った。

ぼくの両手は解放された。ベラはすみやかに影のなかへ身を潜めた。サーザが口を開いた。「こんばんは。あなたはマカンダル？」

「わたしはマカンダル」

サーザは長椅子のそばに行くと、保護用の天蓋を払いのけた。柔らかな明かりがシビルの顔の上に降り注ぐ。熟睡しているような感じだった。こうして動かずにいると、その顔は別人のように見える。

しわが伸びてなくなっている。いつもよりずっと若く見える。美しいと言ってもいいほどだ。

サーザが言った。

「わたしの望みとわたしの意向に従う用意はできているか、マカンダル？」

はじめて聞く深みのある声が答えた。

「できています」

「ここに横たわっている、あなたの宿主であるドッスーの肉体を、いかなる危害からも守ることを約束するか？　その肉体の生命力をわたしの目的のために捧げ、その目的を完遂させてくれるか？」

「はい」

「受け手の肉体のなかで利用可能な自然の法則に従いつつ、死にその肉体を通過させてくれるか？」

「死を招くためには死者を派遣しなければならない。そのようにします」

サーザは一歩退いた。ベラが現われて、十字架らしきものを差しだす。サーザはそれをシビルの胸の上に逆さに置いた。ベラは次に緑色の小瓶を持ってきた。サーザがその瓶の中身を一、二滴、シビルの額に垂らし、指でなにかを描く。やはり逆さに描いた十字架のようだった。

サーザがぼくに向かって簡単に解説した。「ガーシントンにあるカトリック教会の聖水よ」

まったくふだんどおりの口調で、そんなことをしたら呪縛が解けてしまいそうなものだが、そうはならなかった。おかげで、目の前で行なわれていることにますます不安が募ってきた。

最後にサーザが取りだしたのは、この前シビルが見せてくれた、あの恐ろしげなマラカスだった。それを三回振ってから、シビルの両手に握らせた。

サーザが後ろにさがって言った。

「準備は整った――」

ベラが唱和する。

「準備は整った――」

サーザが低い声でぼくに告げた。

「あなたのことだから、こういう儀式に感銘を受けたりはしないでしょうね。うちにくるお客さまのなかにもそういう人がいます。あなたから見たら、ばかばかしいまじないの儀式でしかないでしょう……でもね、そんなふうに決めつけるものではありませんよ。儀式というのは――歳月と慣習によって神聖化された言葉と文句の組み合わせというのは――人間の精神に影響を及ぼすの。群集を集団ヒステリーに走らせる原因はなんだと思う？　それはまだ解明されていない。でも、現にそういう現象は存在する。こういう古来の慣習も、その一因――不可欠な一因ではないかとわたしは思っているの」

ベラはいつのまにか姿を消していた。まもなく白い雄鶏を一羽かかえてもどってきた。鶏は生きていて、ベラの手から逃れようともがいている。

ベラが白いチョークを手にしてひざまずき、火鉢と銅製のたらいの周囲の床に模様を描きはじめた。たらいの周囲に引かれた白い曲線の上に仰向けにして置かれた鶏はそのまま動かなくなった。

ベラはさらに模様を描きながら、低いしわがれた声でなにかを唱えている。ぼくには意味不明の言葉だった。ひざまずいて身体を揺らしているうちに、ベラは興奮しはじめ、やがておぞましい恍惚状態にはいっていった。

ぼくの様子を見ていたサーザが言った。「こういうのはあまり好きではない？　これはね、昔からの、大昔からのやり方なの。母親から娘へと代々受け継がれてきた昔ながらの秘法による死の呪文」

サーザの態度がぼくには解せなかった。ベラの不気味な演技でぼくの感覚も影響を受けたかもしれないのに、その効果を高めるようなことはいっさいしない。あえて解説者の役を買って出ているようだった。

ベラが火鉢のほうに両手を伸ばすと、ちろちろしていた炎が勢いよく舞いあがった。ベラが炎になにかを振りかけると、鼻につく濃厚なにおいがあたりに漂った。

「準備ができたわ」サーザが言った。

外科医がいよいよメスを握るわけだな、とぼくは思った。

サーザは、ぼくがラジオだと思っていたもののほうへ近づいていった。

ふたが開くと、それは複雑な仕組みの、電気の通った大きな機械であることがわかった。

ワゴンのように移動できるその機械を、サーザはゆっくりと長椅子のそばまで押していった。

その上に身をかがめて、装置を調節しながらひとりごとをつぶやいた。

「コンパス、北北西……強度……こんなものね」さっきの手袋を取りだして、所定の位置に置くと、隣にある紫色の小さな明かりを灯した。

それから、長椅子に横たわったまま身じろぎもしない姿に話しかけた。

「シビル・ダイアナ・ヘレン、あなたは、霊魂マカンダルが安全に守ってくれている現世の肉体から完全に解き放たれる。あなたは自由の身となり、この手袋の持ち主と一体化する。あらゆる人間と同様、彼女の人生の目標は死に向かうことである。死なくして究極の満足はありえない。死のみがいっさいの問題を解決する。死のみが真の安息をもたらす。偉大なる人々はみなそれを知っていた。マクベスを見よ。〝定めない人生の熱病を了《す》まして、安楽に眠っている〟。トリスタンとイゾルデの歓喜を見よ。愛と死。愛と死。だが、このなかで最高のものは死である……」

その言葉は鳴り響き、共鳴し、反響し——大きな箱状の機械が低いうなり声を発しはじめ、なかの電球が明るく輝いた——ぼくは眩惑され、茫然とした。これは、もはや笑ってすませられるようなことではない。

サーザは、持てる力を解き放ち、長椅子に横たわる人間を完全に奴隷として支配していた。シビルを利用している。特定の目的のために利用しているのだ。オリヴァ夫人がなぜ、サーザではなく、一見ただの愚か者に見えるシビルに恐れを抱いたのか、おぼろげながらわかった気がした。シビルには、知性や知力といったものを超えた、ある力が、生まれ持った才能があるのだ。身体的な能力、自分の肉体から遊離できる能力が。そうして肉体を離れた意向は、本人のものではなく、サーザのものになる。サーザは一時的にその意向を手に入れ、利用しているのだ。

だとしたら、あの箱は？　あれはどういう役割を果たしているのだ？

不意に、ぼくの不安はその箱に集中した。あれを媒体として、いったいどんな呪わしい秘法が実行されているのだ？　脳細胞に作用するような光線が物理的に生みだされているということはないか？

サーザの声は続く。

「弱点が……なにごとにも弱点がある……肉体の組織の奥深くに……弱点を通じて、力ははいりこむ——死の持つ力と安息……死に向かって——ゆっくりと、自然に、死に向かって──本来の道、自然の道を通って。肉体の組織は意向に従う……肉体の組織に命じよ──命じるのだ……死へ……征服者たる死へ……死へ……いますぐ……ただちに……死へ……死へ……死へ！」

その声は部屋じゅうに轟くほど高まり……そして、もうひとつの恐ろしい咆哮がベラの口から発せられた。ベラが立ちあがり、ナイフがきらりと光り……首を絞められた雄鶏が断末魔の叫びをあげ……銅のたらいのなかに血がしたたり落ちている！　ベラがそのたらいを手に走ってきて……

絶叫した。

「血を……血を……血を！」

サーザが機械の上の手袋をつかんだ。ベラがそれを受け取って血に浸し、サーザに返すと、手袋は元の位置にもどされた。

ベラの声がふたたび恍惚とした甲高い叫びになった。

「血を……血を……血を……」

火鉢の周囲をぐるぐる駆けまわっていたベラが、突然身体を引きつらせてどさりと床に倒れた。火鉢の火がちろちろと燃え、そして消えた。

ぼくはいまにも吐きそうだった。目がかすみ、頭が空中で回転しているような感じがして、思わず椅子の袖にしがみつき……

かちっという音がして、機械の低いうなり声がやんだ。

そして、サーザの冷静なはっきりとした声が響いた。

「古い魔術と新しい魔術。信仰という古い知識と、科学という新しい知識。両者が合体すれば、恐れるものはない……」

第十八章

マーク・イースターブルックの物語

「ねえねえ、どうだった？」朝食の席でローダに問い詰められた。

「まあ、だいたい予想どおりだね」ぼくはのんびりと答えた。

デスパード大佐がじっとこちらを見ているので、ぼくは落ち着かなかった。なにしろ鋭い人なのだ。

「床にペンタグラムを描いたり？」

「ああ、いくつもね」

「白い雄鶏を使ったり？」

「当然。そこはベラのちょっとした見せ場でね」

「トランス状態になったり？」

「そうそう、トランス状態になったり」

ローダはがっかりした顔になった。

「あなたにはなんだか退屈だったみたいね」と不満げな声で言った。

ああいうものはどれも似たり寄ったりなのだ、とぼくは答えた。いずれにしてもぼくの好奇心は満たされた、と。

ローダがキッチンへ引きあげると、今度は大佐に訊かれた。

「少しはぞっとしただろう?」

「ええ、まあ——」

軽く受け流したかったが、大佐は容易にだませる相手ではない。

ぼくはのんびりと答えた。「まあたしかに——ちょっと——気味が悪かったですね」

大佐はうなずいた。

「だれも本気で信じてはいないよ。理性ではそうだが——しかし、ああいうことにもそれなりの効果はあるらしい。わたしも東アフリカで実際に何度も見てきた。あそこの呪医は民衆の絶大な支持を得ているし、理屈で説明のつかないことが現に起こっている以上、認めないわけにはいかんだろうな」

「死、ですか」

「ああ、そうだ。おまえは死ぬ運命にあると言われたら、本当に死んでしまうんだ」

「それは暗示の力でしょう」

「おそらくは」

「でも、それではどうも釈然としない?」

「ああ、どうもね。西洋の小賢しい科学的な理論のどれをもってしても、容易には説明できないような事例があるからな。ああいうものはヨーロッパ人にはほとんど効かないだろう――(まあ、例外もあるがね)。だが、そういうものへの信念がもともと血のなかに流れているとすれば――これはもうお手あげだね!」大佐はそこで話を打ち切った。

ぼくは考えにふけりながら言った。「偉そうに決めつけるのはよくないという意見には賛成ですよ。この国でだって奇妙なことは起こってますからね。ある日、ぼくがロンドンの病院にいたときのことです。ひとりの若い女性がやってきた――神経症で、骨や腕が痛くてしょうがないと訴えるんです。でも、どこにも悪いところはない。そこで、ヒステリーの患者ではないかということになった。医者は彼女に、真っ赤に焼けた火箸で腕をひとなですれば治るかもしれない、試してみてはどうか、と言いました。彼女は試してみると答えた。

彼女は顔をそむけて、目をぎゅっとつぶった。医者はガラスの棒を冷水につけて、それで腕の内側をひとなでした。患者は苦痛のあまり悲鳴をあげた。医者は『これでもうだいじょうぶですよ』と告げた。彼女は『それならいいけど、でもほんとに痛かったわ。死ぬほど熱かった』と答えた。ぼくがどうしても解せないのは――本人が火傷をしたと思いこんでいるだけじゃなくて、実際に腕を火傷していたことです。棒が触れた場所がみごとに火ぶくれになっていたんですよ」

「病気は治ったのかい？」大佐は興味深げに訊いた。

「ええ、治りました。神経症だったのかどうかはともかく、症状はぴたりとおさまった。火傷の治療は必要でしたけどね」

「驚いたな。それはたしかな話なんだろうね」

「当の医者もびっくりしてましたよ」

「そりゃそうだろう……」大佐は問いかけるようなまなざしを向けてきた。

「きみは、ゆうべ降霊会に行くことにどうしてあれほど熱心だったんだ？」

ぼくは肩をすくめた。

「あの三人の女性に興味があったんですよ。どんなショーをやるのか、ぜひ見てみたかったので」

大佐はそれ以上追及してこなかった。ぼくの言葉を信じたとは思えない。何度も言っているように、洞察力の鋭い男なのだ。

しばらくして、ぼくは牧師館へ出かけていった。ドアは開いていたが、なかにはだれもいないようだった。

電話のある小部屋に行って、ジンジャーに電話をかけた。

気の遠くなるような時間がたって、ようやく彼女の声が聞こえた。

「もしもし！」

「ジンジャー！」

「ああ、あなたね。どうだった？」

「無事かい？」

「もちろん無事よ。無事に決まってるでしょ？」

全身が安堵の波に包まれた。

ジンジャーの身に異変は起こっていない。彼女の相変わらずの挑戦的な物言いが、ぼくを大いに元気づけてくれた。あんなばかばかしいまじないの儀式が、ジンジャーのようないたって健全な人間に害を及ぼすなどと、どうして信じたりしたのだろう。

「ひょっとして悪い夢ぐらいは見たんじゃないかと、ふと思ったからさ」

「いいえ、そんなこともなかったわ。じつはちょっぴり期待してたんだけど、実際には、自分の身に異変が起こってないか気になって、夜中に何度も目が覚めただけ。あんまりなんにも起こらないから、そのうちだんだん腹が立ってきちゃった――」

ぼくは笑った。

「で、さっきの話だけど――教えて」ジンジャーは言った。「どうだった？」

「どうということもなかったよ。シビルが紫色の長椅子に寝そべってトランス状態にはいった」

ジンジャーは噴きだした。

「ほんとに？　最高！　長椅子はベルベットで、シビルは全裸だったとか？」

「シビルはマダム・ド・モンテスパンじゃないんだから。それに、黒ミサでもなかった。全裸どころか、シビルはたっぷり服を着こんでいたよ、いろんなシンボルがごちゃごちゃと刺繍されてる孔雀色のね」

「いかにもそれっぽくて、シビルらしいわね。ベラはなにをしたの？」

「ああ、あれにはちょっとぞっとした。ベラは白い雄鶏を絞めて、その血のなかにきみの手袋を浸したんだ」

「うわあ――気持ち悪い……ほかには？」

「いろいろあったよ」

我ながらなかなか健闘している、と思いながら、ぼくは話を続けた。

「サーザはひととおりの芸を披露してみせてくれたよ。霊魂を呼びだしたり——マカンダルとかいう名前だったかな。それから色のついた電球に呪文。あれだけやれば、なかには感銘を受ける人もいるだろうね——怖くて震えあがるよ」

「でも、あなたは怖くなかったのね」

「ベラはちょっと怖かったけどね。なにしろ恐ろしげなナイフを持ってるんだ。ベラが血迷って、雄鶏の次はぼくが生贄にされるんじゃないかと思ったよ」

ジンジャーはなおも訊きたがった。

「ほかにぞっとするようなことはなかった？」

「ぼくはあの手のことに影響されるほうじゃないからね」

「じゃあ、わたしが無事だと聞いてあんなにほっとしたのはどうして？」

「いや、それは——」返事に窮した。

「まあ、いいわ」ジンジャーは許してくれた。「無理に答えなくていい。それに、きのうのことも、わざとたいしたことじゃないってふりをしてくれなくていい。その儀式のなにかに、あなたは感銘を受けたのよ」

「たぶん、それはただあの三人が——というか、サーザが——結果に絶大な自信を持ってるように見えたから、それだけのことだよ」

「その自信って、あなたがこれまでに何度も話してたような、実際に人を殺せる自信っていうこと？」

端から疑っているような口調だった。

「たしかにばかげてるよ」ぼくも認めた。

「ベラも自信がありそうだった？」

じっくり考えて、ぼくは答えた。

「ベラの場合は、雄鶏を絞めたり、人の不幸を願ってお祭り騒ぎをやらかしたりするのを、単純に楽しんでるだけじゃないかという気がする。ベラが『血を……血を』ってうめくところなんか、ちょっとした聞きものだったよ」

「わたしも聞いてみたかったな」ジンジャーは悔しそうに言った。

「きみにも聞かせたかったよ。はっきり言って、あの一連の儀式はなかなか見ごたえのあるパフォーマンスだったね」

「あなたも、もうだいじょうぶみたいね」

「どういう意味だい——だいじょうぶって」

「さっき電話してきたときとちがって、いまはもうだいじょうぶってこと」

それはなかなか鋭い読みだった。ジンジャーの陽気な屈託のない声が、ぼくには魔法のように効いたのだ。ここだけの話、ぼくはサーザ・グレイに脱帽していた。彼女のしていることがいかにいんちきくさかろうと、それがぼくに影響を与えて疑念と不安を抱かせたことはまちがいない。けれども、いまはなんの心配もなかった。ジンジャーは無事だ——悪い夢さえ見なかった。

「で、これからどうするの？　わたし、あと一週間ぐらいはおとなしくしていなくちゃならないんでしょ？」

「そう、ブラッドリーから十ポンドせしめるつもりならね」

「いやだろうとなんだろうと、それだけはやり遂げなくちゃ……あなたはローダのところにいるつもり？」

「もうしばらくは。そのあとはボーンマスに行くつもりなんだ。毎日ぼくに電話するのを忘れないで。いや、こっちからかけるよ——そのほうがいい。いま牧師館からかけているんだ」

「デイン・キャルスロップ夫人はお元気？」

「すこぶる元気だよ。じつは、なにもかも話したんだ」

「そうすると思ったわ。じゃあ、そろそろ切るわね。これから一、二週間は死ぬほど退屈な生活になりそう。仕事を少し持ってきたの――それに本もどっさり、暇ができたら読もうと思ってずっと積んであった本をね」

「画廊のほうにはなんて？」

「船旅に出るって」

「それが本当ならよかったのにって思ってるんだろう」

「そうでもないわ」ジンジャーは言った……なんとなく声の調子がおかしかった。

「怪しげなやつが訪ねてきたりしなかった？」

「意外な人はだれも。牛乳配達に、ガス・メーターの検針員に、どこの薬や化粧品を使ってるかアンケートを取りにきた女の人、核爆弾廃止の嘆願書に署名を求めにきた人、目の不自由な人への寄付金を集めにきた女の人。ああ、それにもちろん、フラットに出入りしてるいろんな業者の人たち。すごく助かったわ。ヒューズを直してくれた人までいるのよ」

「それならだいじょうぶそうだ」

「なにを予期してたの？」

「自分でもよくわからない」

たぶん、自分が取り組むべきはっきりとした対象が現われることを望んでいたのだと思う。

だが〈蒼ざめた馬〉の犠牲者は、本人の自由意志で死んでいる……いや、自由という言葉はこの場合あてはまらない。彼らの身体のなかにあった弱点という種子が、ぼくには理解できない過程を経て、徐々に成長したのだ。

ガス・メーターの検針員は偽者ではないかというぼくの根拠のない疑惑を、ジンジャーは一蹴した。

「ちゃんとした身分証を持ってたわ。わたしが見せろって要求したんだから！　彼はバスルームのなかのはしごをのぼって、メーターの数字を読んで、書き取った、それだけよ。ガス管やガスバーナーには指一本触れなかった。ついでに断言しておくと、寝室にガスがもれるような細工をしたりもしなかった」

いや、〈蒼ざめた馬〉は、ガスもれ事故のような方法は使わない——そんなわかりやすい方法ではない！

「そうそう！　もうひとりお客さんが来たわ。あなたのお友だちのドクター・コリガン。いい人ね」

「ルジューン警部に言われて来たんだろう」

「同姓の者は団結すべきだと思ってるみたい。立ちあがれ、コリガン一族！　ってね」

ぼくはすっかり気が楽になって電話を切った。

もどってみると、ローダが庭で飼い犬に軟膏を塗っていた。

「いま獣医さんがお帰りになったところなの。白癬ですって。たしか移る病気よね。子供たちに移さないようにしなくちゃ――ほかの犬にも」

「人間の大人にもね」

「あら、たいていは子供に移るのよ。あの子たちが一日じゅう学校に行っててくれてよかったわ――シーラ、じっとしててちょうだいな。暴れないの。

この薬を塗ると毛が抜けるのよ。しばらくは禿げができちゃうけど、でもまたすぐに生えてくるから」

ぼくはうなずき、手伝いを申し出たが断られたので、内心ほっとして、またふらふらと散歩に出かけた。

常々思っていることだが、田舎の困ったところは、散歩しようにも行き先がせいぜい三方向ぐらいしかないことだ。マッチ・ディーピングでは、ガーシントン・ロードか、ロング・コッテナムへ行く道か、三キロほど先で幹線道路のロンドン・ボーンマス・ロードに出るシャドハンガー・レーンしかなかった。

その日の昼どきまでに、ガーシントン・ロードとロング・コッテナムはすでに探検していた。残るはシャドハンガー・レーンしかない。

歩きだしてから、ふとひらめいた。シャドハンガー・レーンから少しはいったところに〈プライアーズ・コート〉への入口がある。ひとつヴェナブルズ氏を訪問してみるというのはどうだろう。

考えれば考えるほど、名案に思えてきた。そうしたところで、なんら不自然なことはない。前回この村に滞在したとき、ローダに一度連れていってもらっている。もう一度訪ねて、この前はゆっくり鑑賞する暇がなかったので、あらためて所蔵品を見せてほしいと頼めば、簡単だし、ごく自然に聞こえるだろう。

例の薬剤師──名前はなんといったか──オグデン？──オズボーン？──の、ヴェナブルズの顔に見覚えがあったという話は、控えめに言ってもおもしろい。ルジューン警部によれば、その問題の男が脚の不自由なヴェナブルズであったはずはない。とはいえ、そのまちがえられた男が、よりにもよってこの近所に住んでいる──しかも、どこから見てもいかにもそういうことをしそうな人物である──というのは、なんとも興味深い話ではないか。

ヴェナブルズにはどこか謎めいたところがある。最初からそんな感じがしていた。すばらしく頭の切れる男であるのはまちがいない。そして、あの男にはなにかある──なんと表現したらいいのだろう。狡猾、という言葉が浮かんだ。貪欲で――破壊的。自分で手を下して人を殺めるような愚かな真似はしないだろう――だが、その気になれば、巧妙に殺人の計画を立てることはできるはずだ。

その点について言えば、ヴェナブルズは役柄にぴたりとあてはまりそうだった。舞台裏の黒幕という役柄に。ところが、このオズボーンとかいう薬剤師は、ヴェナブルズがロンドンの通りを歩いているのを目撃したと言い張っている。それが不可能である以上、この目撃証言はなんの役にも立たないし、ヴェナブルズが〈蒼ざめた馬〉の近所に住んでいるという事実も、まったく意味をなさなくなる。

だとしても、やはりヴェナブルズをもう一度この目で見てみたい気がした。そんなわけで、ぼくは道を折れて〈プライアーズ・コート〉の門をくぐり、四百メートルほどの曲がりくねった私道を歩いていった。

この前と同じ男の使用人が応対に出てきて、ヴェナブルズ氏は在宅していると答えた。「ヴェナブルズさまは、体調によってはお客さまにお会いになれないときもありますので」と断ってから、ぼくを玄関ホールに残したまま姿を消し、しばらくするともどってきて、喜んで会ってくれる旨を伝えた。

ヴェナブルズは、諸手をあげて歓迎し、車椅子でやってくると、ぼくを旧友のように出迎えてくれた。

「よく訪ねてきてくれたね、いやいや、ほんとにうれしいよ。きみがまた村に来ていると聞いたものだから、今夜にでもローダさんに電話して、みんなで昼食か夕食でもいっしょにどうかと思っていたところなんだ」

ぼくは突然の訪問を詫び、じつは急に思いたったのだと言った。散歩に出たら、たまたま門の前を通りかかったので、押しかけてみようという気になった、と。

「じつはですね」ぼくは言った。「おたくにあるムガールの細密画をもう一度見せていただけないかと思いまして。この前はじっくり鑑賞する暇もなかったので」

「ああ、そうだろうね。あれのよさをわかってもらえるとはうれしいな。あの細部の緻密なことと言ったら」

そのあとの会話は専門的なことに終始した。白状すると、彼の所蔵しているみごととしか言いようのない品をいくつか間近で鑑賞できたことは、ぼくにとって大きな喜びだった。

お茶が運ばれてくると、ヴェナブルズはぜひいっしょにと言い張った。

ぼくはこのお茶という名の軽食がじつはあまり好きではないのだが、いぶしたような味の中国茶や、そのお茶がはいっていた繊細なカップはなかなかのものだった。バターを塗った温かいアンチョヴィ・トーストと、昔ながらの甘ったるいプラムケーキもあった。そのケーキは、幼いころ祖母の家で呼ばれたお茶の時間を思いださせた。

「自家製ですね」ぼくは感心して言った。

「当然だよ！　店で買ったケーキなんかこの家に持ちこまれては困る」

「腕のいい料理人を雇っていらっしゃるのは知ってますが、こんなへんぴな田舎にとめておくのはたいへんではありませんか」

ヴェナブルズは肩をすくめた。「わたしは最高のものでないと気がすまないたちでね。これだけは譲れない。当然ながら――それなりの金を払う必要はあるよ。だからわたしは金を払う」

この男が生来持っている傲慢さが、そこに表われていた。ぼくは多少の皮肉をこめて言った。「そういうことができるほど恵まれた人なら、たいていの問題は解決できるでしょうね」

「それはまあ、人生になにを求めるかにもよるだろうね。その欲望がどの程度強いか――肝心なのはそこだよ。その金でなにをしたいというあてもなく、ただ漫然と金を稼いでいる人間が多すぎる！　その結果、言うなれば金儲けマシンの単なる歯車になってしまうのだ。そうなったらもう奴隷だよ。朝は早くから出勤して、夜は遅くまで残業。のんびり楽しむなどという発想はまるでない。そうやって手に入れるものはなんだ？　もっと大きい車、もっと広い家、もっと金のかかる愛人か妻――わたしに言わせれば、頭痛の種を大きくしているだけだね」

ヴェナブルズは身を乗りだしてきた。

「とにかく金を手に入れる――たいていの金持ちにとって究極の目的はつまりそれなんだよ。より大きな事業に再投資し、さらに金を増やす。でも、なんのために？　そういう連中は、立ちどまって、なんのためだろうと自問したりはしない。しょせん答えなどわからないんだから」

「では、あなたの場合は？」

「わたしの場合は――」ヴェナブルズは微笑んだ。「自分のほしいものがちゃんとわかっていた。天然のもの、人工のものを問わず、とにかくこの世の美しいものをじっくり愛でながら暮らす、そのための有り余るほどの時間だよ。ここ数年は、本来の環境のなかにあるそういうものを見にいくことがかなわなくなってしまった、だからこちらが世界じゅうから取り寄せることにしているんだ」

「ですが、まず先立つものがないことには、それもかなわないでしょう」

「そうだな、まずはひと財産こしらえるための計画を立てなくてはならない――しかも綿密な計画を——といっても、地道な下積みなんかする必要はないよ、いまどきそんなことをする必要はまったくない」

「どうもいまひとつのみこめないんですが」

「変化する世の中のせいだよ、イースターブルックくん。昔から常に変化はあった——だが、いまはそのスピードが速まりつつある——テンポがどんどん速くなっているんだよ。それを利用しない手はない」

「変化する世の中ねえ」ぼくは考えこんだ。

「それが新たな展望を開いてくれるのだ」

ぼくは弁解がましく言った。

「あの、あいにく、ここにいるのは反対のほうに顔を向けている人間なのですが——過去のほうに——未来ではなくて」

ヴェナブルズは肩をすくめた。

「未来？　そんなものを予知できる人間がいるかね？　わたしが言っているのは、きょうの——いまの——この瞬間のことだよ！　それ以外のことなんかどうだっていい。いまは新しい技術も利用できる。疑問の答えを——人間の労力では何時間も何日もかかる答えを——瞬時に出してくれる機械がすでにあるんだから」

「コンピューター？　電子計算機のことですか」

「そのたぐいのものだ」

「人間はいずれ機械に取って代わられるということですか」

「並の人間なら、そうなるだろう。労働資源の一部でしかない人間なら——という意味だが。しかし、ある種の〈人間〉なら、そうはならない。管理する人間、考える人間、つまり機械に問いかける質問を作成する人間はどうしたって必要だからね」

ぼくは半信半疑で首を振った。

「その人間というのは、つまり超人のことですか」それとなく小ばかにしたような含みをもたせた。

「おかしいかね、イースターブルックくん？　ちっともおかしくはないだろう。考えてもみたまえ、われわれは、動物としての人間について多少のことは理解している——いや、理解しはじめている。ときどきこの言葉はまちがって使われることもあるんだが、いわゆる〝洗脳〟と呼ばれるようなことが実践されることで、そちらの方向にとてつもなく興味深い可能性が開けてきているんだよ。人間の肉体ばかりか、精神までもが、特定の刺激に反応するようになるわけだ」

「危険な理論ですね」

「危険？」

「洗脳された人間にとっては危険ですよ」

ヴェナブルズは肩をすくめた。

「どんな人生にも危険はつきものだ。文明の小さなポケットのひとつで育ってきたわれわれは、そのことを忘れている。というのも、文明というのはそもそもそういうものだからだよ、イースターブルックくん。人間はあちこちで小さな群れを作り、互いに保護し合い、その結果、自然を出し抜いて支配できるようになった。彼らはジャングルを切り開いてきた――だが、そんなものはつかのまの勝利にすぎない。いつなんどき、ジャングルがふたたび支配するようになるかわからない。かつて栄華を誇ったいくつもの都市が、いまや雑草のはびこる土の小山と化し、みすぼらしいあばら家で、食うや食わずの生活が営まれているありさまだ。人生に危険はつきもの――それをゆめゆめ忘れてはならない。おそらく最後には、偉大な自然の力のみならず、人間がみずからの手で作りあげたものまでが、われわれの人生を滅ぼすことになるだろうね。いまこの瞬間にも、そういう事態はすぐそこまで迫っているかも……」

「たしかに、それはだれにも否定できないでしょう。それより、ぼくとしてはあなたの力の理論に興味がありますね――精神に作用するという」

「ああ、あれか――」ヴェナブルズは急に困惑したような顔になった。「あれは少々大げさだったよ」

その困惑ぶりと、前言を一部撤回したところに、ますます興味を覚えた。ヴェナブルズはほとんど孤独な暮らしをしている。孤独な人間は、だれかと――だれでもいい――話がしたいと思うようになる。ヴェナブルズはぼくと話をしていて――おそらく、ついうっかりもらしてしまったのだろう。

「さっきの超人ですが」ぼくは言った。「あなたがぼくに納得させようとしたのは、そういう発想の現代版とでも言うべきもののことでしょう」

「たしかに目新しい発想とは言えない。超人という考え方は大昔からあった。哲学はおしなべてそれを土台にして築かれているのだ」

「それはそうです。しかし、ぼくの感じでは、あなたの言う超人は、それとはちがう超人のような……力を行使できる――しかも人知れず力を行使できる人間のような気がします。自分は椅子にすわったまま糸を操っているような人間」

そう言いながら、ぼくは相手を観察した。ヴェナブルズはにやりと笑った。

「きみはわたしにその役を割りあてようというのかね、イースターブルックくん。それが本当だったらうれしいんだがね。なにかで埋め合わせをしてもらわないことには――

この身体のね！」

片手が膝掛けにたたきつけられ、不意に、その口調に激しい苦悩がにじみでた。

「同情の言葉をかけるつもりはありませんよ」ぼくは言った。「あなたのような境遇の方には同情なんかうれしくもなんともないでしょうから。でも、言わせてもらえば、もしもぼくらの想定しているのがそういう人物なら――不慮の災難でも勝利に変えることができる人物なら――あなたこそまさしくそれにふさわしい人だ、ぼくはそう思いますよ」

ヴェナブルズは屈託のない笑い声をあげた。

「お世辞がうまいね」

そう言いつつ、まんざらでもなさそうな顔だった。

「お世辞じゃありません。ぼくだっていろいろな人間を見てきています、並はずれた才能の持ち主に出会えば、すぐにそれとわかるつもりですよ」

ちょっとやりすぎではないかと不安になった。でも、お世辞に関してやりすぎということはないだろう。ああ、考えると気が重い！　ともかく充分に気をつけて、墓穴を掘らないようにしなくては。

「不思議なんだがね」ヴェナブルズが思案顔で言った。「いったいなにをさして、きみはそんなことを言うんだね？　こういうもののことか？」部屋全体を無造作に手で示した。

「これもひとつの証拠ではありますね。あなたがお金持ちで、買い物がじょうずで、審美眼と高尚な趣味を持っているということの。しかしそこには、単に物を所有するにとどまらない、なにかがあるような気がするんです。あなたは興味を惹かれる美しいものを収集してきた——しかも、そういうものを汗水垂らして働いた金で手に入れたわけではないと、事実上ほのめかしている」

「そのとおりだよ、イースターブルックくん、まさにそのとおり。さっきも言ったように、汗水垂らして働くのは愚か者だけだ。とにかくじっくり考え、細部にわたって綿密な戦略を練らなければならない。あらゆる成功の秘訣はいたって単純なこと——だが、それもだれかが考えつかなければ話にならない！　単純なことなんだよ。だれかが考えついて、だれかが実行に移す——あとはごらんのとおりというわけだ！」

　ぼくはヴェナブルズの顔を凝視した。単純なこと——じゃまな人間を消すといった程度の単純なこと？　だれかの必要を満たしてやるだけだ。犠牲者以外のだれも危険にさらすことなく、作戦は実行に移される。計画を練るのは、車椅子にすわったヴェナブルズ。猛禽のくちばしのような大きな鉤鼻と、上下に動く飛び出た喉仏を持つ男。そして実行犯は——だれだ？　サーザ・グレイか？

　相手の反応をうかがいながら、ぼくは言った。

「つまりは遠隔操作ということですね。そういえば、あの変わり者のサーザ・グレイもたしかそんなことを言ってました」

「ああ、愛しのサーザねえ！」その口調はなめらかで悠然としていた（いままぶたが一瞬ぴくりとしなかったか？）。「あのふたりのご婦人の話ときたら、たわごともいいところだよ！　しかも当人たちはそれを信じているのだからね、そう、本気で信じているのだよ。きみはもう——（たぶん、ぜひとも来てくれと誘われたにちがいないが）——あの滑稽きわまりない降霊会とやらに参加してみたのかね？」

　どう答えるべきか、とっさに態度を決めかねて、一瞬口ごもったあと答えた。

「ええ。じつは——降霊会に行ってきました」

「じつにばかばかしいかぎりだったろう？　それとも、感銘を受けたとか？」

　ぼくは相手の視線を避け、そわそわしている男をできるかぎり演じてみせた。

「いや——それはまあ——もちろん、あんなことを本気で信じたりはしませんよ。当人たちは大まじめにやってるようでしたが、しかし——」そこでふと腕時計に目をやった。

「おっと、もうこんな時間だ。急いでもどらないと。どこへ行ったのかといとこが心配するでしょうから」

「きみのおかげで、病人の退屈な午後が大いに慰められたよ。ローダさんにもよろしく。そのうちまたランチ・パーティーでもやろうじゃないか。あすはロンドンに行く予定なんだよ。〈サザビーズ〉のオークションにおもしろい出品があるのでね。中世のフランスの象牙細工だ。みごとな逸品だよ！　首尾よく落札できたら、ぜひきみにも観てもらいたいね」

こうしてぼくたちは友好的な雰囲気のまま別れた。降霊会の話になってぼくが落ち着きを失ったのに気づいたとき、ヴェナブルズの目のなかにおもしろがるような意地の悪いきらめきがありはしなかったか？　あったようにも見えたが、気のせいかもしれない。自分がすっかり疑心暗鬼になっているような気がしてならなかった。

第十九章

マーク・イースターブルックの物語

ぼくは遅い午後のなかに出ていった。あたりはすでに夕闇に包まれ、空一面に雲がかかっていたので、足元がよく見えないまま曲がりくねった私道を引き返した。途中で明かりの灯った窓を振り返った。その拍子に、砂利道から草地へ足を踏みはずし、反対方向から歩いてきた人とぶつかってしまった。

相手はがっちりした身体つきの小柄な男だった。ふたりして詫びを言い合った。男の声は深みのある豊かなバスで、どことなく心地よい学者風の響きがあった。

「これは失礼……」ぼくは言った。

「いやいや。悪いのはこちらのほうですよ、あなたはちっとも……」

「このあたりには不案内なもので」ぼくは弁解した。「自分がどこを歩いているのかもよくわかっていないんです。懐中電灯を持ってくればよかったのですが」

「それならわたしが」

見知らぬ男はポケットから懐中電灯を取りだすと、スイッチを入れてこちらに差しだした。その明かりで、相手の様子が見えた。ぽっちゃりした丸顔に眼鏡をかけ、黒い口ひげを生やした中年の男だった。仕立てのよさそうな黒っぽいレインコートを着ており、どこから見ても人品卑しからぬ人物のようだった。それはともかく、そのときぼくの頭をよぎったのは、この男は懐中電灯を持っていながらなぜ自分で使っていなかったのか、ということだった。

「ああ」ぼくはばかみたいに言った。「そうかそうか。ぼくが道を踏みはずしたんですね」

私道にあがって、懐中電灯を返そうとした。

「もう道はわかりましたから」

「いえいえ、どうぞ門のところまでお持ちください」

「でも、あなたは――あの家にいらっしゃるんでしょう?」

「いえいえ。あなたと同じ方向ですよ。つまり――下へ降りていくところです。バスの停留所まで。ボーンマスへもどるバスに乗る予定なのです」

「そうですか」ぼくは言い、ふたりで並んで歩きだした。連れの男は心なしかそわそわしているようだった。あなたもバスの停留所まで行くのですか、と訊いてきた。この近所の家に泊まっているのだ、とぼくは答えた。

ふたたび間があいて、連れの男がますます落ち着きを失うのがわかった。自分がわずかでも誤解を招きかねない立場にいるかと思うといたたまれない、そういうタイプなのだろう。

「ヴェナブルズさんのおたくを訪ねていらしたのですか」男は咳払いをして、そう訊いてきた。

ぼくはそうだと答え、こう言い添えた。「てっきりあなたもあの家を訪ねるところかと思ったんですが」

「いえ、そうではなくて……じつを言いますと――」男は言いよどんだ。「わたしはボーンマスに住んでおります――ボーンマスの近くに。そこの小さなコテージに越してきたばかりでして」

頭のなかで小さなざわめきが起こった。つい最近、ボーンマスのコテージがどうとかいう話をどこかで耳にしなかったか？　懸命に記憶をたどっているうちに、いよいよそわそわしはじめた連れの男が、意を決したように切りだした。

「さぞかし怪しんでいらっしゃるでしょうね――ええ、当然です、だれだって怪しいと思いますよ――ひとさまの家の敷地内をうろついている男を見つけて――しかも、そいつはその家の主と知り合いでもなんでもないのですからね。これにはちゃんとした理由があるのですが、その理由を説明するのに少々骨が折れるのです。しかし、これだけは言わせてください。ボーンマスに越してきたばかりとはいえ、わたしはあそこではよく知られていますし、なんならわたしの身元を保証してくれるきちんとした住人を幾人か連れてくることもできます。じつを言いますと、わたしはロンドンで老舗の薬局をたたんできたばかりの薬剤師で、つい先ごろ引退し、かねてから住みやすそうなところだと思っていたこの地へ越してきたというわけなのです――ええ、実際ここは住みやすいところですよ」

だんだんわかってきた。ぼくにはこの小柄な男の正体が読めた気がした。そうこうするあいだも、男は滔々としゃべり続けていた。

「わたしはオズボーン、ザカライア・オズボーンと言いまして、さっきも申しましたように、ロンドンで――パディントン・グリーンのバートン通りで――まことに堅実な商売を営んでいます――いました。父親の代にはあのあたりも本当によいところだったのですが、悲しいかな、いまは様変わりして――ええ、本当に変わり果ててしまいました。

すっかりさびれてしまったのです」

オズボーンはため息をついて、首を振った。

それからまた話しはじめた。

「ここは、たしかヴェナブルズ氏のおたくですよねえ？　ということは——あの——あなたはご友人でいらっしゃる？」

ぼくは慎重にこう答えた。

「友人と言えるかどうか。きょうお会いしたのが二度めですから。一度めは友人たちに連れられて、ここで昼食をごちそうになったんです」

「なるほど——そうですか……いや、よくわかりました」

ぼくたちは入口の門のところまで来ていた。ふたりで門を通り抜けた。オズボーンは立ちどまってぐずぐずしている。ぼくは懐中電灯を返した。

「ありがとうございました」

「いやいや。どういたしまして。あの——」一瞬口ごもったあと、堰を切ったように言葉が出てきた。

「このままではどうも誤解されそうで不本意なのですが……まあたしかに、厳密に言えば、わたしは不法侵入をしていたことになりましょう。しかし断じて、卑しい好奇心からあんなことをしていたのではありません。あなたの目にはさぞかし奇妙に映ったでしょう──わたしの態度は──それに誤解も招いたことでしょう。そこでわたしとしては、ぜひとも釈明させていただきたいのです──あの──つまり──わたしの立場を明確にしておきたいわけでして」

ぼくは黙って待った。そうするのがいちばんいいような気がした。ぼくの好奇心は、卑しかろうとなんだろうと、否応なしに高まった。その好奇心をなんとしても満たしたかった。

オズボーンは一分ばかり黙っていたが、やがて決心したようだった。

「ぜひとも釈明させていただきたいのです、えーと──」

「イースターブルック。マーク・イースターブルックです」

「イースターブルックさん。いまも申しましたように、わたしの妙な振る舞いを釈明する機会をぜひいただきたいのです。もしお時間があるようでしたら──? この小道を五分ほど行くと大通りに出ます。バスの停留所のそばのガソリンスタンドに、まあまあ雰囲気のよさそうなこぢんまりしたカフェがありましてね。わたしの乗るバスの時間まであと二十分はあります。いかがでしょう、そこでコーヒーでもごちそうさせていただけませんか」

ぼくは誘いに応じ、ふたりで並んで小道を歩いていった。

苦しいながらもどうにか体面を保てることになったオズボーンは、くつろいだ様子で、ボーンマスでの快適な暮らしや、恵まれた気候、地元の演奏会、そこに暮らす上品な住民たちのことなどをしゃべりたてた。

ぼくたちは大通りに出た。ガソリンスタンドは通りの角にあり、その少し先にバスの停留所があった。そのこぎれいな小さいカフェには、片隅に若いカップルがいるだけで、ほかに客の姿はなかった。店にはいると、オズボーンはふたり分のコーヒーとスコーンを注文した。

それから、テーブルに身を乗りだしてきて、胸の内を吐きだしはじめた。

「そもそもの発端は、ある事件でして、もしかしたら、あなたもしばらく前に新聞でお読みになったかもしれません。衝撃的というほどの事件でもなかったので、大見出しにはならなかった——たしか大見出しと言うのでしたよね。事件というのは、ロンドンのわたしの店のある——店のあった——地区のローマカトリック教会の司祭にかかわるものでした。その司祭がある晩、襲われて殺されたのです。むごい話ではありませんか。近ごろはそういった事件があまりにも多すぎる。その司祭は善良な方だったそうです——わたし自身はローマカトリックの信者ではありませんが。まあ、それはともかくとして、わたしと事件とのつながりをまずお話しせねばなりませんね。じつは警察から、事件当夜にゴーマン神父を見かけた者は名乗り出るようにというお触れが出されたのです。たまたま、わたしはその晩の八時ごろ店の前に立っていて、ゴーマン神父さんが歩いていくのを見かけたのですよ。そのとき神父さんのすぐ後ろを歩いていく男がいて、なにしろその男の風貌がじつに特徴的だったもので、わたしはつい目を奪われたわけです。もちろんそのときは、別になんとも思わなかったのですが、じつはわたし、観察眼には自信がありましてね、イースターブルックさん、人の外見を記憶に焼きつけるのが癖になっているのですよ。わたしにとっては趣味みたいなもので、店にいらっしゃるお客さんのなかにも、わたしがこう言うとびっくりなさる方もいらっしゃいました。『ああ、お客さんはたしか三月にも同じ処方箋を持ってらっしゃいましたよね』なんて。顔を覚えておくと、お客さんも喜びますからね。商売にも役立ちましたよ。ともかく、わたしはそのとき見た男の人相を警察に話したわけです。わたしは感謝されて、そのときはそれで終わりました。

さて、ここからがわたしの話の驚くべき部分なのです。十日ばかり前のことですが、わたしは、いま歩いてきた小道の突きあたりにある小さな村で行なわれた慈善バザーに行ったのです――そこで、驚くなかれ、いまお話しした男を見かけたのですよ。その男は、事故にでもあったのでしょう——わたしはそう思ったのですが——車椅子に乗っているではありませんか。その男のことを少々尋ねてみたところ、ヴェナブルズという名で、この村に住むお金持ちだという話でした。わたしは一両日その問題について思案したあげく、最初のときに話を聞きにいらした警察の方に手紙を書いたのです。その方はボーンマスまで来てくれました——ルジューンという名の警部さんです。ところが、その男が殺人のあった晩にわたしが見かけた男と同一人物かどうか、その点について警部さんは疑問を持っているようでした。警部さんのお話では、ヴェナブルズ氏は何年も前にポリオにかかって脚が不自由になったそうなのです。他人の空似というやつでしょう、そう言われましたよ」

オズボーンは不意に話を中断した。ぼくは目の前に置かれた薄い色の液体をかきまぜ、試しにひと口飲んでみた。オズボーンは自分のカップに角砂糖を三つ入れた。

「となると、それで一件落着したことになりますね」ぼくは言った。

「そうなのです。そうなのですが……」オズボーンはあきらかに納得していない口ぶりで、ふたたび身を乗りだしてきた。丸い禿げ頭が電球の下で光り、眼鏡の奥の目が異様な熱を帯びてくる……

「もう少し説明させてください。わたしが子供の時分のことですがね、イースターブルックさん、父の友人でやはり薬剤師だった人が、ジャン・ポール・マリゴ事件の証人に呼ばれたのですよ。覚えておいでかもしれませんが——イギリス人の妻を毒殺した男です——砒素を飲ませて。父の友人は、自分の店の毒劇薬簿に偽名で署名したのはたしかにその男だったと、法廷で証言したのです。マリゴは有罪になり、絞首刑に処せられた。わたしはその事件にいたく感銘を受けたのです——当時九歳——感受性の強い年ごろですからねえ。いつか、この自分も有名な事件の登場人物となって、わたしの証言で殺人犯に法の裁きを受けさせてやりたい！　それがわたしの大きな夢になったのです。おそらくそのころからでしょう、人の顔を記憶する訓練をはじめたのは。白状しますとね、イースターブルックさん、ばかなやつだとお思いでしょうが、わたしはもう何年も待ちこがれているんですよ、自分の妻を殺そうと決めた夫が、わたしの店にやってきて必要なものを買っていってくれたりしないかなあ、とね」

「あるいは、第二のマデリーン・スミスでもいい」

「まさしく。しかしねえ」オズボーンはため息をついた。「そんなことは一度たりとも起こらなかった。仮にあったとしても、その犯人が裁判にかけられることはなかったのでしょう。おそらくそういったことは、わたしたちが思う以上に多いのではないでしょうか。そんなわけで、今回のことは、わたしが望んでいたような状況ではないにしろ、まがりなりにも自分が殺人事件の証人になるかもしれないという、一縷の望みを与えてくれたわけですよ！」

オズボーンは子供じみた喜びに顔を輝かせた。

「さぞがっかりなさったでしょうね」ぼくは同情をこめて言った。

「それはもう」今度もまた、納得しかねると言いたげな奇妙な響きがあった。

「わたしは頑固者でしてね、イースターブルックさん。日がたつにつれて、自分はまちがってなどいなかったという確信が強まる一方なのです。あの晩わたしが見た男は、だれがなんと言おうとヴェナブルズだったという確信がね。おっと！」片手をあげて、ぼくが口を開こうとするのを制した。「わかってますよ。あの晩は霧が出ていた。わたしは少し離れたところに立っていました——たしかにそうなのですが、警察はまったく考慮に入れていないのです、わたしが人の顔を識別することに熟練しているという点を。単なる顔形、目立つ鼻や喉仏のことだけじゃありません。頭の角度や、肩から首にかけての線、といったこともあります。わたしは自分に言い聞かせました。『なあ、いい加減に自分のまちがいを認めたらどうだ』と。それでも、断じて見まちがいなどではないという思いが、どうしても消えないのですよ。そんなことはありえないと警察は言っています。しかし、絶対にありえないことだろうか？　そうわたしは自問してみたのです」

「ですが、脚が不自由である以上——」

オズボーンは人さし指を激しく振り動かして、ぼくの言葉をさえぎった。

「ええ、わかってますよ。しかし、わたしの経験からすると、国民健康保険の制度のもとで——いや、あなたもきっとあきれるでしょうね、みんながどんな悪知恵を働かせているか——なにを免れているかを知ったら！ こう言ってはなんですが、医療の専門家というのはだまされやすいのです——単純な仮病ぐらいならすぐに見抜けるでしょうが。しかし、方法はいろいろありますからね——その点については、おそらく医者よりも薬剤師のほうが詳しいと思いますよ。たとえば、ある種の薬物や、ほかにも一見まったく害のなさそうな調剤。発熱を引き起こすものもあれば——さまざまな発疹や皮膚炎——喉の渇きや、分泌物の増加も——」

「でも、脚を萎縮させるのはむずかしいでしょう」ぼくは指摘した。

「ごもっとも。しかし、ヴェナブルズ氏の脚が萎縮しているなどと、いったいだれが言っているのです？」

「それは——主治医の先生だと思いますが」

「たしかに。しかし、わたしはその点について少しばかり情報収集をしてみました。ヴェナブルズ氏の主治医はロンドンにいるハーレー街の医者ですが――じつは最初にこの村へやってきたとき、地元の医者に診てもらっているのです。ところが、その医者はすでに引退して、外国で暮らしている。そして現在の主治医は、一度もヴェナブルズ氏を往診したことがない。ヴェナブルズ氏のほうが月に一度ハーレー街へ出向いています」

ぼくはいぶかしげな顔で見返した。

「だからといって、それが抜け道になるとはやはり思えませんが」

「あなたはご存じないのですよ。ちょっとした例をあげれば充分でしょう。たとえばH夫人――一年以上にわたって保険金を受け取っていました。三カ所で別々に受け取っていたのです――ただし、ある場所ではC夫人、別の場所ではT夫人として……C夫人とT夫人は、報酬をもらって自分たちのカードを貸していた、おかげでH夫人は三倍の保険金を受け取っていたわけです」

「どうもよくわかりませんが――」

「たとえば――たとえばの話ですよ――」興奮のあまり人さし指が小刻みに揺れていた。「このV氏が、貧しい境遇にある本物のポリオ患者と知り合ったとします。V氏はあることを提案する。ふたりは、そうですね、だいたいの背格好が似ているとしましょう。その本物の患者が、みずからV氏を名乗って専門医を訪ね、診察を受ける。そうすれば、カルテは立派な本物になります。それからV氏は田舎に家を買う。地元の開業医はまもなく引退する予定になっている。そこでもう一度、本物の患者がその医者を訪ねて、診察を受ける。これなら完璧ですよ！　ヴェナブルズ氏は、書類上まちがいなく、脚の萎縮したポリオ患者ということになります。本人は地元で（人前に出るときは）車椅子に乗っている、というわけです」

「使用人たちには隠せないでしょう」ぼくは反論した。「特に身のまわりの世話をする使用人には」

「しかし、みんなが共犯だとすれば――その使用人も共犯者だとすればどうです。これ以上簡単な話はありませんよ。ほかの使用人も何人かは共犯でしょう」

「でも、いったいなんのために？」

「いやいや、それはまた別の問題ですよ、そうでしょう？　わ、わ、わたしなりの、仮説はありますが、ここではお話ししません――笑われるのが落ちですからね。ただ、こう言っておきましょう――これなら完璧なア、ア、アリバイが用意できます、アリバイが必要になりそうな人間にとっては。どこだろうと好きな場所に行けて、しかもそれを人に知られることはない。パディントンを歩きまわっているところを目撃されたって？　そんなことはありえない！　彼は田舎に住んでいて脚が不自由なのだから、となるわけです」そこでひと息ついて、腕時計をちらりと見た。「そろそろバスの時間です。急いで話さないと。そんなわけで、わたしはこの件をあれこれ考えてみました。早い話が、なんとか自分の手でこれを証明できないか、とね。そのためにここまで足を運んで（近ごろは暇を持て余していますから。ときどき商売をしていたころが懐かしくなりますよ）、あの家の敷地にはいりこんで——まあ、ありていに言えば、少しばかり偵察してみようと、そう考えたような次第です。たしかに褒められたことではありません——自分でもそう思いますよ。しかし、万一それで真相にたどり着けるなら——犯罪者に報いを受けさせることができるなら……たとえばですよ、もしも当のヴェナブルズ氏が敷地内をこっそり歩いている姿を見かけたりしたら、そう、それが動かぬ証拠ですよ！　それからこう考えたのです。もしあの家がカーテンをあまり早く閉めないようなら——（お気づきかもしれませんが、夏時間が終わった直後はたいていなかなか閉めないものです——習慣で暗くなるのは一時間あとだとつい思ってしまいますからね）——窓のそばまで行ってちょっとのぞいてみようと。ことによると、書斎を歩きまわっていたりするかもしれませんからね、まさかだれかにのぞかれていようとは夢にも思わずに。そんな心配をする必要もないでしょう？　だれにも疑われていないと本人は思いこんでいるのですから！」

「どうしてそこまで確信できるんですか、事件の夜に見かけた男がヴェナブルズだったと」

「ヴェナブルズだったことを知っているからですよ！」

オズボーンは唐突に立ちあがった。

「そろそろバスが来ます。お会いできてよかった、イースターブルックさん。〈プライアーズ・コート〉でわたしがしていたことを釈明できて、気が楽になりました。あなたのほうは突拍子もない話を聞かされたとお思いでしょうね」

「いえ、そんなことは。それより、ヴェナブルズ氏がなにを企んでいるのか、あなたの意見を聞かせてもらえませんでしたね」

オズボーンは困惑し、いくぶん恥ずかしそうな顔になった。

「きっと笑われるでしょうね。彼が金持ちだということはみんな知っていますが、その金をどうやって稼いでいるのかは、だれも知らない。わたしの意見をお聞かせしましょう。彼はよく小説に出てくるような大物犯罪者のひとりだとわたしはにらんでいます。わかるでしょう――犯罪の計画を立てては、手下を使って実行させるのです。ばかげた話だとお思いでしょうが、わたしには――」

バスが到着していた。オズボーンは駆けだした――。

小道を歩いてもどりながら、ぼくはどっぷりと考えこんだ……オズボーンが描いた仮説は現実離れしているが、そのなかにわずかな可能性が含まれていることは、認めざるをえなかった。

第二十章　マーク・イースターブルックの物語

1

あくる朝、ジンジャーに電話をかけて、翌日ボーンマスへ移動することを伝えた。

「こぢんまりした静かないいホテルを見つけたよ、名前は（どういうわけか知らないけど）〈鹿苑《ディア・パーク》〉というんだ。人目につかない通用口がふたつあってね。こっそり抜けだしてロンドンまできみに会いにいこうかな」

「それはちょっとまずいんじゃないかしら。でも、ほんと言うと、来てくれたらうれしいけど。だって退屈なんだもの！　きっと想像もつかないわよ！　あなたが来られないなら、わたしがこっそり出かけていって、どこかで会ってもいいわね」

突然、ぼくはぎくりとした。

「ジンジャー！　きみの声……いつもとちがうような……」

「ああ、これ！　だいじょうぶ。心配しないで」

「でも、その声は？」

「ちょっと喉を痛めたかなにかしたのよ。それだけ」

「ジンジャー！」

「ねえ、マーク、だれだって喉が痛くなることぐらいあるでしょ。たぶん風邪のひきはじめよ。それか、インフルエンザにかかりかけてるか」

「インフルエンザだって？　ねえ、いいかい、大事なことなんだからごまかさないでくれ。だいじょうぶなのか、それともだいじょうぶじゃないのか？」

「気にしすぎだってば。わたしはだいじょうぶ」

「どんな具合なのか、正直に言ってくれないか。インフルエンザにかかりかけてるような感じなのかい？」

「そうねえ──ひょっとしたら……身体のあちこちがなんとなく痛いの、どんな感じかわかると思うけど──」

「熱は？」

「そうねえ、ひょっとしたら少しあるかも……」

ぞっとするような冷たい感覚がぼくを襲った。ぼくは怯えていた。ジンジャーがそれを認めまいとしてどんなに否定しようと、彼女もやはり怯えている、それが伝わってきた。

ジンジャーがふたたび口を開いた。

「マーク――どうか落ち着いて。あなたはパニックを起こしてる――パニックを起こすようなことなんかなにもないのよ」

「そうかもしれない。だけど、できるかぎりの予防措置はとっておいたほうがいい。かかりつけの医者に電話して、往診に来てもらうんだ。いますぐに」

「わかった……でも――きっと大げさなやつだと思われるわ」

「そんなことはいい。とにかく電話するんだ！　それから、医者が来てくれたら、そのあとぼくに連絡してくれ」

受話器を置いたあとも、ぼくはそこにすわったまま、黒い無機質な電話機をひとしきりにらんでいた。パニック――パニックを起こす必要はない……毎年この時期はインフルエンザがはやる……医者はなんでもないと言ってくれるだろう……ただの軽い風邪かもしれないし……

ぼくの心の目に、悪のシンボルが描かれた孔雀色のドレスを着たシビルの姿が映った。意向を伝え、命令を発するサーザの声が聞こえる……チョークで模様を描いた床の上で、ベラが悪の呪文を唱え、もがく白い雄鶏を高く掲げて……

たわごと、全部たわごとだ……なにもかも迷信じみたたわごとに決まっている……あの機械——なぜかあの機械だけは、そう簡単に片づけられなかった。あの機械は、人間の迷信ではなく、科学的な可能性を象徴している……でも、そんなことは不可能だ——可能であるわけがない——

デイン・キャルスロップ夫人が、すわりこんだまま電話機をにらんでいるぼくを見つけて、すぐさま訊いた。

「なにかあったの？」

「ジンジャーが、病気になったらしくて……」

心配することなどなにもないと言ってほしかった。安心させてほしかった。でも、夫人は安心させてはくれなかった。

「それはよくないわね」と言った。「ええ、それはよくないことだという気がするわ」

「そんなはずありません」ぼくはあせって言い返した。「あの女たちにそんなことができるなんて、絶対にありえない！」

「そうかしら」

「あなたは信じるんですか――まさかあんなことを、信じるなんて――」

「ねえ、マーク。あなたもジンジャーも、そうなる可能性があることは認めていたはずですよ。そうでなかったら、そもそもこんなことははじめなかったでしょう」

「なまじっか信じているから余計に始末が悪いんです――ますます可能性がありそうに思えてくるんだ！」

「信じるのはまだ早いわ――証拠がある以上、信じてもいいかもしれないと認めるだけです」

「証拠？　証拠ってなんです？」

「ジンジャーが病気になったことが証拠ですよ」

夫人が憎らしかった。ぼくは怒りに声を荒らげた。

「どうしてそんな悲観的なことを言うんですか。きっとただの風邪か――なにかそういうことですよ。どうして最悪の事態になると決めつけるんですか」

「それはね、これが最悪の事態だとしたら、現実を直視しなくてはならないから――現実から目をそむけて手遅れになってしまわないように」

「あのばかげたまじないの儀式が、効いている、というんですか。トランス状態だの、呪文だの、鶏の生贄だのなんだのが？」

「なにかが効いているの。それこそ、わたしたちが直視しなくてはならないもの。ああしたことの多くは、大部分は、まやかしだと思うわ。ただそれらしい雰囲気を出すためにしていること――雰囲気というのは大事だから。でも、そのまやかしのなかに、本物が――実際に効力のあるものが、まぎれているにちがいない」

「放射能のようなものとか？」

「そういうたぐいのもの。だって、人間は常にいろいろなものを発明しているでしょう――恐ろしいようなものも。そういうなんらかの新しい知識を、よこしまな人間が自分の目的のために悪用しているのかもしれないし――そういえば、たしかサーザの父親は物理学者だったから――」

「でも、なんです？　効力のあるものってなんなんですか？　あのいまいましい機械！あれを調べてみては？　警察に言って――」

「もっとたしかな根拠がなければ、警察も、捜索令状をとったり個人の所有物を押収したりはしないでしょう」

「ぼくがあそこへ行って、あのいまいましい機械をぶち壊してきたら？」

夫人は首を横に振った。

「あなたのお話からすると、もし本当に危害が加えられたのなら、それはあの晩のことでしょうね」

ぼくは頭をかかえてうめき声をあげた。

「こんなおぞましいことに手を出すんじゃなかった」

夫人はきっぱりと言った。「あなたの動機は立派でしたよ。起こってしまったことはいまさらどうにもならない。ジンジャーがお医者さまの診察を受けたあと連絡をくれれば、もう少し詳しいこともわかるでしょう。きっとローダのところに電話をかけてくるはずだから――」

それでぼくも気がついた。

「もどったほうがよさそうですね」

「わたしもばかねえ」ぼくが帰ろうとすると、夫人が出し抜けに言った。「自分がばかだということを思い知らされるわ。まやかし！　わたしたちはまやかしにすっかり気をとられているんですよ。あの人たちの思うつぼにまんまとはまっているような気がしてならないわ」

たぶん夫人の言うとおりなのだろう。だがぼくには、ほかにどう考えたらいいのかわからなかった。

二時間後、ジンジャーが電話をかけてきた。

「お医者さまに診てもらったわ。ちょっと戸惑ってらしたけど、たぶんインフルエンザだろうって。いますごくはやっているらしいの。あとでお薬を届けるから、ベッドでおとなしくしていなさいって。熱が高いのよ。でも、これってインフルエンザのせいよね？」

気丈にふるまってはいるが、そのかすれた声は心細さを訴えていた。

「きっとよくなるよ」ぼくは情けない思いで言った。「聞いてるかい？　きっとよくなるからね。そんなに具合が悪いのかい？」

「そうねえ――熱があるし――痛みもあるの、身体じゅうがね、足とか皮膚とか。なにかに触れるたびに痛くって……それにやたらと身体がほてるの」

「それは熱のせいだよ、ジンジャー。よし、これからそっちに行く！　すぐ出発するよ――いますぐ。いいや、とめても無駄だ」

「わかった。来てくれるとうれしいわ、マーク。わたし――自分で思ってたほど強くないみたい……」

2

ぼくはルジューン警部に電話をかけた。

「コリガンさんが病気なんです」

「なんだって？」

「聞こえたでしょう。彼女が病気なんです。かかりつけの医者に診てもらいました。医者はたぶんインフルエンザだろうって。そうかもしれない。でも、そうじゃない可能性もあるんですよ。警察になにができるのかわかりません。思いつくのは、この件になんらかの専門家の力を借りたいということぐらいで」

「なんの専門家を？」

「精神科医か――精神分析医か、心理学者か。とにかく精神にかかわる人。暗示とか、催眠術とか、洗脳とか、そういったことに詳しい人。その手のことを専門に扱っている人たちがいるでしょう」

「ああ、もちろんいるとも。わかった。本庁にその方面の専門家がひとりかふたりいるはずだ。きみの言うとおりだと思う。もしかしたら、ただのインフルエンザかもしれないが——ことによると、極秘に行なわれているなんらかのサイコ・ビジネスとも考えられる。やったな、イースターブルックくん、われわれがにらんでいたとおりの結果になるかもしれないぞ！」

ぼくは受話器を叩きつけた。たしかに心理学的な凶器について多少は学ぶことができるかもしれない——でも、ぼくが心配なのはジンジャーのこと、勇敢なのに怯えている彼女のことだけだった。ぼくたちのどちらも、本気で信じてなどいなかった——それとも信じていたのか？　いや、絶対に信じてなんかいなかった。ただの遊び——警官と泥棒ごっこのつもりだった。でも、これは遊びなんかじゃない。

〈蒼ざめた馬〉は、これが現実であることを証明しようとしている。

ぼくは頭をかかえこみ、うめき声をあげた。

第二十一章

マーク・イースターブルックの物語

1

それから数日間のことは、おそらく一生忘れられないのではないかと思う。いま思いだしても、なんの脈絡もなく形の変わる複雑な万華鏡を見ているような気分だった。ジンジャーはフラットから私立の療養所に移された。ぼくが会わせてもらえるのは、面会時間のあいだだけだった。

ジンジャーのかかりつけの医者は、このなりゆきにいささか気分を害していた。どうしてこれほどの騒ぎになるのか理解できなかったからだ。その医者本人の診断はきわめて明確だった——インフルエンザに伴う気管支肺炎で、通常はあまり見られない症状を伴ってはいるが、それは、「よくあることだよ。〝典型的〟な症例などというものは存在しない。なかには抗生物質が効かない患者もいるからね」とのこと。

もちろん、その医者の言うことはいちいちもっともだった。ジンジャーは気管支肺炎をわずらっている。病気そのものに不審な点はなにもない。ただその病気にかかってい て——重症というだけのことだ。

ぼくは本庁の心理学者と一度だけ面談した。瓶底眼鏡の奥で目をきらきらさせながら、爪先立ちでしきりに背伸びをする、小さな駒鳥みたいな奇妙な男だった。

うんざりするほどの質問を浴びせられ、そのうちの半分は意図のわからない質問だったが、ぼくの答えに相手が訳知り顔でうなずいたところを見ると、なんらかの意図はあったのだろう。こちらの質問にはいっさい答えようとせず、そのあたりはなかなか抜け目ないようだった。ときおり専門用語らしき言葉を使って意見を述べたりもした。彼はジンジャーにさまざまな催眠療法を試みたようだが、全員で申し合わせてでもいるのか、だれも詳しいことは話してくれなかった。たぶん話すことがなにもなかったからだろう。

ぼくも自分の友人知人に会うのを避けていたが、やはり孤独は耐えがたかった。

とうとう思い余って、花屋にいるポピーに電話をかけた。どこかで食事でもつきあってもらえないだろうか、と。ポピーは喜んでつきあうと言った。

ぼくは彼女を〈ファンタジー〉へ連れていった。ポピーは楽しそうにおしゃべりをし、いっしょにいるぼくのほうも心がなごんだ。だが、なごませてもらうためだけに誘ったわけではない。おいしい料理とお酒でゆったりと幸せな気分に浸らせておいてから、ぼくはおもむろに探りを入れはじめた。ポピーのような子は、本人がそれを知っているという意識もないまま、なにかを知っている可能性がある。ぼくの友人のジンジャーを覚えているかい、と訊いてみた。ポピーは「もちろんよ」と答え、大きな青い瞳を見開いて、ジンジャーは近ごろどうしているのかと訊いた。

「じつは重い病気にかかっていてね」

「まあ、かわいそうに」精いっぱい心配そうな顔をしてみせたが、あまりうまくはなかった。

「どうもなにかにかかわっていたようなんだ。そのことできみにも相談していたんじゃないかな。〈蒼ざめた馬〉のことで。お金も相当払ったらしい」

「まあ」ポピーは驚きの声をあげ、大きな目をいっそう大きくした。「じゃあ、あれはあなただったのね！」

最初はなんの話かわからなかった。それからだんだんと思いだしてきた。ポピーはぼくが〝その男〟だと思いこんでいるのだ。ぼくには病弱な妻がいて、それがジンジャーの幸福の障害になっていると。ぼくたちの関係が発覚したことですっかり興奮して、〈蒼ざめた馬〉が話題に出たのに警戒する様子も見せなかった。

ポピーは興奮に息をはずませた。

「で、うまくいったの？」

「それが、ちょっとした手ちがいがあってね」ぼくはこう言い添えた。「〝死んだのは犬のほうだった〟」

「どこの犬？」ポピーはきょとんとして尋ねた。

ポピーを相手に話をするときは、わかりやすい言葉を使う必要がありそうだ。

「つまり――その――それが、ジンジャーに跳ね返ってきたようなんだ。そういうふうになったという話を聞いたことはない？」

聞いたことがないという返事だった。

「もちろん」ぼくは言った。「マッチ・ディーピングの〈蒼ざめた馬〉で行なわれているあのことについては――きみも知っているんだろう？」

「場所は知らなかったわ。どこか田舎のほうっていうだけで」

「彼らがどういうことをするのか、ジンジャーの話からはよくわからないんだけど……」

ぼくはじっくりと待った。

「光線、じゃないの？」ポピーは自信がなさそうに答えた。「たしかそういうものよ。宇宙から来るの」親切にもこう言い添えてくれた。「ほら、ロシア人がよくやってるでしょ！」

ポピーなりに、乏しい想像力を懸命に駆使しているらしかった。

「そういったものらしいね」とぼくも調子を合わせた。「でも、相当危険なことにはちがいないよ。ジンジャーがこうして病気になったくらいだから」

「だけど、病気になって死んでしまうのは奥さんのほうだったんじゃないの？」

「そのはずだったんだ」ぼくはジンジャーとポピーから与えられた役になりきった。

「なのに、どうも手ちがいがあったらしくて──裏目に出てしまった」

「それってつまり──？」ポピーは知恵をしぼっているようだった。「アイロンのプラグを差しまちがえて、感電しちゃうようなもの？」

「そうそう。ちょうどそんな感じ。そういうことが起こったっていう話を知らないかな」

「そうねえ、そういう話じゃないけど──」

「じゃ、どういう話？」

「えっと、つまりね、お金を払わなかった人のこと――あとでね。わたしの知ってる男の人でひとりいたのよ」突然恐怖に襲われたみたいに、声をひそめた。「その人ね、地下鉄で殺されたの――電車がはいってきたときにホームから落っこちて」

「それなら事故だった可能性もあるね」

「ちがうわ」とんでもないと言いたげだった。「あの人たち、あの人たちのしわざよ」

ぼくはポピーのグラスにシャンパンを注ぎ足した。役に立ってくれそうな人間が、いま目の前にいるのだ。本人が脳味噌だと思っているもののなかをひらひら飛びまわっている脈絡のない事実を、なんとか引きだすことができればいいのだが。ポピーはいろいろなことを耳にして、そのうちの半分ぐらいは理解して、それを頭のなかでごちゃまぜにしている。〝どうせポピーだから〟とたかをくくって、だれもが彼女の前では不用意にしゃべっていたはずだ。

腹立たしいのは、ポピーになにを訊けばいいのか、それがわからないことだった。へたなことを言えば、警戒して口を閉ざし、それきりだんまりを決めこむかもしれない。

「ぼくの妻はね、相変わらず病気がちだけど、ちっとも悪くなっているようには見えないんだ」

「残念ね」ポピーは同情をこめて言い、シャンパンを飲んだ。

「ぼくはこれからどうしたらいいんだろう」

ポピーにもわからないようだった。

「なにしろ話を決めてきたのはジンジャーで——ぼくはなにもしてないんだ。話を聞きにいけるような相手はどこかにいないだろうか」

「バーミンガムにある場所があるけど」ポピーは迷いながら答えた。

「そこは閉まっているんだ。ほかに事情がわかりそうな人を知らないかな」

「アイリーン・ブランドンなら、もしかして知ってるかも——わからないけど」

アイリーン・ブランドンという予想もしなかった人物の登場に、ぼくは驚いた。それはどういう人なのかと訊いた。

「どうしようもない子」とポピー。「とにかく冴えないの。きっちりパーマをかけてて、ハイヒールなんか絶対にはかないし。ああなったらもう終わりね」説明するようにこうつけ加えた。「学校でいっしょだったの——でも、あのときからぜんぜん冴えなかったわ。地理の成績だけはすごくよかったけど」

「その人が〈蒼ざめた馬〉とどうかかわっているんだい?」

「別にかかわってないわ。なにかに気づいただけ。それでやめちゃったのよ」

「やめたって、なにを?」わけがわからずに問い返した。

「〈C・R・C〉の仕事を」

「〈C・R・C〉って?」

「さあ、わたしもよく知らない。みんなただC・R・Cって呼んでるから。消費者《カスタマー》の反応《リアクション》だか調査《リサーチ》だか、そんな感じ。小さい会社よ」

「アイリーン・ブランドンはその会社に勤めていたんだね? そこでどんな仕事をしてたんだい?」

「家をまわって質問するの――歯磨きとかガスレンジとか、どんなスポンジを使ってますか、とかね。もうもううんざりするようなつまんない仕事。だって、そんなことどうだっていいじゃない」

「〈C・R・C〉にとってはどうでもよくないんだろうね」興奮のあまり身体がぴりぴりしてくるのがわかった。

事件のあった晩にゴーマン神父が訪ねた女性も、たしかそういう会社に勤めていた。言われてみれば――そうだ――まちがいない、その種の調査員がジンジャーのフラットにもやってきた……

なにかつながりがありそうだ。

「その人はどうして仕事をやめたんだい? 飽きたから?」

「そんなことないと思うわ。お給料よかったもの。でも、会社のことでなにか気づいたのよ——見かけとはちがうらしいって」

「なんらかの形で〈蒼ざめた馬〉とつながっているんじゃないか、そう考えたんだね？そういうことだろう？」

「さあ、どうかしら。ひょっとしたらそうかも……とにかく、いまはトッテナム・コート・ロードにあるエスプレッソ・カフェバーで働いてるわ」

「住所を教えてくれないか」

「ぜんぜんあなたのタイプじゃないと思うけど」

「なにも口説こうっていうんじゃないよ」ぼくはきっぱりと否定した。「その消費者調査会社のことをちょっと聞きたいんだ。その方面の会社の株を買おうかと思って検討してるものだから」

「ああ、そういうこと」その説明ですんなり納得したようだった。

ポピーからそれ以上訊きだせそうなことはなかったので、ふたりでシャンパンを飲み干したあと、ぼくは彼女を家まで送っていき、今夜は楽しかったと礼を言った。

2

翌朝、ルジューン警部と連絡をとろうとした——が、つかまらなかった。その代わり、苦労の末にようやくジム・コリガンと連絡がついた。

「コリガン、この前きみが連れてきてくれた例の食わせ者の心理学者のほうはどうなってる？　ジンジャーのことをどう診断してる？」

「長ったらしい単語をやたらに並べたててる。でもな、マーク、見たところ、あいつはどうも途方に暮れてるようだ。だって、肺炎なんてありふれた病気だろう。別に不審な点も異常な点もないからね」

「ああ。そして、あのリストに名前が載ってる人たちも、ちゃんとした病気で亡くなってる。気管支肺炎、胃腸炎、延髄麻痺、脳腫瘍、癲癇《てんかん》、パラチフス」

「気持ちはわかるよ……でも、だからといってどうすればいいんだ？」

「ジンジャーの病状は悪化しているんだな？」

「ああ——そうなんだ……」

「だったら、なんとかしないと」

「なんとかって？」

「ひとつふたつ考えがある。マッチ・ディーピングに行って、サーザ・グレイをふんづかまえて、震えあがるほど脅しつけて、呪いだかなんだかを逆転させるとか――」

「ほう――そいつは効きそうだ」

「じゃなかったら――ヴェナブルズのところに行って――」

コリガンが鋭くさえぎった。

「ヴェナブルズだって？　でも、あの男はシロだよ。この件にかかわってるはずないだろう。脚が不自由なんだから」

「どうだかね。あそこに乗りこんでいって、膝掛けをひっぺがして、脚の萎縮とかいう話が本当かどうかたしかめてやる！」

「その件ならちゃんと調べがすんで――」

「ちょっと待った。じつは例の小柄な薬剤師、オズボーンに偶然会ったんだよ、マッチ・ディーピングで。あの男の意見をぜひきみにも聞いてほしいんだ」

オズボーンの身代わり説についてざっと話して聞かせた。

「あの男は自分の考えに取りつかれているんだよ」コリガンは言った。「自分が正しくないと気がすまない、そういうやつなんだ」

「でもコリガン、考えてみてくれ、あの男が言うようなことは、絶対に不可能だろうか。

その気になれば可能なんじゃないか?」

　少し間をおいてから、コリガンはゆっくりと答えた。

「そうだな。たしかに可能ではある、それは認めよう……しかし、どうしたって何人かの人間には知られてしまうだろうし——その連中の口を封じておくにはそれ相応の金も払わなくちゃならない」

「金がなんだ。あの男はうなるほど金を持ってる、そうだろう? あれだけの金がどこから来るのか、ルジューン警部はもう突きとめたのか?」

「いや、まだ完全には……。でも、これだけははっきり言えるよ。あの男には不審な点がある。なにか過去があるのはまちがいない。はいってくる金は全部きちんと説明がつくようになってるんだ、いろんな手を使ってね。何年もかかるような調査をしないかぎり、金の出所を突きとめるのは無理だな。警察は前にもそういう捜査をやってるんだ——ある金融詐欺師に目をつけたんだが、そいつは果てしなく複雑な網を張りめぐらせて痕跡を消していた。国税庁もしばらく前からヴェナブルズの身辺を嗅ぎまわってはいるようだ。でも、なかなか尻尾を出さない。きみはあの男をどう見てるんだ——今回の事件の首謀者だって?」

「ああ、そのとおり。これを仕組んだのはあの男だとぼくはにらんでる」

「ことによるとね。まあ、その男がブレーンであってもおかしくないとは思うよ、ああ、たしかに。だとしても、まさかゴーマン神父を殺すのに、自分の手を汚すような無粋な真似はしないだろう！」

「切羽詰まればやりかねないさ。なにがなんでもゴーマン神父の口を封じる必要があったのかもしれない、神父が〈蒼ざめた馬〉の活動についてあの女性から聞いたことを、人にしゃべってしまわないうちに。それに——」

ぼくははたと口をつぐんだ。

「もしもし——聞こえてるか、マーク？」

「ああ、ちょっと考えてたんだ……いまふと思いついたことがあって……」

「なんだ？」

「まだはっきりとは言えないけど……ただ、安全確実にやり遂げる方法はひとつしかないんだ。ちゃんとたしかめたわけじゃないし……どっちにしても、ぼくはもう出かけないと。カフェバーで待ち合わせがあるんでね」

「きみがチェルシーのカフェバーの常連だったとはね！」

「ちがうよ。きょうのカフェバーはトッテナム・コート・ロードなんだ」

受話器を置いて、時計に目をやった。

玄関に向かいかけたとき、電話が鳴った。

ぼくはためらった。十中八、九、コリガンからで、ぼくの思いつきについてもっと詳しく話を聞こうとかけ直してきたのだろう。

まだジム・コリガンに話すときではなかった。

玄関まで行くあいだも、電話のベルはしつこく責め立てるように鳴り続けた。

そうだ、病院からかもしれない――ジンジャーのことで――

だとしたら、聞き逃すわけにはいかない。いらいらしながらもどり、受話器をひっつかんだ。

「もしもし？」

「マークね？」

「ええ、そちらは？」

「あたしよ、わかるでしょ」相手が非難がましく言った。「じつはね、あなたに話したいことがあって」

「ああ、あなたですか」オリヴァ夫人の声だとわかった。「あの、いまは時間がなくて、すぐに出かけなくちゃならないんです。あとでかけ直しますから」

「それじゃだめなの」オリヴァ夫人はきっぱりと言った。「いま聞いてもらうわ。大事なことだから」

「じゃ、手短にお願いします。約束があるので」

「ばかねえ。約束なんか遅れたってどうってことないわよ。どうせみんな遅れてくるんだから。相手はますます大物だと思ってくれるわ」

「いや、ほんとに、もう行かないと――」

「いいからお聞きなさい、マーク。大事なことなんだから。あたしはそう確信してるのよ。ええ、絶対にそうだわ！」

時計に目をやりながら、ぼくはいらだちを懸命に抑えた。

「話って？」

「うちのミリーが扁桃炎にかかっちゃってね。あんまり具合が悪いものだから、田舎に帰ったわけなのよ――姉さんのところへね――」

ぼくは歯を食いしばった。

「それはまことにお気の毒なことですが、ぼくはそろそろ――」

「いいから聞きなさいってば。まだ話ははじまってもいないじゃないの。どこまで話したかしらね。ああ、そうそう。ミリーが田舎へ帰ってしまったものだから、あたしはいつも頼んでる紹介所に電話をかけたわけ――〈リージェンシー〉ってところにね――いつも思うんだけど、間抜けな名前よねえ――映画館じゃあるまいし――」

「あの、本当に――」

「でね、代わりをよこしてほしいと頼んだのよ。そしたら向こうはこう言うじゃないの、いますぐというのは非常にむずかしいですねえ――いつだってそう言うくせに――でもまあ、とにかく手を尽くしてみましょう――」

このときほど友人のオリヴァ夫人が憎たらしくなったことはなかった。

「――そんなこんなで、けさ新しい人がやってきたわけなんだけど、それがあなた、だれだったと思う？」

「想像もつきません。あの、ですから――」

「エディス・ビンズって人――漫画みたいな名前じゃない？――それがね、あなたも知ってる人なのよ」

「いや、知りません。エディス・ビンズなんて女性、聞いたこともありませんよ」

「でもね、あなたは彼女を知ってるし、つい最近も会ってるはずなのよ。あなたの名づけ親のところで何年も働いていたんだから。レイディ・ヘスケス‐デュボイスのところでね」

「ああ、ミンおばさんのところで！」

「そうなの。あなたが絵を何枚か取りにいった日に会ってるそうよ」

「そうですか、それはよかったですね、ああいう人が来てくれるなんてついてますよ。だれよりも信用できるし、頼りになるし、言うことなしですよ。ミンおばさんがそう言ってました。じゃあ、ぼくはこれで——」

「待ちなさいってば。ここからが肝心な話なんじゃないの。その彼女がね、レイディ・ヘスケス－デュボイスのことや夫人の最後の病状のことなんかを、あれこれ話してくれたのよ、病気や死の話ってみんな好きだものね。そのときにね、彼女が言ったの」

「なにを？」

「聞き捨てならないようなことを。こんなふうに言ってたわ。『奥さまも本当にお気の毒なこと、あんなふうになってしまわれるなんて。脳にあんなものができてしまって、腫瘍とかいうお話でしたけど、それまではお元気でぴんぴんしてらしたんですよ。療養所に入院なさってからのご様子ときたら、もう痛々しいかぎりで、髪の毛なんかも、それまではふさふさしたきれいな白い髪で、二週間おきに青く染めてらしたんですけど、それが抜けて枕の上に散らばっているんですもの。手で引き抜いたみたいにごっそりと』それを聞いたときにね、マーク、あたしは友だちのメアリー・デラフォンテインのことを思いだしたわけ。たしか彼女も髪がごっそり抜けてたわ、って。それからあなたに聞いた話を思いだしたの。チェルシーのカフェバーで女の子同士が喧嘩をして、ひとりがもうひとりの髪をつかんで引っこ抜くのを見たっていう話。髪の毛なんてね、そう簡単に抜けるものじゃないのよ、マーク。やってみるといいわ——自分の髪を引っぱってみて、ほんのちょっとでいい、根っこから引き抜くのよ！　いいからやりなさい！　ほらね、それでわかったでしょ。あの人たちにしたって、髪の毛が根っこから抜けるなんて不自然じゃないの。不自然きわまりないわよ。きっとなにか新種の病気にちがいないわ——そこにはなにか意味があるにちがいないのよ」

ぼくは受話器を握り締めた。頭がくらくらした。いろいろなことが、忘れかけていた知識の断片が、まとまってきた。芝生の上のローダとその飼い犬——ニューヨークで読んだ医学雑誌の記事——そうか……そうだったのか！

突然、オリヴァ夫人がまだ楽しそうにぺちゃくちゃしゃべっているのに気づいた。

「ありがとう」ぼくは言った。「あなたはすばらしい人だ！」

受話器をがしゃんと置いて、すぐにまた取りあげた。電話をかけると、今度は運よくルジューン警部にすぐつながった。

「ちょっとお訊きしたいんです。ジンジャーの髪のことですが、ごっそり抜けたりしていませんか」

「えーと――言われてみればたしかにそうだ。高熱のせいだと思うが」

「熱なんかじゃありませんよ」ぼくは言った。「ジンジャーの病気は、みんながかかっていた病気は、タリウム中毒です。ああ、神さま、どうか間に合いますように……」

第二十二章

マーク・イースターブルックの物語

1

「間に合いそうですか。彼女は助かるんですか」

ぼくはうろうろ歩きまわった。じっとしてなどいられなかった。

ルジューン警部はすわったままぼくを見守っていた。警部は忍耐強く、思いやりがあった。

「できるかぎりの手は打つはずだから、安心しなさい」

その返事はもう聞き飽きた。そう言われてもなんの慰めにもならない。

「タリウム中毒の治療法はちゃんとわかってるんですか」

「たびたびある症例ではないからね。しかし、できるかぎりのことは全部試すはずだよ。わたしの意見を言わせてもらうなら、彼女はきっとよくなる」

ぼくは警部の顔をじっとうかがった。いまのが本心かどうか、どうしてぼくにわかる？　ただの気休めじゃないのか？

「いずれにしても、原因がタリウムだということは確認できたんですね」

「ああ、それは確認できた」

「じゃあ、それが〈蒼ざめた馬〉の裏にある単純な真相だったわけだ。毒殺。呪術でも、催眠術でも、科学的な殺人光線でもない。ただの毒殺とはね！　そんなものを、あの女はぼくに自慢してみせたわけか、なんて女だ。面と向かってそんなことを自慢するなんて。自慢しながら腹のなかで笑ってたにちがいない」

「だれのことを言ってるんだね？」

「サーザ・グレイですよ。最初にあそこへお茶を呼ばれに行った午後のことです。ボルジア家だの、〝検出不可能なめずらしい毒薬〟の開発だのといった話をしたんです、毒を塗った手袋のことやそのほかにもいろいろと。〝ただのありふれた三酸化砒素〟なんてばかにしてましたよ。これだって単純さでは似たようなものじゃないか。あんなばかばかしい儀式までして！　トランス状態も、白い雄鶏も、火鉢も、ペンタグラムも、ヴードゥーも、逆さの十字架も——なにもかも迷信深い人間をだますための芝居だったんだ。それにあの大騒ぎした〝機械〟、あれだって現代人を化かすためのばかげた装置です。いまどき霊魂だの魔女だの呪いだのを信じる者はいませんが、〝光線〟とか〝波動〟とか心理現象などと言われると、ついころりとだまされる。あの箱は、電気が通っているのを見せつけるために、色つき電球やら雑音の出る真空管やらをただ寄せ集めただけですよ。ぼくらは毎日、放射性物質やらストロンチウム九〇やらなにやらが降ってきはしないかとびくびくしながら暮らしているせいで、科学的な話の流れでなにか暗示されるとすぐ影響されてしまう。〈蒼ざめた馬〉の舞台装置はなにもかもいんちきだったんだ！　〈蒼ざめた馬〉なんて、ただの隠れ馬でしかない。あそこにみんなの注意を引きつけておけば、別の方面でなにかが行なわれているかもしれないなんて、だれも疑いもしませんからね。この作戦のみごとなところは、あの女たちが絶対に安全だということですよ。サーザ・グレイは、自分には超能力があるとか人を支配できるとか、いくらでも吹聴することができる。そのせいで裁判にかけられて、殺人罪に問われる心配はまったくないんですから。あの機械を調べたところで、なんの害もないことが証明されるだけでしょう。どこの裁判所だって、そんなことは道理に合わないし、不可能だという結論を出すに決まってる！　そしてもちろん、実際にそのとおりなんですよ」

「三人とも共犯だと思うかね？」ルジューンが訊いた。

「いや、そうじゃないと思いますね。ベラは本気で呪術を信じていると言っていいでしょう。自分には力があると思いこんでいて、それを楽しんでもいる。シビルも同じでしょう。霊媒としての能力は本物です。トランス状態になってしまうので、なにが起こっているのか本人にはわからない。サーザから聞かされることを鵜呑みにしているんですよ」

「ということは、サーザがボス？」

ぼくはゆっくりと言った。

「〈蒼ざめた馬〉にかぎって言えば、そうでしょう。でも、この事件の本当の首謀者はサーザじゃない。本当の首謀者は舞台裏に隠れています。そいつが計画を練り、組織化する。すべてが絶妙に組み合わされていることからもわかります。各自が自分の任務を果たし、ほかの人の仕事にはいっさいかかわらない。ブラッドリーは財政面と法律面の担当です。自分の担当以外のことは、どこでなにが行なわれているのか知らないわけです。もちろん報酬はたっぷりもらってますよ。それはサーザ・グレイも同じです」

「きみはなにもかもすっかりお見通しのようだねえ」ルジューンはやや皮肉をこめて言った。

「そんなことはありませんよ。まだね。でも、基本的に必要な事実はわかっています。大昔からよく行なわれてきたことですよ。乱暴かつ単純。なんの芸もないただの毒殺。昔ながらの、毒を一服というわけです」

「タリウムというのはどこから思いついたんだね?」

「いくつかのことが突然ひとつにまとまったんです。そもそもの発端は、ぼくがあの晩チェルシーで見たことでした。女の子同士が喧嘩をして、片方が相手に髪の毛を引っこ抜かれた。その子は『別に痛くもなかった』と言ってました。そのときは強がりだと思ったけど、そうじゃなくて、本当のことを言っただけです。ちっとも痛くなかったんですよ。

アメリカにいたとき、タリウム中毒に関する記事を読んだことがあります。ある工場で何人もの工員がばたばたと死んでいった。それはもうあきれるほどさまざまな死因が取り沙汰されました。ぼくの記憶がたしかなら、パラチフス、脳卒中、アルコール性神経炎、延髄麻痺、癲癇、胃腸炎などなど。それから、七人もの人間を毒殺した女がいました。被害者たちは、脳腫瘍、脳炎、大葉性肺炎などと診断された。症状もみごとにばらばらだったそうです。下痢や嘔吐からはじまったり、最初からある程度の中毒症状が出ていたり、あるいは最初の症状が手足の痛みだった場合は、多発性神経炎やリュウマチ熱やポリオと診断されたり――人工肺を使われた患者もいましたよ。皮膚に色素沈着が起こった例もありました」

「いやはや、きみの話はまるで医学辞典だな！」

「そりゃそうですよ。ずっと医学辞典と首っ引きだったんですから。いずれの場合も、かならず現われる症状がひとつあります。髪が抜ける。タリウムが脱毛の目的で使われていた時期もあったそうです――特に皮膚病にかかった子供たちに。やがて、タリウムが危険なものだということがわかってきた。それでも、ときには内服薬に使われたりしますが、その場合は患者の体重に応じてかなり厳密に投薬量が調整されます。最近はもっぱらねずみ退治にしか使ってないようですね。タリウムは味もしないし、水に溶けるし、簡単に手にはいる。大事なのはただ一点、絶対に毒殺を疑われないようにすることです」

ルジューンはうなずいた。

「なるほどね。だからこそ〈蒼ざめた馬〉では依頼者に、被害者になる予定の人物からなるべく離れた場所にいろとしつこく言うわけだ。犯行を疑われる余地がないように。離れていれば疑いようがないからね。利害関係のある人物はみな、被害者の飲食物に近づくことが不可能だったわけだから。その人たちがタリウムなりほかの毒物なりを買ったという事実もない。そこがじつに巧妙だな。実際の犯行は、被害者とはなんの関係もない人間の手で行なわれる。おそらくは、あとにも先にもたった一度しか現われない人間の手で」

警部はふと言葉を切った。

「その点について心あたりは？」

「ひとつだけあります。共通項は、いずれの場合も、家庭用品の調査団体を名乗る一見なんの害もなさそうな感じのいい女性が、調査票を持って訪ねてきていることです」

「その女性が毒薬をこっそり置いていくというわけか？　試供品とかそういった形で？」

「それほど単純なやり方じゃないでしょう」ぼくはゆっくりと言った。「彼女たちは純粋に仕事だと思ってやっているんじゃないかと、ぼくは思いますね。ただ、それがなんらかの形でかかわっている。アイリーン・ブランドンという女性に話を聞いてみれば、なにかわかるかもしれませんよ、トッテナム・コート・ロードのエスプレッソ・カフェバーで働いてるそうです」

2

アイリーン・ブランドンに関するポピーの描写は、なかなか正確ではあった——ポピー自身の風変わりなものの見方を考慮に入れての話だが。髪型は、菊の花でもなく、乱れた鳥の巣でもなかった。ゆるくパーマのかかった髪が後ろにとかされていて、化粧はごく控えめ、靴は、ぼくの見たところ、いたってまっとうなものだった。夫を交通事故で亡くし、幼い子供をふたりかかえているという。いまの仕事に就く前は、〈C・R・C〉という会社に一年以上勤めていた。その仕事が好きになれなかったので、自分から辞めたそうだ。

「どうして好きになれなかったのでしょう、ブランドンさん？」

質問したのはルジューン警部だった。アイリーンはそちらに顔を向けた。

「たしか警部さんでしたよね。そうでしょう？」

「そうですよ、ブランドンさん」

「あの会社に不審な点があると考えてらっしゃるんですか」

「目下それを調査しているところでしてね。あなたもなにか疑問を持ったのですか？それで辞めたとか？」

「これといった具体的なことはなにもないんです。わたしからお話しできるようなことはなにも」

「そうでしょう。お気持ちはわかりますよ。これは、あくまでも内密の調査です」

「ええ。でも、お話しできるようなことはほとんどなくて」

「その仕事を辞めたくなった理由なら話せるでしょう」

「なにかわたしの知らないことが行なわれているんじゃないかって、そう思ったからです」

「ちゃんとした会社ではないような気がした、ということですか」

「ええ、そんな感じです。どうも実務的なことが行なわれているような気がしなかったんです。なにか別の目的が裏にあるんじゃないかと思いました。どんな目的かと言われると、そこまではわかりませんが」

ルジューンは質問を重ね、具体的にどういう内容の仕事を指示されていたのかと訊いた。まず、ある特定の地域の住民名簿が渡される。彼女の仕事は、その人たちを訪問して、特定の質問をし、その回答を書きこむことだった。

「それのどこがおかしいと思ったんですか」

「その質問というのが、ちゃんとした調査方針に基づいているとはとても思えなかったんです。とりとめがなくて、ほとんど行きあたりばったり。まるで――なんて言えばいいのかしら――なにかを隠すための単なる口実みたいな感じ」

「そのなにかについて、思いあたる節はありませんか」

「いいえ。わたしもそれで悩んでいたんです」

一瞬口をつぐんだあと、自信がなさそうに続けた。

「こんなふうに思ったこともありました。これは組織ぐるみの強盗かなにかで、自分は偵察のようなことをさせられてるんじゃないかって。でも、それはちがいますね、だって、部屋の様子だとか鍵の種類だとか、その家やフラットの住人が留守になるのはいつごろだとか、そんなことは会社からいっさい訊かれませんでしたから」

「その質問ですが、いったいどういう品物について訊くんです？」

「いろいろです。食料品のこともありました。シリアルや、ホットケーキの素。フレーク石鹸や洗剤のときもありますね。化粧品のときは、ファンデーション、口紅、クリーム。それから医薬品や医薬部外品だったら、鎮痛剤、咳どめ、睡眠薬、強壮剤、うがい薬、マウスウォッシュ、胃腸薬などの商品名を訊くんです」

ルジューンがさりげなく言った。「特定の商品の試供品を渡すように言われたことはありませんか」

「いいえ。そういったことは一度も」

「ただ質問をして、回答を書きこむだけ？」

「そうです」

「その調査の目的については、どういうふうに聞かされていました？」

「そこが妙なところなんです。だれもはっきりとは教えてくれませんでした。特定のメーカーに情報を提供するための調査という話でしたが――でも、それにしてはやり方があまりにもずさんでした。まるで統制がとれてなくて」

「たとえば、尋ねるように指示された質問のなかで、会社側が本当に答えを知りたい質問はひとつだけ、あるいは一グループだけで、それ以外は全部カムフラージュだった、という可能性はありませんか」

アイリーンは心もち顔をしかめて考えこみ、やがてうなずいた。

「ありえますね。そう考えれば、あの行きあたりばったりの質問も納得がいきます――でも、いったいどれが重要な質問だったのか、わたしには見当もつきません」

ルジューンは彼女の顔を凝視した。

「まだなにか話してないことがあるようですね」と穏やかに言った。

「じつはそうなんです、それがよくわからなくて。ただ、あの会社全体がなにかおかしいと感じただけなんですよ。それで、同僚の女性に、デイヴィスさんに相談したら——」

「あなたはデイヴィスさんに相談なさった——それで？」

ルジューンの声にはなんの変化もなかった。

「彼女もなんとなくいやな感じがするということでした」

「どうしていやな感じがしたんです？」

「なにか小耳にはさんだそうです」

「どんなことを？」

「さっきも言いましたように、はっきりとはわかりません。詳しく話してくれたわけじゃありませんから。ただ、自分が小耳にはさんだことからすると、会社ぐるみでなにか不正なことをしているらしい、としか。『ここは見せかけとはちがうのよ』という言い方をしてました。それから、『でも、わたしたちには関係のないことよ。お給料はいいし、別に法律に反することをしろと言われてるわけじゃないんだもの——だったら、余計なことに首を突っこむ必要もないでしょう』って」

「それだけ？」

「もうひとつ言ってたことがあります。どういう意味だかわかりませんが、『ときどき自分が疫病神になったような気がするわ』って。なにが言いたかったのかよくわかりません」

ルジューンはポケットから一枚の紙を取りだし、彼女のほうに差しだした。

「このリストの名前のどれかに心あたりは？　このうちのだれかを訪問したような覚えはありませんか」

「なさそうですねえ」アイリーンは紙を手に取った。「なにしろ数が多いので……」言葉を途切らせ、目でリストをたどった。そして言った。

「オーメロッド」

「オーメロッドを覚えているんですか」

「いえ、そうじゃなくて。でも、デイヴィスさんがこの名前を口にしたことがありました。この方、急死なさったんじゃありません？　たしか脳溢血《のういっけつ》で。あの人、すごく動揺してました。『二週間前にわたしのリストに載ってた人なのよ。あのときはぴんぴんしていたのに』って。そのあとです、疫病神になった気がすると言ったのは。『わたしが訪問すると、顔を見ただけで縮みあがって死んでしまう人もいるみたいね』って笑い飛ばして、偶然の一致だと言いました。でも、あまりいい気持ちはしなかったでしょうね。そんなこと気にしないとは言ってましたけど」

「それで全部ですか」

「じつは――」

「なんでしょう」

「その少しあとのことです。デイヴィスさんとはしばらく会ってなかったんですが、ある日ソーホーのレストランでばったり会ったんです。わたしは〈C・R・C〉を辞めて新しい仕事に就いたことを話しました。どうしてかと訊かれたので、なにをしているのかわからない会社にいるのは不安だったからだと答えました。そしたらこう言うんです。『たぶんそのほうが賢明なんでしょうね。でも、あそこはお給料もいいし、勤務時間も短いから。結局わたしたちはみんな、運を天に任せて生きていくしかないのよ。わたしだって恵まれた人生を送ってきたわけじゃないんだから、他人がどうなろうと気にかける必要なんかないわよね』って。だから、『なんだかよくわからない話ねえ。はっきり言って、あの会社はどうなってるの？』と訊いたら、こう答えたんです。『わたしにも断言はできないけど、じつはこの前、見覚えのある男に出くわしたのよ。その人、なんの用事もないはずの家から出てきて、しかも道具箱を手に持ってるの。それを使ってなにをしていたのか、知りたいものだわね』。それから、こんなことも訊いてきました。どこかで〈蒼ざめた馬〉というパブをやってる女の人に会ったことはないか、って。その〈蒼ざめた馬〉がこれにどう関係しているの、ってわたしは訊いたんです」

「で、彼女はなんと？」

「笑ってこう言いました。『聖書を読んでごらんなさい』って」

アイリーンはこうつけ加えた。「どういう意味か、わたしにはわかりません。それきりデイヴィスさんには会ってないので。いまどこに住んでいるのかも知りません。まだ〈C・R・C〉にいるのか、それとも辞めたのかも」

「デイヴィスさんは亡くなりましたよ」

アイリーン・ブランドンはぎょっとなった。

「亡くなった？　でも——どうして？」

「肺炎で、ふた月前に」

「まあ、そうですか。それはお気の毒に」

「ほかになにか、われわれに話せることはありませんか、ブランドンさん？」

「ないと思いますけど。ほかの人の口からも、その言葉を——〈蒼ざめた馬〉という言葉を聞いたことがあるんですが、その人たちに尋ねても、すぐに口を閉ざしてしまうんです。しかもみんな怯えたような顔で」

アイリーンも困ったような顔になった。

「あの――わたしも危ないことにはかかわりたくありません、ルジューン警部さん。小さい子供がふたりいますし。本当に、これで知ってることは全部お話ししました」

警部はアイリーンの顔を凝視し――やがてうなずくと、彼女を解放した。

「これで少しは進展しそうだな」アイリーンが立ち去ると、ルジューンは言った。「デイヴィス夫人は知りすぎたんだ。会社の実態には見て見ぬふりをしつつも、真相にかなり近いところまで鋭く見抜いていたんだろう。そうして、突然病気にかかり、自分が危篤状態だとわかった時点で、神父を呼びにやって、知っていることと疑っていることを打ち明けた。問題は、彼女がはたしてどこまで知っていたか、ということだな。あのリストの名前は、デイヴィス夫人が仕事で訪問し、その結果亡くなった人たちと見ていいだろう。だから疫病神などという言い方をしたんだ。そこで大きな問題となるのは、用事のあるはずのない家から出てきて、しかもなにかの作業員のふりをしていたという、その〝見覚えのある男〟はいったいだれだったのか、ということだ。彼女はその男の正体を知ってしまった、それで危険にさらされたにちがいない。その男に見覚えがあったということは、男のほうも彼女に見覚えがあったのかもしれないぞ――そして、自分の正体が見破られたことを悟ったのかもしれない。彼女がその情報をゴーマン神父に伝えたとしたら、それがよそにもれてしまわないうちに、なんとしても神父の口を封じなければならない」

　警部はぼくの顔を見た。

「異論はないだろうね。いまの道筋で正しいと思うが」

「ええ、もちろん。異論はありません」

「きみのことだから、その男の正体も見当がついているのだろうね」

「いちおうついてはいますが、しかし――」

「わかってるよ。証拠がなにひとつないことは」

　警部はしばし黙りこんだ。それから立ちあがった。

「だが、警察はなんとしてもそいつをつかまえる。失敗は許されない。犯人の正体さえはっきりわかれば、方法はいくらでもある。そいつを片っ端から試すとしよう！」

第二十三章

マーク・イースターブルックの物語

それから三週間ばかりたったころ、一台の車が〈プライアーズ・コート〉の玄関前にとまった。四人の男が降り立った。そのうちのひとりはぼくだ。ルジューン警部とリー部長刑事もいた。四人めはオズボーンで、自分も仲間に加えてもらえた喜びと興奮を隠しきれない様子だった。

「おわかりでしょうが、あなたは口をはさまないように」とルジューンは警告した。

「ええ、わかっていますとも、警部さん。心配はいっさいご無用です。ひとことだってしゃべりませんから」

「それを忘れないように」

「光栄ですよ。まったく光栄の至りです。ただ、どういうことなのか事情がよくわからないのですが——」

だが、この時点でそれを説明しようとする者はいなかった。

ルジューンは呼び鈴を鳴らし、ヴェナブルズへの取次ぎを頼んだ。

なにかの代表団のような格好で、四人はぞろぞろと案内されていった。

ヴェナブルズはぼくたちの訪問に驚いたのかもしれないが、顔には出さなかった。その態度はこのうえなく慇懃だった。自分の周囲に空間を確保しようとして、ヴェナブルズが車椅子をわずかに後退させたとき、ぼくはあらためて、なんという特異な風貌だろうかと思った。古風なカラーの折り返しのあいだで上下する喉仏、恐ろしげな横顔に、猛禽のくちばしを思わせる鉤鼻。

「また会えてうれしいよ、イースターブルックくん。近ごろきみはこの界隈に足しげく通っているようだねえ」

その語調にはかすかな悪意が感じられた。ヴェナブルズはさらに言った。

「それから——ルジューン警部、でしたか。正直言って、なにごとかと驚いています。このあたりは平和そのもので、犯罪などとは無縁の土地ですからね。そんなところへ警部さんがお出ましになるとは！　いったいどういうご用件でしょうか、警部さん」

ルジューンはすこぶる物静かで、すこぶる丁寧だった。

「じつは、ある問題について、あなたのお力をお借りできるのではないかと思いましてね、ヴェナブルズさん」

「それは、言うなれば決まり文句のようなものですね。いったいわたしがどんな力になれるというんです?」

「十月七日のこと——パディントンのウェスト通りで、ゴーマン神父という教区司祭が殺されました。聞くところによれば、あなたもちょうどそのころ——夜の七時四十五分から八時十五分のあいだですが——現場付近にいらしたということなので、なにか事件と関連のありそうなことを目撃なさったのではないかと思ったわけです」

「その時間にわたしが現場付近にいたというのははたしかですか。それは疑わしいですね、はなはだ疑わしい。わたしが覚えているかぎりでは、ロンドンのその界隈には一度も行ったことがないはずですがね。記憶によれば、そのころはロンドンにもいなかったと思いますよ。たまにロンドンへ出かけてオークション会場で一日過ごしたり、あとはときどき診察を受けにいったりはしますが」

「ハーレー街のウィリアム・ダグデール卿のところですね」

ヴェナブルズは冷ややかな目でルジューンを凝視した。

「ずいぶんと情報通ですね、警部さん」

「それほどでもありませんよ、自分が望んでいるほどには。それにしても、こちらが期待していたような形で力になっていただけないのはじつに残念です。こうしてお訊きした以上は、ゴーマン神父の死亡事件にまつわる事実関係を、ぜひあなたに説明しておく必要があると思うのですが」

「いいですよ、お好きにどうぞ。その神父の名前はいまはじめて耳にしました」

「ゴーマン神父は、あの霧の晩、近くに住んでいる危篤状態の女性の家に呼ばれていったのです。その女性はある犯罪組織とかかわっていて、最初はなにも知らずにいたのですが、そのうちいくつかの事実から、ことの重大さに気づくようになった。それは、じゃまな人間を消すことを専門にしている組織だったのです――もちろん多額の報酬とひきかえに」

「別に目新しい考えではないね」ヴェナブルズはつぶやいた。「アメリカでは――」

「いやいや、それがこの組織には目新しい特徴があったのです。第一に、人間を消すその方法が、一見したところ、心理的手法と称されるようなものでした。人間のなかには〝死への願望〟とも言うべきものがあって、それを刺激すると――」

「その問題の人物が、親切にも自殺してくれるというんですか。警部さん、こう言ってはなんですが、そんなうまい話はちょっと信じられませんね」

「自殺なんかしませんよ、ヴェナブルズさん。問題の人物は完全に自然な形の死を遂げるのです」

「いやはや。勘弁してくださいよ。あなたがたはそんな話を本気で信じているんですか。沈着冷静な我が国の警察ともあろうものが！」

「その組織の本部は〈蒼ざめた馬〉と呼ばれる家だと言われています」

「ははあ、なるほど、やっとわかってきましたよ。それでこんなのどかな田舎までわざわざお越しになったというわけだ。我が友人のサーザ・グレイと、彼女のたわごとのためにねえ！ 本人が本気で信じているのかどうか、わたしにはいまだによくわかりませんがね。しかし、あんなのはたわごとに決まってますよ！ サーザには、ちょっとおつむの弱い霊媒の友人と、夕食を作ってくれる村の魔女がいます（あれを食べるとはまた大胆な――いつなんどきスープに毒草を入れられるかわかったものじゃない！）。あの三人の愛すべき女たちはいまや地元でもかなりの評判になっていますよ。困った連中なのはたしかですが、まさか警視庁やあなたの所属する警察署が、あんなものを大まじめに受けとめているわけじゃないでしょうね」

「じつを言うと、われわれはいたって大まじめに受けとめているんですよ、ヴェナブルズさん」

「本気で信じるというんですか。サーザが仰々しい御託を並べたて、シビルがトランス状態に陥り、ベラが黒魔術をやり、その結果だれかが死ぬと？」

「いやいや、ヴェナブルズさん――死因はもっと単純なことでして――」そこで間をおいた。

「タリウム中毒ですよ」

一瞬の沈黙――

「いま、なんと？」

「毒殺です――タリウム塩による。じつに単純明快。ただし、それを隠蔽しなくてはならない――そして、そのための最適な方法が、擬似科学的かつ心理的な作戦というわけです――ややこしい現代の専門用語を駆使しつつ、昔ながらの迷信でだめ押しをする。毒殺の実行という単純な事実から人目をそらそうという魂胆です」

「タリウムねえ」ヴェナブルズは顔をしかめた。「そんなものははじめて聞いたような気がします」

「そうですか？　殺鼠剤として広く使われていますよ、ときには皮膚病にかかった子供の脱毛剤としても。手に入れるのは簡単です。ちなみに、おたくの苗小屋の片隅にもひと袋しまってありますね」

「うちの苗小屋に？　そんなばかな」

「現にありますよ。念のために一部を調べさせてもらって――」

さすがのヴェナブルズも興奮の色を見せた。

「だれかがそこに置いたんだ。わたしはなにも知らない！　まったく身に覚えのないことだ」

「そうでしょうか。あなたはとても裕福な方だ、そうですよね、ヴェナブルズさん」

「それといまの話となんの関係がある」

「このところ国税庁から少々不愉快な質問をされているんじゃありませんか。あなたの収入源について」

「イギリスの暮らしでいちばんいまいましいのは、まちがいなくこの国の税制だね。いっそバミューダに移住しようかと本気で思うよ」

「バミューダに移住するのはとうぶん無理でしょうね」

「脅しですか、警部さん。もしそうなら――」

「いやいや、単に意見を述べたまでですよ。このいかがわしい商売がどういうふうに行なわれていたか、聞きたくありませんか」

「どっちにしても話すつもりなんでしょう」

「この商売はじつに巧みに組織化されていました。財政面の細かいことは、ブラッドリーという除名された元弁護士が担当しています。ブラッドリーはバーミンガムにオフィスを構えている。依頼人候補はそのオフィスを訪ねて取引をする。この取引というのは、要するに、ある人物が一定期間内に死ぬかどうかで賭けをすることなんですが……ブラッドリーというのは賭けごとに目のない男で、たいていは悲観的な予想をします。依頼人のほうはたいてい楽観的な予想をする。ブラッドリーが勝った時点で、賭け金はすみやかに支払われる――そうでないと、不穏な事態になりかねない。ブラッドリーの仕事はそれだけです――賭けをすること。簡単でしょう？

依頼人は次に〈蒼ざめた馬〉を訪ねます。サーザ・グレイとその仲間たちの手でショーが演じられ、たいていの依頼人はこれに予想どおりの感銘を受けることになる。

さて、今度は舞台裏で行なわれている単純な犯行についてです。

ある女性たちが――数ある消費者調査会社のひとつに雇われている本物の社員ですよ――調査票を持って、ある特定の地域をくまなくまわるようにという指示を受ける。

『どこのパンがお好きですか。洗面用品や化粧品はなにをお使いですか。下剤や、強壮剤や、鎮静剤や、整腸剤は？』。いまどきの人は、質問に答えるのに慣れっこになってますからね。拒否するひとはほとんどいません。

そしていよいよ――最終段階です。単純で、大胆で、成功まちがいなし！　この計画の発案者がみずから演じる唯一の場面です。彼は高級フラットの雑用係の制服を着ているかもしれないし、ガスや電気のメーターの検針員になりすましているかもしれない。配管工か、電気工か、あるいはなにかの作業員を装うこともある。いずれの場合も、要請があった場合に備えて、一見本物らしく見える身分証を用意しています。見せろと言われることはめったにありませんがね。なにに扮しているにしろ、真の目的は単純なこと――あらかじめ用意してきた品物を、その家にある同種のものとすりかえることです。犠牲者が愛用している品物はすでにわかっていますからね（〈C・R・C〉の質問のおかげで）。配管を叩いたり、メーターを調べたり、水圧を調べたりしてはいても――真の目的はその品物なのです。目的を果たしたら、彼はさっさと引きあげ、二度とその界隈には姿を現わさない。

それから二、三日は、おそらくなにも起こらないでしょう。だが早晩、犠牲者には病気の徴候が表われる。そして医者が呼ばれるが、通常の病気ではないと考える根拠はなにもない。どんなものを飲み食いしたかと尋ねはしても、患者がもう何年も愛用しているありふれた商品を疑うことはまずありえない。

これで、この計画の利点がおわかりでしょう、ヴェナブルズさん。組織のボスがなにをしているのか、それを知っている人間はただひとり、組織のボス本人だという点です。ボスの正体を暴露できる人間はひとりもいないわけですよ」

「それなのに、あなたがそこまで詳しく知っているのはなぜでしょうね」ヴェナブルズは楽しそうに追及した。

「ある人物に疑念を抱いたとき、それをたしかめる方法はいくつかあります」

「ほほう。たとえば？」

「その方法を全部詳しく話す必要はないでしょう。しかし、例をひとつあげるなら、カメラという手がある。近ごろは便利な装置がいろいろとあります。本人にまったく気づかれることなく写真が撮れるのですからね。たとえば、制服を着たフラットの雑用係やガス会社の検針員の非常によく撮れた写真も手にはいりました。ひげをつけたり歯並びを変えたりはしていますが、それがわれわれの目をつけた人物だということはちゃんと確認されたのです、いとも簡単に――まずは、マーク・イースターブルック夫人、別名キャサリン・コリガン、それからエディス・ビンズという女性の証言で。人の顔を識別するというのはなかなか興味深いことですよ、ヴェナブルズさん。たとえば、ここにいるオズボーンさん、この方は喜んで証言するそうですよ。十月七日の夜八時ごろに、あなたがバートン通りでゴーマン神父のあとをつけているのを見たとね」

「わたしはこの目であなたを見たんですよ！」オズボーンは興奮に顔を引きつらせながら身を乗りだした。「あなたの外見を正確に描写したんですから！」

「あれはいささか正確すぎましたねえ」ルジューンは言った。「なぜなら、あなたがヴェナブルズさんを見たのは、あの晩店の戸口に立っていたときではなかったからです。そもそもあなたは店の戸口に立ってなどいなかった。あなた自身が通りの反対側にいたのです――ゴーマン神父のあとをつけてウェスト通りまで行き、そこで追いついて、神父を殺したのです……」

ザカライア・オズボーンは言った。

「なんですって？」

それは滑稽と言えなくもない場面だった。いや、滑稽そのものだった！　ぽかんと開いた口、きょとんとした目……

「ヴェナブルズさん、ザカライア・オズボーン氏をご紹介しましょう、パディントンのバートン通りで薬剤師をしていた方です。あなたもきっと個人的に興味を持つと思いますよ、しばらく前から警察の監視下にあったこのオズボーン氏が、愚かにもおたくの苗小屋にタリウム塩の袋をこっそり置いたことをお聞きになれば。あなたの脚が不自由だとも知らずに、この男はあなたを事件の張本人に仕立てておもしろがっていたのですよ。しかも間抜けなばかりか、救いがたい頑固者で、自分がまちがいを犯したことを絶対に認めようとはしなかった」

「間抜けだと？　このわたしを間抜け呼ばわりするのか？　なにも知らないくせに——わたしがどれだけのことをやってのけたか——わたしにどれだけのことができるか——このわたしに——」

　オズボーンは怒りに身を震わせながらまくしたてた。

　ルジューンが落ち着いて引導を渡した。ぼくは思わず、釣った魚を泳がせている男を連想した。

「きみはねえ、そうやって自分を賢く見せようとするからこういうことになるんだ」ルジューンはたしなめるように言った。「まったく、きみが余計なことをせずに自分の店におとなしく引っこんでさえいれば、わたしだってここでこんな警告をせずにすんだのに。これは義務だから言わせてもらうよ、きみの発言はすべて記録され——」

　オズボーンが金切り声をあげたのはそのときだった。

第二十四章

マーク・イースターブルックの物語

「ねえ、ルジューン警部、訊きたいことがいろいろあるんですが」

所定の手続きが終わり、ようやくルジューンとふたりきりで会うことができた。ぼくたちはめいめいビールの大ジョッキを前にしてすわっていた。

「そうだろうね、イースターブルックくん。きみにとっては意外な展開だったと思う」

「まったくですよ。てっきりヴェナブルズだと思ったのに。あなたはこれっぽっちもヒントをくれなかったし」

「ヒントをあげるわけにはいかないだろう。この種のことは極秘にやらなければならないんだよ。慎重を要する。じつを言うと、手持ちの材料はあまりなかったんだ。だからこそ、ああしてヴェナブルズにも協力を仰いで、ひと芝居打つしかなかった。オズボーンをだまくらかしておいて、不意をつき、崩壊するのを待つしかなかった。それが効を奏したというわけだ」

「あの男は異常者なんですか」

「いまはそういう状態と言っていいだろうね。むろん、最初からそうだったわけじゃないが、あんなことをすれば、だれだっておかしくもなるだろう。人を殺したりすれば。自分が強くなって、実際より大物になった気がする。全能の神にでもなったような。だが、それはまちがいだ。結局はこうしてばれたように、しょせんは卑劣な人間にすぎないんだよ。その事実を突きつけられると、自我が崩壊する。だから悲鳴をあげ、わめき散らし、自分がやってのけたことや自分の利口さを自慢せずにいられなくなる。そう、きみがさっき見たとおりだよ」

ぼくはうなずいた。「ということは、ヴェナブルズもあなたの考えた芝居にひと役買っていたわけですね。喜んで協力してくれましたか」

「おもしろがってはいたと思う。しかも、情けは人のためならず、などと図々しいことを言っていたよ」

「で、その意味深な言葉の真意は?」

「本当はこんなことをしゃべってはいけないんだが、ここだけの話だぞ。じつは八年ほど前、派手な銀行強盗事件が連続して起こった。手口は毎回同じだ。しかも、犯人どもはまんまと逃げ切った。綿密に計画された襲撃で、計画を立てた張本人は犯行に加わっていなかった。そいつは莫大な金を持って逃亡した。警察もその男の正体をつかんでいなかったわけじゃないが、いかんせん証拠がなかった。われわれも手が出せないほど、とにかく頭の切れる男なんだ。こと金に関しては。しかもその男には、成功に気をよくして犯行を繰り返したりしないだけの分別があった。わたしに言えるのはここまでだよ。そいつは悪知恵の働く悪党ではあるが、人を殺したわけではない。奪われた命はひとつもなかったんだ」

ぼくの思いはまたザカライア・オズボーンへともどった。「前からオズボーンが怪しいと思っていたんですか。最初から？」

「あの男はわざわざ自分に注意を向けさせようとした。本人にも言ったように、余計なことをせずにおとなしくしてさえいたら、われわれも、あの立派な薬剤師のザカライア・オズボーン氏がまさかこんな商売にかかわっていようとは、夢にも思わなかっただろう。ところが、どういうわけか殺人犯どもにはそれができない。安全な家のなかにおとなしくこもっていればいいものを、つい余計なことをしたがる。なんだってそんなことをするんだか、まったく理解に苦しむね」

「例の、死への願望というやつでしょう」ぼくは言ってみた。「サーザ・グレイのお題目が形を変えただけですよ」

「サーザ・グレイのことも、あの女に言われたことも、早くきれいさっぱりと忘れてしまうことだ」ルジューンはぴしゃりと言い、それから思案顔になって言葉を継いだ。「わたしは孤独が原因じゃないかと思うね。自分がとてつもなく利口だと知りながら、そのことを話せる相手がだれもいないのだから」

「あの男をいつから疑っていたのか、まだ聞いてませんよ」

「ああ、やつが嘘をつきはじめた時点ですぐにだよ。われわれは、あの晩ゴーマン神父を見かけた者は名乗り出るようにと布告した。オズボーンはすぐさま名乗り出てきたが、あの証言はあきらかに嘘っぱちだった。ゴーマン神父のあとをつけている男を見たとか言って、その男の人相を詳しく描写してみせたが、霧の晩に通りの反対側にいた人間の顔が見えたはずはない。横顔から鉤鼻ということぐらいはわかったかもしれないが、喉仏まではとても無理だな。あれはやりすぎだった。もちろん、他愛もない嘘だった可能性もある。オズボーンは自分を大物に見せたかっただけかもしれない。そういう輩は多いからね。しかし、そのおかげでわたしはオズボーンに注目するようになり、じつに興味深い男だということがわかった。最初からいきなり自分のことをぺらぺらとしゃべりはじめたんだ。あれは非常にまずかった。どんなときでも自分を実際以上の大物に見せたがる人間だ、という印象を与えてしまったんだ。父親の地道な商売を継ぐだけでは飽き足らなかった。そこで家を出て、芝居の世界で運を試そうとしたものの、どうやら成功には至らなかったらしい。おおかた、演出を勝手に変えるとか、そういったことをしたんだろう。ああいう男に、この役はこう演じるべきだと指図しようなんて奇特な人間がいるものか！　殺人事件の裁判で証言台に立って、店に毒薬を買いにきたのはあの男だったとずばり指摘してやりたいという野望を口にしたのは、おそらく偽らざる気持ちだったんだろう。頭のなかでその場面を何度も思い描いていたにちがいない。もちろん、いつどの時点で、自分なら本物の大犯罪者になれるかもしれない、こんなに頭のいい男が裁判になどかけられるはずがないと思うようになったのか、それはわからないがね。もっとも、これはあくまでも推測にすぎない。話をもどそう。オズボーンがあの晩見たという男の人相の描写はなかなかに興味深かったよ。どこかで会ったことのある実在の人物を描写していたのはまちがいない。というのも、架空の人物をでっちあげて描写するのは案外むずかしいものでね。目、鼻、あご、耳、姿勢、その他もろもろ。自分で試してみればわかると思うが、無意識のうちに、どこかで――路面電車や列車やバスのなかで――目についた人物を描写してしまうものなんだ。オズボーンが描写してみせたのは、あきらかに特異な風貌をした男だった。おおかた、ボーンマスで車に乗っているヴェナブルズを偶然見かけるかなにかして、その風貌が印象に残っていたのだろう――車のなかにいるのを見かけたとすれば、脚が不自由だとはわからないからね。

　オズボーンに関心を持ち続けたもうひとつの理由は、彼が薬剤師だったことだ。例の名前のリストはどこかで麻薬の取引とつながるのかもしれないと考えたんだよ。実際はそうじゃなかった。だから、本当ならオズボーンのことなどすっかり忘れてしまうはずだった、本人があああしてしつこく事件にからんできたりしなければ。そう、知ってのとおり、あの男は警察がなにをしているのか知りたくて、問題の男をマッチ・ディーピングの慈善バザーで見かけたなどという手紙までよこした。ヴェナブルズ氏の脚が麻痺していることをまだ知らなかったとみえる。それがわかったあとも、口を閉じるだけの分別を持ち合わせていなかった。そこがあの男の傲慢なところだよ。犯罪者にありがちな傲慢さだな。自分がまちがっていたことを頑として認めなかった。ばかみたいに自説にこだわって、途方もない説をあれやこれや唱えてみせた。一度、ボーンマスにあるあの男のコテージを訪ねたときは愉快だったよ。そのコテージの名前が、この事件の種明かしをする仕掛けになっていたとはね。〈エヴェレスト〉と名づけていたんだ。ホールにエヴェレストの写真まで飾ってあった。ヒマラヤ遠征隊に興味があると言ってね。ところが、あれはふざけてつけたちょっとした遊びだったんだ。永遠の眠り《エヴァ・レスト》――つまり自分の職業というわけだ。多額の報酬を受け取って、人々に永遠の眠りを与える。すばらしいアイデアだったよ、その点には拍手喝采を送ってもいい。いや、じつによくできた仕組みだった。ブラッドリーはバーミンガムにいる、サーザ・グレイはマッチ・ディーピングで降霊会を開く。となれば、いったいだれがオズボーンを疑ったりするだろう。サーザ・グレイとはなんのつながりもない、ブラッドリーともバーミンガムともつながりはない、ましてや被害者ともいっさいつながりはないのだから。実際に技術を要する部分は、薬剤師にとっては子供のお遊びのようなものだったろう。何度も言うように、これでオズボーンに口を閉じておくだけの分別さえあればよかったんだが」

「しかし、その金はいったいどうしたんでしょう。結局は金目当てでやったわけですよね」

「そう、もちろん金目当てでやったことだ。壮大な夢でも描いていたのかもしれないな、金持ちの重要人物になって、世界を旅したり、客をもてなしたりといった。ところが、どう見ても、しょせん自分が思い描いているような人間の器ではなかった。実際に手を下して殺人を犯したことで、権力に対する意識に拍車がかかったんだろう。殺人を何度繰り返しても逃れられるとわかって得意になった。もっと言えば、あの男なら被告席に立たされても、それを楽しむだろうね。ああ、そうなるのは目に見えている。なにしろみんなの注目を一身に浴びるわけだから」

「しかし、その金は実際どうしたんでしょう」ぼくはしつこく訊いた。

「ああ、それはわかりきった話だよ。といっても、あのコテージの内装を見ていなかったら、わたしもそんなふうに思ったかどうか疑問だがね。言うまでもなく、あの男はしみったれだった。金に目がなくて、金をほしがってはいたが、それは使うためじゃない。コテージには家具がわずかにあるだけで、それも地元のオークションで買ったお買い得品ばかりだ。金を使うのが好きというより、持っていたいだけなんだろう」

「全額銀行に預けてあるということですか」

「いやいや。たぶんあのコテージの床下から出てくるとわたしは見てるよ」

ルジューンもぼくもひとしきり黙りこんだ。そのあいだぼくは、ザカライア・オズボーンという奇妙な男のことを考えていた。

「コリガンならさしずめ」ルジューンがぼんやりと言った。「すべては脾臓《ひぞう》だか膵臓《すいぞう》だかのなんとかいう腺のなんとかが過剰になるか不足するか——何度聞いてもどっちだか覚えられないよ——とにかくそういうことが原因だと言うだろうな。わたしは単純な人間で——あんなやつはただの悪党だと思うね。わからないのは——いつも思うことだが

――恐ろしく頭の切れる人間が、同時に救いようのないばかでもあるのはどういうわけか、ということだよ」

「犯罪の首謀者といえば、偉大な悪の帝王みたいな人間を想像しがちですけどね」

ルジューンは首を振った。「現実はそうじゃない。悪は人間を超えるものではなく、人間以下のものなんだ。きみの言う犯罪者は、大物になりたがっているような人間だが、そういうやつが大物になれるわけがない、永久に人間以下でしかないのだから」

第二十五章

マーク・イースターブルックの物語

1

マッチ・ディーピングでは、なにもかもがすがすがしいほど平常どおりだった。

ローダは犬たちの治療にかかりきっていた。今度は駆虫薬をのませているらしい。ぼくがはいっていくと顔をあげて、手伝う気はないかと訊いてきた。ぼくは遠慮して、ジンジャーはどこにいるのかと尋ねた。

「〈蒼ざめた馬〉に行ってるわ」

「なんだって？」

「あそこでなにかの作業をするんですって」

「でも、あの家にはだれも住んでないよ」

「知ってるわ」

「作業なんかしたら疲れてしまうよ。まだ病みあがりなのに――」

「やけに心配するのね、マーク。ジンジャーならだいじょうぶよ。それよりオリヴァ夫人の新作はもう読んだ？『白いオウム』っていうの。テーブルの上に置いてあるわ」

「オリヴァ夫人に神のご加護を。エディス・ビンズにも」

「エディス・ビンズってだれ？」

「写真を判定をしてくれた女性。ぼくの亡くなった名づけ親の忠実なお手伝いさんでもある」

「あなたの言ってること、さっぱりわからないわ。だいじょうぶ？」

その質問は聞き流して、ぼくは〈蒼ざめた馬〉に向かった。

家に着く少し手前で、デイン・キャルスロップ夫人に会った。

夫人は熱烈に歓迎してくれた。

「自分がばかだっていうことは重々承知してましたよ」夫人は言った。「でもね、どんなふうにかはわかってなかったわ。まやかしにすっかりだまされていたのね」

晩秋の日差しを浴びて、住む人もなく穏やかなたたずまいを見せている宿屋のほうを、夫人は手で示した。

「あそこには邪悪なものなんかなかったの——噂されていたような意味ではね。悪魔との奇妙な取引もなければ、華々しい悪の世界もない。お金目当てに演じられるお座敷芸があっただけ——それと、取るに足らない人間の暮らしがね。それが邪悪の正体ですよ。立派でもなければ偉くもない——けちくさくて卑劣なだけ」

「あなたとルジューン警部はいろんな面で気が合いそうですね」

「ええ、あの人には好感を持ってますよ」夫人は言った。「じゃあ、〈蒼ざめた馬〉へジンジャーの様子を見にいきましょう」

「なにをしてるんでしょうか」

「洗いものをしているのよ」

ぼくたちは低い戸口をくぐってなかにはいった。テレビン油の強烈なにおいがする。ジンジャーは雑巾や瓶を使って作業にいそしんでいた。ぼくたちがはいっていくと、顔をあげた。まだ顔色が悪く、痩せており、髪が生えそろっていない頭にはスカーフが巻かれていて、以前の彼女の幽霊を見ているようだった。

例によってぼくの心を読み取ったみたいに、デイン・キャルスロップ夫人が言った。

「この人ならだいじょうぶよ」

「ほら、見て！」ジンジャーが誇らしげな声をあげた。

自分が洗っていた古い宿屋の看板を指さしている。

長年の垢が落とされて、馬に乗っている者がはっきりと見えるようになった——きらりと光る骨を手にして、にやにや笑っている骸骨。

背後から、デイン・キャルスロップ夫人のよく通る低い声が聞こえてきた。

「『ヨハネ黙示録』第六章、第八節。〝われ見しに、視《み》よ青ざめたる馬あり。これに乗る者の名を死と言い、陰府《よみ》これに従う……〟」

ぼくたちはしばし黙想にふけり、やがて、格調をぶち壊しにすることなどおかまいなしのデイン・キャルスロップ夫人が言った。

「さ、これにて一件落着」くずかごにぽいとゴミを放りこむような調子だった。「じゃあ、わたしはそろそろ行きますよ。教区の〈母の会〉がありますから」

夫人は戸口でふと立ちどまると、ジンジャーにうなずきかけて、思いがけない言葉を口にした。「あなたはきっといいお母さんになれますよ」

なぜかジンジャーは顔を真っ赤にした。

「ジンジャー」ぼくは言った。「どうかな？」

「どうって、なにが？　いいお母さんになれるかってこと？」

「言いたいことはわかってるだろう」

「たぶんね……でも、できればちゃんと申しこんでほしいんだけどな」

そこで、ぼくはちゃんと申しこんだ。

2

少したってから、ジンジャーは問い詰めるように言った。

「あのハーミアとかいう人と結婚する気はほんとにないのね?」

「しまった! ころっと忘れていたよ」

ぼくはポケットから一通の手紙を取りだした。

「これが三日前に届いて、オールド・ヴィック劇場へ『恋の骨折り損』を観にいかないかって誘われていたんだ」

ジンジャーはぼくの手から手紙をひったくると、破ってしまった。

「これからはオールド・ヴィックに行きたくなったら」彼女は断固として言った。「わたしといっしょに行くのよ」

クリスティーは怖い

書店員
間室道子

表紙カバー見返しに、著者クリスティーの写真が載っている。あまりに有名な「ミステリの女王」だが、彼女を知らない人に〝この人はどういう人でしょう？〟と写真を見せたら何と言うだろう。「品良く育てられたおばさん」「性格派の女優？」「あごの線がガンコな感じ」。私はまず「この人は右目と左目で、見ているものが違うのではないか」と思った。片方ずつ指を当てて目を隠すと、左右、驚くほど表情が異なるのだ。そして「たましいの深いところでどうしようもなく傷ついている人」だと思った。大きな事件で外国から生きて帰ってきた女性がこんな顔をしていた。〝乗り切った、でも消えないものが深く残っているのを、私自身がよく知っている〟と言っているような――。

クリスティーって怖いよね、と言うと、多くのミステリファンは〝クリスティー（ごとき）は怖くなんかない！〟と言い切る。〝「怖い」というのは×××（↑ここに有名ホラー作家の名前を入れる）の代名詞だ！〟あるいは〝クリスティーを怖いなんて言ってちゃ、とても×××××（↑連続殺人もので人気のベストセラー作家名を入れる）は読めないな〟しかし、クリスティーは怖いのである。目をそむけたくなる残酷な描写をエンエンと続けたり、怪物と称される殺人鬼を出すことなしに、クリスティーは怖い。長篇でも短篇でも、彼女の作品には「ゾッとする一行」がある。たいていの人はそれが怖いなんて気づきもせずに読み飛ばしてしまうかもしれない。しかし、視線を感じて雑踏のど真中で思わず立ち止まる、何か聞こえた気がして夜道ですばやくふり返る。そんな一行が、必ず、クリスティー作品の中には冷ややかな刃のように仕込まれている。

クリスティーは気配の書ける作家なのだ。「悪いこと」でなく「悪いことが起きるかもしれない」が描ける作家。血や内臓を書くのはある意味簡単なのだ。スケッチをすればいいんだから。クリスティーは、雰囲気、予兆といった目に見えないものを、ページから匂い立たせる。その点からするとこの『蒼ざめた馬』はうってつけだ。霧の夜のロンドン、撲殺された神父の靴の中から九人の名前の書かれたメモが見つかる。どうやらこの九人に共通しているのは、彼らの多くが最近死んでいるということらしい――こんなミステリファンの心わしづかみのスタートから、村の三人の魔女のうわさ、降霊会、呪いで人が殺せるかという妖しい深みへ嵌っていく。それは「科学VSオカルト」の割り切りすら許さない。この話はどこに向かっているんだろう、登場人物のみならず私たち読者はどこへ連れて行かれるのだろうという不安が、クレッシェンドで押し寄せる。

クリスティー作品の二大スター、ポアロとミス・マープルは登場しないが、本書には、第三のキャラクターとも言うべきアリアドニ・オリヴァ夫人が出てくる。〝中年の女流ミステリ作家〟である彼女は、いろんなクリスティーの著作に顔を出すが、作品全体にからむ重要な役にしろチョイ役にしろ、彼女は事件を自分のいいようにかき回し、ポアロをはじめ周囲をあぜんとさせ、とっとと退場する。思うに、オリヴァ夫人のこの傍若無人ぶりは、閉塞感につぶされそうにまでふくれあがったクリスティーの「悪い空気」に風穴をあける作用がある。「騒々しいだけで何もしない人」「むしろ邪魔ばかりしているようで、こんな人がなぜ出てくるのかわからない」というクリスティーファンもいるかもしれぬが、クリスティー自身は、この「混乱と無垢は紙一重」のキャラクターを（もしかするとポアロなんかよりも⁉）気に入っているのではないか。でないと、九〇いくつのクリスティー作品のうち、オリヴァ夫人が登場するのが「長篇七つ、短篇一つ、名前だけの言及を含めると、もっと」である説明が、つかない。

オリヴァ夫人は、よく「直感」という。たいていの場合、彼女のこの直感はとんちんかんに終わり、当ったとしても「まぐれ」でしかないのだが、クリスティーの小説には子どもや老女といったイノセントな存在が、事件の核心をずばっと突く設定のものが見うけられる。だれもが、クリスティーは古びないと言う。もちろんそうだ。彼女は真実を突くのだから。この『蒼ざめた馬』の中にも、なにかの宗教書か格言集に出てきそうな、するどい人間洞察の一言が出てくる。小説という虚構、その中でもミステリという「荒唐無稽」と言われがちなジャンルで、クリスティーは人の真実を突き続ける。時間を止めたければ、永遠を手に入れたければ、真実を突けばいいのだ。それは、古びない。

クリスティーの写真に戻ろう。娘時代の家計の逼迫、結婚と離婚、失踪事件、作品に対するアンフェア論争を通じてクリスティーは人の悪意、善、絶望、勇気という真実を見てきた。彼女は自作の中でその経験を要所要所に忍ばせ、突きつける。クリスティーは左目で現実を、右目で空想を、左目で悪を、右目で愛を見ているのだ。その先にあるのは神の姿や悪魔の存在ではなく、ごくありふれた、人間たちの姿。真実は、怖い。

バラエティに富んだ作品の数々

〈ノン・シリーズ〉

名探偵ポアロもミス・マープルも登場しない作品の中で、最も広く知られているのが『そして誰もいなくなった』（一九三九）である。マザーグースになぞらえて殺人事件が次々と起きるこの作品は、不可能状況やサスペンス性など、クリスティーの本格ミステリ作品の中でも特に評価が高い。日本人の本格ミステリ作家にも多大な影響を与え、多くの読者に支持されてきた。

その他、紀元前二〇〇〇年のエジプトで起きた殺人事件を描いた『死が最後にやってくる』（一九四四）、『チムニーズ館の秘密』（一九二五）に出てきたロンドン警視庁のバトル警視が主役級で活躍する『ゼロ時間へ』（一九四四）、オカルティズムに満ちた『蒼ざめた馬』（一九六一）、スパイ・スリラーの『フランクフルトへの乗客』（一九七〇）や『バグダッドの秘密』（一九五一）などのノン・シリーズがある。

また、メアリ・ウェストマコット名義で『春にして君を離れ』（一九四四）をはじめとする恋愛小説を執筆したことでも知られるが、クリスティー自身は四半世紀近くも関係者に自分が著者であることをもらさないよう箝口令をしいてきた。これは、「アガサ・クリスティー」の名で本を出した場合、ミステリと勘違いして買った読者が失望するのではと配慮したものであったが、多くの読者からは好評を博している。

灰色の脳細胞と異名をとる
〈名探偵ポアロ〉シリーズ

本名エルキュール・ポアロ。イギリスの私立探偵。元ベルギー警察の捜査員。卵形の顔とぴんとたった口髭が特徴の小柄なベルギー人で、「灰色の脳細胞」を駆使し、難事件に挑む。『スタイルズ荘の怪事件』（一九二〇）に初登場し、友人のヘイスティングズ大尉とともに事件を追う。フェアかアンフェアかとミステリ・ファンのあいだで議論が巻き起こった『アクロイド殺し』（一九二六）、イニシャルのABC順に殺人事件が起きる奇怪なストーリーが話題をよんだ『ABC殺人事件』（一九三六）、閉ざされた船上での殺人事件を巧みに描いた『ナイルに死す』（一九三七）など多くの作品で活躍し、最後の登場になる『カーテン』（一九七五）まで活躍した。イギリスだけでなく、イラク、フランス、イタリアなど各地で起きた事件にも挑んだ。

映像化作品では、アルバート・フィニー（映画《オリエント急行殺人事件》）、ピーター・ユスチノフ（映画《ナイル殺人事件》）、デビッド・スーシェ（TVシリーズ）らがポアロを演じ、人気を博している。

好奇心旺盛な老婦人探偵

〈ミス・マープル〉シリーズ

本名ジェーン・マープル。イギリスの素人探偵。ロンドンから一時間ほどのところにあるセント・メアリ・ミードという村に住んでいる、色白で上品な雰囲気を漂わせる編み物好きの老婦人。村の人々を観察するのが好きで、そのうちに直感力と観察力が発達してしまい、警察も手をやくような難事件を解決するまでになった。新聞の情報に目をくばり、村のゴシップに聞き耳をたて、それらを総合して事件の謎を解いてゆく。家にいながら、あるいは椅子に座りながらゆったりと推理を繰り広げることが多いが、敵に襲われるのもいとわず、みずから危険に飛び込んでいく行動的な面ももつ。

長篇初登場は『牧師館の殺人』（一九三〇）。「殺人をお知らせ申し上げます」という衝撃的な文章が新聞にのり、ミス・マープルがその謎に挑む『予告殺人』（一九五〇）や、その他にも、連作短篇形式をとりミステリ・ファンに高い評価を得ている『火曜クラブ』（一九三二）、『カリブ海の秘密』（一九六四）とその続篇『復讐の女神』（一九七一）などに登場し、最終作『スリーピング・マーダー』（一九七六）まで、息長く活躍した。

35　牧師館の殺人
36　書斎の死体
37　動く指
38　予告殺人
39　魔術の殺人
40　ポケットにライ麦を
41　パディントン発4時50分
42　鏡は横にひび割れて
43　カリブ海の秘密
44　バートラム・ホテルにて
45　復讐の女神
46　スリーピング・マーダー

訳者略歴　関西外国語大学外国語学部卒，英米文学翻訳家　訳書『沈黙の日記』『化石の殺人』アンドリューズ，『隠れ家の死』ジョージ（以上早川書房刊）他多数

Agatha Christie

蒼《あお》ざめた馬《うま》

〈クリスティー文庫 93〉

二〇〇四年八月三十一日　発行
二〇一四年十一月二十五日　四刷

（定価はカバーに表示してあります）

著者　アガサ・クリスティー
訳者　高《たか》橋《はし》恭《く》美《み》子《こ》
発行者　早川浩
発行所　株式会社　早川書房

郵便番号一〇一‐〇〇四六
東京都千代田区神田多町二ノ二
電話　〇三‐三二五二‐三一一一（大代表）
振替　〇〇一六〇‐三‐四七七九九
http://www.hayakawa-online.co.jp

乱丁・落丁本は小社制作部宛お送り下さい。
送料小社負担にてお取りかえいたします。

印刷・信毎書籍印刷株式会社　製本・株式会社川島製本所
Printed and bound in Japan
ISBN978-4-15-130093-6 C0197

本書は活字が大きく読みやすい〈トールサイズ〉です。